W9-CCD-441

Más allá de
ESTAS PAREDES

Más allá de
ESTAS PAREDES
J. L. Berg

TITANIA

Argentina • Chile • Colombia • España
Estados Unidos • México • Perú • Uruguay

Título original: *Beyond these walls*
Traducción: Encarna Quijada

1.ª edición Julio 2018

Copyright © 2015 *by* J. L. Berg
First Published by J. L. Berg
Translation Rights arranged by Taryn
Fagemess Agency and Sandra Bruna Agencia Literaria, S.L.
All Rights Reserved
Copyright © 2018 de la traducción *by* Encarna Quijada
Copyright © 2018 *by* Ediciones Urano, S.A.U.
Plaza de los Reyes Magos 8, piso 1.º C y D – 28007 Madrid
www.titania.org
atencion@titania.org

ISBN: 978-84-16327-54-6
E-ISBN: 978-84-17312-17-6
Depósito legal: B-16.385-2018

Fotocomposición: Ediciones Urano, S.A.U.

Impreso por Romanyà Valls, S.A.– Verdaguer, 1– 08786 Capellades (Barcelona)

Impreso en España – *Printed in Spain*

Para Julie Fleeming, algún día volveremos a encontrarnos, amiga...
mientras me esperas, esta historia es para ti.

Prólogo

El aire frío del mar, que soplaba en las colinas, me desordenó el cabello y un escalofrío me recorrió la espalda mientras escalábamos un poco más hacia nuestro destino.

—¿Qué tal vas? —me preguntó Jude.

Él me sujetaba la mano con fuerza y juntos avanzábamos entre la hierba de un verde intenso.

—Bien, muy bien.

Le sonreí mientras deslizaba mi otra mano por las flores silvestres de color púrpura que había salpicadas por todas partes. Respiré hondo, dejé que el aire circulara por los pulmones y recé una pequeña oración dando las gracias, consciente de que en una época de mi vida ni siquiera había podido respirar al aire libre.

—Ya casi estamos. ¿Lo ves? —me animó Jude, señalando el mar al horizonte.

—¡Oh, Dios, sí!

A lo lejos, en lo alto del acantilado mirando al océano, había una pequeña iglesia... o lo que quedaba de ella. Tres paredes aún estaban en pie y, conforme nos acercábamos, pude ver los restos de la cuarta repartidos por el suelo en diferentes montones. El techo y el suelo habían desaparecido tiempo ha, pero la naturaleza había llenado el vacío. Unas margaritas diminutas y el precioso cielo azul se habían fusionado a la perfección con los cimientos y los muros desgastados, y habían creado algo que casi se fusionaba con la tierra.

Ninguno de los dos dijo nada durante un rato. Nos limitamos a permanecer en pie allí en medio, empapándonos de aquella silenciosa belleza. Era como siempre había imaginado. Cuando estaba en el hospital, fantaseando sobre lugares distantes y viajes exóticos a destinos desconocidos, aquello es lo que siempre había visto en mi cabeza.

Y allí estaba, haciendo realidad mi sueño.

Gracias a Jude.

Me di la vuelta y nuestros ojos se encontraron. Y allí, en mitad de la iglesia, rodeados de flores silvestres, mientras las olas rompían abajo, el amor de mi vida se inclinó sobre una rodilla.

—¿Qué haces? —le pregunté con voz temblorosa y débil mientras le miraba.

—Lo que he querido hacer desde la primera vez que te vi.

—No sé qué decir.

—No digas nada. —Y me sonrió con calidez—. Solo escucha.

Yo asentí, y Jude me tomó de las manos.

—Sé que crees que te he salvado, pero lo cierto es que tú me has salvado a mí. Cualquiera con dinero podría haberte pagado esas operaciones. No tiene ningún mérito. En cambio tú me has sacado de la oscuridad. De no ser por ti, me habría pasado la vida en aquel hospital, odiándome por los errores del pasado. Eres la luz de mi vida, mi ángel, y ahora quiero que seas mi esposa. Por favor, di que sí, Lailah. Por favor, hazme el hombre más feliz del mundo y cásate conmigo.

Los ojos se me llenaron de lágrimas cuando vi que se metía la mano en el bolsillo y sacaba una cajita negra. Cuando abrió la tapa y vi el deslumbrante anillo que había dentro me quedé sin respiración.

Clásico y atemporal, exactamente lo que yo habría elegido. No pude evitarlo, estiré la mano y deslicé mis dedos sobre el solitario que estaba encastado en una fina alianza de oro.

—Sí —contesté en voz baja mientras las lágrimas de felicidad me corrían por el rostro.

Lo miré mientras me deslizaba el anillo en el dedo. Encajaba a la perfección. Y cuando se levantó y me cogió en brazos, sus ojos resplandecían de felicidad y alegría. Un «para siempre jamás» a su lado era lo que yo más quería en la vida.

—Te quiero —dije pasando las manos por su desordenado cabello rubio.

—Te quiero... eh, ¿has oído eso?

¿Qué? ¿Cómo? No es así como sigue el diálogo.

—Oír. ¿El qué? —le pregunté

—Juraría que he oído gritar a un niño. ¿No lo has oído?

—No, no he oído nada.

Esto sí que no pasó nunca.

Un oscuro temor despertó en mi pecho mientras Jude escudriñaba nuestro alrededor.

—Ven, vamos a echar un vistazo.

De pronto oí el débil llanto de un niño. Miré a mi alrededor pero lo único que había eran colinas y millas y millas de verde.

Otro grito.

—¡Espera, me parece que viene de allí! —señalé y me giré hacia la derecha, lo que nos llevó a caminar tierra adentro, hacia un grupo de árboles.

No recuerdo que hubiera ningún bosque.

Nos adentramos por entre los árboles y de pronto todo se volvió muy oscuro. Las ramas cercanas a las copas parecían vivas y se extendían hacia nosotros como si nos buscaran.

—Creo que he vuelto a oírlo —dijo Jude, y aceleró el paso.

Caminaba tan deprisa que casi corría y me costaba seguirle. Las enormes raíces de un árbol aparecieron ante mí, cerrándome el paso, y no tardamos en quedar separados.

—¡Jude! —grité mirando a izquierda y derecha.

—¡Lailah! Estoy aquí.

—¡No te veo!

Empecé a girar, sintiendo que el pánico se apoderaba de mí.

—¡Jude! —grité.

Noté que mi aliento se debilitaba y me quedé paralizada, mientras las paredes negras del bosque se cerraban sobre mí.

El niño volvió a gritar, y esta vez fue un grito de angustia. De repente no sabía qué hacer.

¿A dónde tengo que ir? ¿Hacia dónde debo correr?

—¡Jude! ¡Ayúdame! —conseguí decir antes de desmayarme.

Y unos segundos después, la oscuridad me engulló.

1

Una visita inesperada

Lailah

—Lailah —exclamó una voz en la oscuridad—. Despierta, mi ángel. Estás teniendo otra pesadilla.

La bruma empezó a disiparse y abrí los ojos despacio. Jude me estaba mirando con una mezcla de preocupación y humor. Me pasó la mano con delicadeza por los cabellos revueltos, y una sonrisa se dibujó en su bonito rostro.

—Bueno, por fin —dijo.

—Hola —respondí, y me desperecé ligeramente, mientras el aturdimiento acababa de disiparse.

—¿La misma de siempre? —preguntó, refiriéndose obviamente a la pesadilla de la que acababa de despertar.

—Sí, la misma —confirmé.

—¿Sabes? Si no fuera porque estamos a punto de casarnos y porque, aunque no me lo has dicho, sé que la boda te estresa, me preocuparía que mi muy romántica pedida de mano se haya convertido en una pesadilla en la que un bosque malvado te engulle.

—Créeme, a mí tampoco me hace ninguna gracia —dije, y me estremecí al pensar en aquellas ramas oscuras.

—Aún podemos fugarnos —bromeó subiendo y bajando las cejas.

—Nuestras familias nos matarían.

—Solo si nos encuentran —se apresuró a apuntar.

—Te has gastado una fortuna para organizar la boda.

—Nos hemos gastado una fortuna. Repítelo conmigo, Lailah. *Nos hemos gastado una fortuna*. Eres mi prometida. Mi futura esposa —reiteró—. Todo lo que tengo es tuyo..., nuestro, No lo olvides.

Y me atrajo junto a su cuerpo musculoso.

Yo me acurruqué y suspiré.

—Bueno, perfecto. Pues ya que se trata de nuestro dinero, debo protestar por un derroche tan flagrante de nuestros fondos. Así que nada de fugas, amigo —dije, y para mayor énfasis le di un pellizco.

—¡Ay! —exclamó él con una risa—. Mientras esto termine con alguien diciendo: «Yo os declaro marido y mujer», lo que tú decidas me parece bien.

—¿De verdad lo dejarías todo y te casarías conmigo mañana?

Él rodó a la velocidad del rayo y se colocó encima de mí, y quedé atrapada entre sus musculosos brazos. Mis dedos se deslizaron instintivamente por el vello negro que los cubría.

—Sin pensarlo. Pero tienes razón. Nuestras madres nos matarían si no les dejamos estar presentes en nuestra boda. Así que *los dos* nos portaremos bien y *yo* te regalaré la boda con la que siempre has soñado. Y entonces, mi futura esposa, pasaremos las siguientes tres semanas en... Oh, es verdad, no puedo decírtelo. Es una sorpresa.

Meneé la cabeza y suspiré frustrada.

—Imbécil.

—Y ahora me insultas —se rio.

—¿Por qué tiene que ser una sorpresa, Jude? —me quejé abrazándolo—. Irlanda ya fue sorpresa bastante para toda una vida. No tienes que conquistarme a diario.

Jude bajó la cabeza y sentí el roce de sus labios contra la mejilla.

—En realidad sí —susurró—. Eso es justo lo que voy a hacer, cada día, el resto de nuestras vidas. Te mereces que te conquiste, Lailah.

Y yo, conquistada por sus palabras, me limité a mirarle, perdida en la calidez de su amor.

—Al menos podrías decirme qué tengo que poner en las maletas —sugerí con una sonrisa tímida.

—No..., no —respondió él. E hizo una mueca cuando vio mi cara de frustración—. Pero puedo proporcionarte una guía.

—¿Una guía? —pregunté confusa—. ¿Es una de esas cosas que hacéis los ricos? No me irás a endosar una ayudante personal chismosa para que me lleve de compras, ¿verdad? Porque antes prefiero dejar que me prepare la maleta mi madre..., solo una maleta.

—¿En serio? ¿No quieres una ayudante personal? Porque la que tenía pensada es perfecta para ti —dijo con una sonrisa traviesa.

Y dicho esto, me dio un beso fugaz en la mejilla y de un brinco bajó para ponerse con sus tareas matutinas.

—No —repuse yo incorporándome y cruzando los brazos con decisión.

Desde que me mudé a Nueva York, había tenido que acostumbrarme a tantas cosas: la vida en la ciudad, la ausencia de árboles, gente que siempre viste de negro sin ninguna razón. Pero el cambio más grande había sido el dinero de Jude.

Cuando conocí a Jude creía que era un simple auxiliar de enfermería. Lo que empezó como una sencilla amistad entre las paredes de un hospital se había transformado en un amor distinto a nada que hubiera podido imaginar. No tardé en descubrir que el hombre destrozado que trabajaba por los solitarios pasillos del Memorial Regional en Santa Monica era en realidad el heredero de una empresa multimillonaria. Jude, que se ocultaba de un pasado doloroso, había huido de sus obligaciones y responsabilidades con su familia y se detestaba por ello.

Por lo visto yo no era la única que tenía cicatrices.

Jude me había salvado en más de un sentido y supongo que yo había hecho lo mismo por él. Pero vivir con un billonario ni se me había pasado por la cabeza. A veces, cuando las cosas se ponían realmente mal y mi enfermedad empeoraba, cuando me decían que mi corazón necesitaba otra intervención, me preguntaba si algún día podría llevar otra vida. Cualquier vida.

Ahora Jude era lo único que quería. Tanto si era un conserje, un auxiliar de enfermería o el hombre más rico del país, para mí siempre sería el hombre que se había colado en mi habitación con unas natillas de chocolate en las manos.

—¿Y si... —dijo Jude con una mueca cada vez más amplia— te dijera que esa ayudante personal viene en avión solo para ayudarte?

—Estás empeorando las cosas, Jude —dije poniéndome seria.

—Desde Santa Monica.

Abrí los ojos como platos.

—¿Es Grace?

Él asintió satisfecho.

Salté de la cama y me eché a sus brazos.

—¿Lo dices en serio? ¿Cuándo? ¿Dónde? ¿Cómo?

Caímos juntos sobre la cama, riendo.

—Totalmente. Su avión sale hoy. En realidad creo que ha aterrizado hace un rato. Así que es mejor que te metas en la ducha corriendo porque estará aquí dentro de unos minutos. Oh, y trae al bebé. De nada.

Di un chillido, lo abracé y me dispuse a esparcir besos por aquel rostro tan atractivo.

—¡Eres increíble! —exclamé.

Jude me sujetó el rostro entre las manos, nuestros ojos se encontraron y sentí que se ponía serio. El zumbido de felicidad que vibraba entre nosotros quedó reducido a un murmullo cuando me atrajo hacia él.

—No, tú eres increíble... siempre, cada minuto del día. Te quiero, Lailah, estoy impaciente porque seas mi esposa.

Y cuando sus labios tocaron los míos, me conquistó sin remedio.

—De modo que sigues decidida a que vaya con un vestido verde —me preguntó Grace de paseo por las calles de Manhattan.

—Sí —dije, y me reí—. Me lo preguntaste la semana pasada.

—Lo sé. —Suspiró y se acercó a Zander al pecho tapándolo con una mantita.

Grace se había adaptado a la maternidad sin problemas. El hecho de tener una criatura que lloraba y dormía donde y cuando le apetecía había sacudido un tanto su mundo perfectamente planificado, pero ella y su marido, Brian, lo llevaban muy bien y Zander estaba precioso. Siempre me había imaginado a Grace con una niña. Era tan femenina y delicada que la habían apodado Blancanieves en el hospital donde trabajaba como enfermera. Pero ahora que la veía con un niño en brazos me parecía de lo más lógico. El pequeño era el yin azul de la tranquilidad para el yang rosa y deslumbrante de la madre.

—Pensaba que tal vez, con lo que me he quejado, te había dado pena y habías cambiado de opinión —añadió haciéndole muecas a Zander.

El niño rio encantado con las payasadas de su madre.

—¿Te refieres a tus constantes peticiones de ir vestida de rosa? —pregunté, fijándome en un peculiar grupo de árboles que había al otro lado de la calle.

Las hojas habían empezado a cambiar de color, pasaban del verde a un intenso naranja que contrastaba muchísimo con los grises oscuros de los edificios circundantes.

—No quiero ir de rosa exactamente. Es más bien un rosado pálido. Yo lo veo como un rosa invernal —dijo, y sonrió.

—¿Rosa invernal? Lo tuyo no es normal, Grace —apunté yo con una risa—. Ya sabes por qué me gusta tanto el verde.

—Sí, porque va a juego con los ojos de Jude, cosa que suena muy romántica y muy bonita, y además pega con la boda navideña que habéis planeado, pero no puedes culparme por intentarlo.

—Te doy puntos de más por ser perseverante —añadí señalando la tienda de la que habíamos estado hablando durante la comida.

—¡Sí! ¡Es esa! Seguro que ahí encontramos montones de cosas para una luna de miel, ¿no? —exclamó.

Grace estaba haciendo eso que hacen a veces los padres cuando están hablando con un adulto y un bebé al mismo tiempo. La conversación gira hacia el adulto, pero el tono de voz y el exceso de expresividad de la cara sugieren lo contrario.

Resultaba raro y adorable al mismo tiempo.

Entramos los tres y empezamos a mirar. Era justo el tipo de tienda donde me siento a gusto. Nadie vino corriendo para hacer una estimación del dinero que me iba a gastar. Pude chismosear a mis anchas por las diferentes secciones con Grace mientras charlábamos y nos poníamos al corriente de nuestras cosas.

—Bueno, ¿cómo va todo por la unidad de cardiología? —pregunté.

Grace levantó un jersey de manga larga con el cuello peludo. Yo meneé la cabeza y me reí cuando Zander se estiró desde su mochila portabebé tratando de llegar a los pelos.

—Hace tiempo que no celebramos un baile de fin de curso —dijo enseñando los dientes en una sonrisa—. Pero va bien. Un poco solitario sin mi paciente favorita, pero prefiero que siga así.

—Al menos aún tienes a Marcus.

—Sí, él todavía está por allí. Tenerle a él y a tu madre cerca es como contar con otro par de abuelos. Son maravillosos, Lailah.

—Bueno, no esperaba menos de ellos.

La siguiente prenda que levantó para inspección fue un biquini color rubí. Casi se me salen los ojos de las órbitas cuando vi los dos trozos diminutos de tela.

—¿Primero un jersey para el frío polar y ahora un biquini? ¿A dónde va a llevarme exactamente?

Su sonrisa se hizo más amplia.

—¿A que te gustaría saberlo?

Me quedé con la boca ligeramente abierta, era evidente que no pensaba decírmelo.

—No se estará excediendo, ¿verdad? Me refiero a que... Jude sabe que no tiene por qué estar siempre haciendo estos gestos tan románticos. Le quiero de todos modos.

Grace volvió a dejar el biquini en su sitio y se acercó a mí. Me pasó un brazo por los hombros y me acompañó hasta unos asientos que había en un rincón. Por suerte, no había ningún marido ni novio allí abandonado y lo teníamos todo para nosotras.

—¿Qué quieres decir? —preguntó cuando nos sentamos.

—A veces me preocupa que, con todo lo que ha pasado, la operación y que se siente culpable porque no estuvo allí, crea que tiene la obligación de compensarme. Jamás quiero ser una carga para él, Grace.

Era como estar confesando un terrible pecado y no dejaba de retorcerme las manos.

Jude era la persona más maravillosa que había conocido. Admitir que temía que estaba actuando movido por un sentimiento de culpa y no por amor me parecía el peor crimen imaginable.

—Lailah, sé que en estos dos años habéis pasado por mucho más de lo que la mayoría de parejas tienen que pasar en toda la vida, pero por favor, créeme si te digo que todos esos gestos que tan monumentales te parecen, no son nada comparados con el amor que Jude siente por ti. Cuando me llamó la semana pasada y me preguntó si podía venir estos días, en su voz solo había entusiasmo. Yo recuerdo al viejo Jude. Sentía tanto remordimiento que en su vida no había sitio para nada más. Ya no es así. Por favor, deja que te quiera como mereces.

Dejé que sus palabras se asentaran, noté que cuajaban y se solidificaban. Era exactamente lo que necesitaba oír. Aquellas palabras hicieron desaparecer todas mis dudas.

Me había pasado veintidós años convencida de que nunca saldría de un hospital, y al final había descubierto que justo detrás de la puerta de mi habitación tenía un mundo entero esperándome. Jude lo había hecho posible. Él me había hecho posible. Y nunca me había sentido más segura de mí misma.

Pero la niña que había en mí, la que nunca había podido experimentar la emoción de aprender a montar en bicicleta o saltar sobre un montón de hojas, a menudo se preguntaba si aquellos que me rodeaban eran conscientes de las sutiles diferencias que había entre mí y el resto del mundo. ¿Me compadecían? ¿Sentían que tenían que compensarme por el daño que mi corazón me había hecho? Era algo que no dejaba de preguntarme y con lo que me debatía desde que las cicatrices de mi operación se habían cerrado. Mi vida entera giraba en torno a aquello. El tiempo pasaba, pero esos sentimientos iban y venían como las olas rompiendo en el océano.

Y siempre llegaba a la misma conclusión. Mi familia, Grace, Jude..., todos me querían por lo que soy, y eso era lo único que importaba.

—Tienes razón, me estoy comportando como una idiota... otra vez.

—No eres idiota, Lailah. No serías tú si no te preocuparas por los demás. Eres así, y esa es una de las razones por las que me enorgullece ser tu amiga.

No pude evitar hacer una mueca.

—Me estás haciendo la pelota.

Y me reí.

—Pues es verdad. ¿Podemos seguir comprando? ¿O al menos fingir que compramos? Zander está a punto de desertar por falta de actividad.

—Vale, pero con una condición.

—Lo que sea.

—¿Puedo cogerlo en brazos un rato?

Grace sonrió.

—Pensaba que nunca ibas a pedírmelo.

2

Dolores crecientes

Jude

—¿Dónde demonios está? —rugí, golpeando la mesa con el puño.

Mi secretaria, Stephanie, se quedó encogida en un rincón, porque no estaba acostumbrada a verme así, y eso me hizo detenerme.

—Perdóname, Stephanie —dije encogiéndome y uniendo las manos ante mí en un ruego silencioso.

Ella asintió y dio un tímido paso al frente. Me aflojé la corbata en un intento desesperado por lograr que el aire volviera a circular libremente por mis pulmones. Estaba en una habitación tan inmensa que a su lado muchos apartamentos de Nueva York quedarían pequeños, y sin embargo me estaba asfixiando.

¿Era así como se sentía Lailah cuando no podía respirar porque su corazón no se lo permitía?

Me llevé la mano al pecho y me di cuenta de que no era mi corazón lo que no funcionaba, sino mi cerebro. Tenía que serenarme y respirar hondo.

Igual que hiciera mi padre antes que yo, fui hasta los grandes ventanales que dominaban la ciudad y me puse a contar. Para cuando llegué al diez, la sangre tenía un ritmo más pausado en mis venas y mi respiración se había normalizado.

—Encuéntralo, por favor —dije.

Stephanie seguía en pie junto a la puerta, y seguramente estaba demasiado asustada para irse sin instrucciones.

—Enseguida —añadí.

Ella se escabulló y me quedé contemplando estoicamente las calles allá abajo.

Prácticamente me había criado en esa oficina. Desde pequeño, me habían educado para que algún día me hiciera cargo del negocio familiar. Mi padre siempre fue un hombre difícil. Vivía tan obsesionado con su éxito que no era capaz de ver más allá ni de pensar en los hijos que estaba dejando atrás.

Nos quería, a su manera. Y sé que darlo todo por la empresa fue su forma de demostrarnos su amor. Pero en aquel instante, allí de pie contemplando la misma vista que él había observado año tras año, comprendí que, a diferencia de mi padre, yo no podía dejar que esa ambición me consumiera.

Jamás.

Había demasiado en juego.

No había llegado tan lejos para volver a caer en el abismo, y Lailah se merecía mucho más que ser la esposa de un ejecutivo incapaz de pasar tiempo con ella.

Mierda. Para conseguir eso iba a necesitar un poco de ayuda.

Aspiré profundamente una vez más.

La voz de Stephanie sonó por el intercomunicador.

—Señor Cavanaugh, lo tengo al teléfono.

Fui hasta la mesa y apreté la tecla para responder.

—Gracias, pásamelo.

Oí que Stephanie colgaba y se hizo el silencio.

Tomé asiento y esperé a que él tuviera las pelotas de decir algo.

Finalmente, del otro lado de la línea llegó un profundo suspiro.

—¿Me vas a castigar con tu silencio, hermanito? Pensaba que ya habíamos dejado atrás esa clase de chiquilladas.

—Yo también, Roman —le respondí sarcástico.

—Oh, vamos. Estamos en fin de semana. ¿No tienes nada mejor que hacer que llamarme al amanecer y tocarme las narices?

El tono de burla de su voz empeoró mi enfado.

—Para empezar, ya es más de mediodía, cretino. Y en segundo lugar, no es un fin de semana cualquiera. Da la casualidad de que hoy tenemos una de las reuniones más importantes de nuestra vida. Han venido nuevos inversores del Japón. ¿Te suena de algo?

—Lo sé —apuntó él con voz somnolienta—. Pensaba que entre tú y el consejo lo teníais controlado.

De fondo se oyó una risa de mujer.

—Tú formas parte del consejo.

—Bien visto. ¿A qué hora es esa reunión?

Miré el reloj de platino que llevaba en la muñeca.

—En menos de dos horas.

—Bueno, entonces será mejor que me meta en la ducha. Me debes una, Jude.

Y oí un chillido agudo antes de que la conversación se cortara.

Meneé la cabeza furioso. Cómo era posible que mi hermano se estuviese regodeando en aquel comportamiento amoral desde mi regreso.

Él hizo que Lailah viniese a mi encuentro en Nueva York, propició que ella y yo nos reconciliásemos. Parecía preocupado por mí de verdad, llegué incluso a pensar que Roman tal vez estaba dispuesto a cambiar. Pero en cuanto retomé las riendas de mi vida, la suya empezó a degenerar de nuevo.

Había intentado hablar con él, derribar aquel exterior duro y escéptico a ver si así lograba entender qué le pasaba, pero no había funcionado. Roman no dejaba que nadie se le acercase. Sinceramente, empezaba a preguntarme si detrás de esa actitud se escondía alguna razón o si aquel hombre distinto que había podido atisbar meses atrás era solo un espejismo.

Al fin y al cabo, Roman había conseguido lo que quería. Yo había recuperado mi lugar en la empresa, la había salvado de la bancarrota, y él había recuperado su libertad.

Era libre de ser el inútil que yo recordaba.

Sonó el teléfono y, cuando bajé la mirada para comprobar quién era, la ira que Roman me había provocado se disipó.

—Hola, cielo —dije con una sonrisa al descolgar.

—Hola —me contestó ella contenta—. Solo llamaba para ver cómo te va el día. Sé que tienes una reunión importante esta tarde.

Meneé la cabeza y exhalé apretándome el puente de la nariz entre los dedos.

—¿Me he equivocado de día? —preguntó Lailah preocupada.

—No, no. Tú siempre te acuerdas de todo.

No como otros, pensé para mis adentros.

—Oh, vale. Así que, ¿estás listo para la reunión? —preguntó entusiasmada.

—Sí, la verdad es que sí. Me he pasado la mañana repasando mis notas y en unos minutos iré a la sala del consejo para preparar algunas estrategias de última hora con... con casi todos. Creo que lo tenemos controlado.

—Roman no está ahí, ¿verdad? —preguntó, y el entusiasmo se esfumó

—No —contesté sin más.

—Vaya, tu hermano es..., es un mal tipo.

Sus palabras me reconfortaron y tuve que hacer un esfuerzo para contener la risa. Lailah era muy dócil, aunque cuando hacía falta podía ser tan fiera como una leona.

Pero incluso ahora, mi leona era incapaz de decir una mala palabra de nadie.

—No, no lo es, pero es mi hermano y, por desgracia, eso significa que tengo que apechugar con él.

—Bueno, la próxima vez que lo vea le pienso dar una buena tunda.

Una risita escapó de mis labios al imaginarme a la menuda de Layla dándole una tunda al gigante de mi hermano.

—Eso quiero verlo.

—Ve a por ellos, Jude —me dijo dándome ánimos.

—Lo haré. Nos vemos luego.

—Vale. Te guardaré postre.

—No es verdad —dije con una risa.

—Lo intentaré.

—Eso sí que me lo creo.

—Te quiero.

—Y yo a ti —repuse antes de colgar.

Mis ojos se detuvieron en la fotografía que tenía en la mesa. Era de la boda de la madre de Lailah dos años atrás, justo antes de que sorprendiera a Lailah con el viaje a Irlanda. Teníamos el mar a nuestra espalda y los ojos llenos de futuro y posibilidades.

Quería que los dos tuviéramos esa mirada el resto de la vida.

—No ha ido tan mal, ¿no? —dijo Roman con aire fanfarrón.

Entramos en la parte de atrás del sedán negro con chófer que habíamos alquilado para esa noche. Otro coche llevaría a nuestros invitados de vuelta al hotel, para que pudieran descansar antes de su viaje de regreso a Tokio.

—Gracias a mí —musité aflojándome el nudo de la corbata.

Me solté los dos botones del cuello de la camisa.

—No solo gracias a ti. ¿Quién ha entretenido a los señores japoneses durante la cena? Yo. Les he enseñado lo que significa pasárselo bien, ya que tú últimamente no tienes ni idea. ¿Problemas en casa? ¿Habéis superado la fase de luna de miel antes de la boda?

Sus burlas no me afectaban. Me limité a volverme y sonreí.

—Entre Lailah y yo todo va fenomenal..., de hecho, las cosas nunca nos han ido mejor. Y pensar que debo toda esta abrumadora felicidad al generoso y altruista de mi hermano Roman. Oh, espera...

Perdió de golpe las ganas de reír y sacó una botella de agua del pequeño mueble bar que había bajo el asiento y que ofrecían siempre en el servicio de coches.

Bien, a ver si le servía para serenarse.

—Ni el altruismo ni la generosidad tuvieron nada que ver, Jude. Ibas de un lado al otro como un animal herido. Alguien tenía que hacerte reaccionar, y recurrí al camino fácil: darte lo que querías. Supuse que te volvería más maleable.

—Soy maleable —le discutí—. Con los demás.

—Ah, por fin lo reconoces.

Entrecerró los ojos y nuestras miradas se encontraron. A veces, cuando observaba a mi hermano, tenía la sensación de ver mi yo futuro. Compartíamos los mismos rasgos físicos, y sin embargo nuestras personalidades chocaban como el aceite y el vinagre.

—Me gustaría que alguna vez te tomaras algo, lo que fuera, en serio.

Me dio unas palmaditas en la espalda y señaló con el gesto el edificio donde vivíamos cuando el coche paró junto al bordillo.

—Bueno, para eso ya estás tú.

—¿Subes? —le pregunté al abrir la puerta para apearme.

Él meneó la cabeza y sonrió.

—El coche está pagado hasta la mañana. Ya puestos, puedo aprovecharlo.

—No dudo de que sabrás hacerlo.

Cerré la puerta y dejé que Roman siguiera con su noche de perdición. Me concentré en lo que me esperaba a mí arriba..., un hogar, una prometida, un futuro.

Lailah era como un faro para mí. Por muy desoladora que fuera la vida, por muy turbulentas que parecieran las aguas, sabía que ella siempre estaría allí para guiarme de vuelta a casa. Entré a toda prisa y tomé el ascensor hasta la planta treinta. Aquel apartamento había sido mi hogar desde que me fui de Santa Monica. Antes, cuando entraba por la puerta, no veía más que una cárcel, un lugar que me impedía estar donde yo quería... junto a Lailah.

Pero había tomado una decisión y tenía que aceptar las consecuencias.

Sabía que si quería salvar a Lailah y pagar el trasplante que ella tan desesperadamente necesitaba, tenía que volver a mi antigua vida. Aún recuerdo cómo me temblaba la mano cuando le escribí la nota de despedida, cuánto deseaba poder decirle todo lo que sentía en mi corazón. Pero de haberlo hecho, ella jamás habría aceptado someterse a la intervención.

En los dolorosos meses que siguieron, descubrí lo que era perderme otra vez.

No quería volver a sentirme así nunca más.

Lailah lo era todo para mí, y movería las montañas que hiciera falta para hacerla feliz cada día del resto de su vida.

Salí del ascensor y caminé por el largo pasillo hasta la puerta de casa. Cuando abrí, vi que el apartamento estaba iluminado con velas.

—¿Lailah? —la llamé buscándola con los ojos por la extensa sala de estar y la cocina.

—Aquí. Ven, a ver si me encuentras —oí que contestaba desde el dormitorio.

Había dado por hecho que tendríamos invitados, que Grace y Zander cenarían con nosotros. Las velas y que me llamase de esa manera desde el dormitorio fueron una sorpresa de lo más agradable.

Pasé la mano por encima de las llamas y se lanzaron a una danza frenética. Me dirigí a la habitación por el pasillo, a mi paso sombras fantasmales se deslizaron por las paredes. Abrí la puerta, entré lentamente y encontré a Lailah en una butaca junto a la cama, ataviada únicamente con un sujetador de satén azul claro y unas bragas a juego.

—¿Es nuevo? —pregunté, tratando de no hablar con un tono demasiado agudo.

Ella sonrió satisfecha con mi fallo vocal y cruzó las piernas muy despacio. Dejó un pie encima del otro.

—¿Te gusta?

—Mucho.

—Es una de las prendas que he elegido hoy en mi excursión con Grace.

Yo asentí, me dirigí hacia ella al tiempo que me quitaba la chaqueta del traje y la dejaba caer al suelo.

—Recuérdame que le diga a Grace cuánto la aprecio.

Me acerqué hasta quedar delante y pregunté:

—¿Van a venir ella y Zander esta noche?

Me incliné y deslicé los dedos por la suave piel de su hombro.

—No —contestó en voz baja—. Ha pensado que podíamos aprovechar la noche para explorar mi nuevo... guardarropa. Comeremos con ellos mañana.

—Bien.

Le ofrecí la mano y vi cómo se levantaba y se quedaba en pie ante mí. Con aquel bonito pelo rubio platino y los ojos azul claro, casi tenía un aire etéreo. Desde que dejó el hospital tras la operación, había ganado el peso que necesitaba, y ahora tenía curvas femeninas y más fuerza. Ya no parecía quedar ni un gramo de fragilidad en ella.

Era mi feroz superviviente.

—Eres la mujer más bella del planeta, Lailah Buchanan.

—Futura Lailah Cavanaugh —corrigió.

La tomé en brazos. Al tocarla, su piel desnuda encendió la llama en mis dedos.

—¿Cuánto falta?

—Cuarenta y tres días —repuso ella.

—¿Por qué decidimos casarnos unos días antes de Navidad? —pregunté inclinando la cabeza en la curva de su cuello.

Un gemido bajo escapó de sus labios mientras yo descendía a besos entre sus pechos.

—Porque me gustan la nieve y el rojo. Y porque son las vacaciones del segundo semestre.

—Tú siempre tan pragmática —susurré antes de besar la cicatriz rosa claro que le había quedado bajo el pecho como recuerdo de sus muchas intervenciones.

—Por eso me amas —dijo, y se rio.

Llevé la mano a su espalda y solté con rapidez el sujetador. Le bajé las tiras por los brazos y el sujetador cayó al suelo.

—Te quiero, Lailah, por muchas razones. Deja que te lo demuestre ahora mismo —le ronroneé al oído.

—Vale.

La llevé a la cama e hice honor a mi promesa durante el resto de la noche.

3

Cambia el mundo

Lailah

Me encantan los *brunchs*.

Mezclar sin fisuras dos comidas diferentes significaba que podía comer lo que quisiera y que no tenía que levantarme al amanecer para prepararlo todo.

Es uno de los mejores inventos del mundo... desde que a alguien se le ocurrió añadir chocolate a los cereales y a las pastas del desayuno. Quien sea que tuvo esa gran idea se merece que le den el premio Nobel de la Paz.

Me metí otro pedazo de pancake con pepitas de chocolate en la boca y vi que Zander me observaba con atención desde su trona. Sus brillantes ojos azules siguieron los movimientos de mi tenedor cuando lo bajé para coger otro trozo de pancake. Una lengua pequeña y rosada salió de su boca y pasó por el labio superior.

—Eres muy mono —le dije—, pero esto es mío.

Él me respondió con cuchufletas y dio un golpe con su puño regordete en la bandeja de plástico, y un montón de cereales salieron disparados en todas las direcciones.

—Voy a fingir que no he visto eso —comenté mientras me quitaba un cereal pegajoso del pelo.

El niño rio, y a los tres adultos de la mesa nos dio un ataque de risa.

—Te acaba de dar una buena lección —afirmó Grace, disimulando un delicado bufido tras la servilleta.

—Qué egoísta —intervino Jude meneando la cabeza—, no querer compartir tu comida con un bebé indefenso. Pero ¿con quién me voy a casar?

Y me dedicó una sonrisa traviesa mientras yo lo miraba indignada y planificaba cuidadosamente mi venganza.

Con un deliberado sigilo, levanté la mano, medio llena aún de cereales mordisqueados, y los solté sin pensármelo encima de su cabeza. Algunos cayeron enseguida a la mesa, pero otros se le metieron entre los rizos de color arena.

Zander nos obsequió con su risa infantil mientras Jude sacudía la cabeza y hacía caer una cascada de cereales al suelo.

—Qué lío —dije, imitando las palabras de Jude—. Qué falta de respeto por los camareros. Pero ¿con quién me voy a casar?

Y sonreí con aire de suficiencia mientras me metía un buen bocado de pancake en la boca y él reía.

—Parejita, estáis locos —nos acusó Grace echando sobre el plato otro montón de barritas para que Zander las mordisqueara.

—Se ha pasado años con poco oxígeno en el cerebro —replicó Jude señalándome.

Me volví hacia él boquiabierta.

—Ha dicho que *estamos* locos, los dos —me reí—. No solo yo.

—Sí, supongo que yo también lo estoy un poco. Pero es culpa tuya. Era completamente normal antes de conocerte.

Puse los ojos en blanco y pasé el último trozo de pancake por el plato para rebañar hasta la última gota de sirope de arce.

—Sí, completamente normal —repuse yo.

Jude se rio por lo bajo y se recostó en el asiento, y dio unos sorbos a su taza de café mientras con la otra mano trazaba lentos círculos por mi espalda. Consiguió que se me erizara la piel a pesar de que me acariciaba a través de la tela de la camisa. No era porque me hiciera entrar en calor o porque tuviera frío, era porque me estaba tocando, me estaba amando. No quería que aquello se acabara nunca.

—Ojalá no tuvieras que irte tan pronto —me lamenté, y miré a mi mejor amiga haciendo pucheros.

—Lo sé, pero en realidad no esperaba verte hasta la boda, así que esta visita ha sido un regalo, y todo gracias a tu generoso prometido.

Me volví y miré a Jude con una cálida expresión de gratitud.

—Lo he hecho por puro egoísmo —confesó él—. Sabía que me iba a pasar el día entero de reunión en reunión y no quería que estuviera sola.

—El hecho de que eso te preocupe lo bastante para pagarme el viaje en avión desde la otra punta del país ya me indica lo egoísta que eres, Jude.

Él se encogió de hombros y dejó la taza vacía de café sobre la mesa, sin dejar de frotarme la espalda.

—¿Cómo te fueron esas reuniones? —le preguntó Grace.

—Pues bien. Roman consiguió sacar su culo de la cama justo a tiempo, y puso todo su encanto en el asador. Creo que tenemos muchas posibilidades de conseguir que firmen con nosotros.

—¡Es estupendo! Sé que tenías puestas muchas esperanzas en este acuerdo —lo felicitó con una sonrisa sincera en el rostro.

—Sí, así es. Reforzaría nuestras bases, que es justamente lo que estoy intentando hacer desde que volví. Quiero asegurarme de que Inversiones Cavanaugh tiene cuerda para varias generaciones más y que esté preparada para superar cualquier crisis financiera que pueda acontecer en el futuro.

—Estás haciendo un trabajo fantástico... los dos —añadió—. Lailah me ha dicho que el decano la ha incluido en la lista de alumnos destacados el semestre pasado.

—¿Eso te ha dicho? —preguntó Jude arqueando las cejas con sorpresa—. Si ni siquiera se lo ha dicho a su madre.

—¿No se lo has dicho a Molly? —exclamó escandalizada.

—Tampoco hay para tanto —comenté quitándole importancia.

—Por supuesto. Por qué ibas a decírselo a tu madre, que resulta que es profesora y adora la educación tanto como se puede adorar el chocolate o los zapatos de tacón. Sí, estoy segura de que no es para tanto.

—Es que no quiero que lo convierta en algo que no es.

—¿Por qué? —preguntó Grace, desmigando unos trozos de su pancake y dejándolos en el plato de Zander.

—Porque la verdad es que no hay para tanto.

Grace dejó lo que quedaba de su pancake desmigado en su plato y me miró.

—Todo es importante en tu vida, Lailah. ¿No lo recuerdas? ¿Tan apática te has vuelto?

—¿Apática? —resoplé, y miré a Jude.

Él dobló su servilleta, la dejó en silencio en su plato y se limitó a seguir nuestra conversación.

—¿No recuerdas a la jovencita ingenua y flacucha que estaba impaciente por salir del hospital y empezar a vivir la vida?

—Sí.

—Pues no la olvides —me apremió—. Ella querría que lo celebraras todo, por muy pequeño o insignificante que parezca, Lailah. Estos dos años, ver cómo te convertías en la persona que eres ahora ha sido maravilloso. La fuerza y el valor que aportas al mundo hacen que me sienta orgullosa de llamarte amiga. Pero no dejes que el mundo te cambie. Cambia tú al mundo, Lailah.

Sus palabras me calaron hondo y de pronto intenté recordar la última vez que había mirado la lista de deseos que había confeccionado a escondidas en esa habitación de hospital.

Mi lista de Algún Día incluía todo lo que iba hacer si algún día podía llevar una vida normal. Cuando Jude la descubrió, adoptó el propósito de ayudarme a hacer realidad cada uno de esos ciento cuarenta y tres deseos.

Pero, conforme pasaban los días, iba acostumbrándome a las rutinas de mi nueva vida fuera del hospital y ahora que el mundo había estallado a mi alrededor, las páginas gastadas de mi diario eran solo un recuerdo.

No dejes que el mundo te cambie, había dicho Grace. *Cambia tú el mundo.*

—Creo que es hora de comer un poco de pastel —anuncié.

—Esa es mi chica —dijo Jude en voz baja, e hizo una señal al camarero que estaba al otro lado de la sala.

—Y que traiga también un flan de chocolate —añadí—. ¡Estamos de celebración!

—Bien dicho, mi ángel.

Quizá no había cambiado el mundo todavía, pero mientras averiguaba cómo hacerlo, me aseguraría de no pasar por él desapercibida.

—Debes de ser el único multimillonario que conozco que va en taxi al aeropuerto —bromeó Grace meneando la cabeza mientras nuestro pequeño taxi amarillo paraba junto a la acera del JFK.

—¿Y cuántos multimillonarios conoces exactamente? —preguntó Jude desde el asiento delantero.

Y se inclinó para dar al taxista lo que sin duda era el doble, si no el triple, del precio del viaje, además de una generosa propina. Al hombre casi se le salen los ojos. Le dio mil veces las gracias a Jude y se apeó enseguida para ayudar con las bolsas de Grace.

—Pues dos, si contamos al bruto de tu hermano. Y me consta que preferiría morirse antes que recorrer las calles de Manhattan en algo que no sea una limusina.

Los tres nos apeamos del taxi, y Grace acunó a Zander en sus brazos. Era el único bebé del mundo que podía dormirse en un taxi de Nueva York. Y, mientras él dormía, yo había hecho todo el trayecto agarrándome bien y rezando para que no acabáramos en el fondo del Hudson.

—Eso es porque mi hermano es un estirado y un arrogante —convino Jude, dándole un manotazo en la mano para que no cogiera la maleta. Y entonces la cogió él, y se echó la bolsa con las cosas de Zander al hombro. Nos dirigimos hacia el mostrador de facturación y Jude se volvió y sonrió un momento—. Y porque no tiene a una mujer maravillosa en su vida, como yo, que sigue emocionándose cada vez que coge un taxi.

Yo me reí y encogí los hombros.

—Es muy divertido.

—¿Eso qué número era? —preguntó Grace sin dejar de mecerse.

Estábamos en la cola, detrás de un hombre con traje chaqueta que esperaba para facturar en el mostrador de primera clase.

—Noventa y ocho —comenté ruborizándome.

Grace me golpeó con gesto amistoso con el hombro y me volví para ver su sonrisa.

—Sigue tachando deseos, Lailah.

Asentí, y me volví del todo para abrazarla.

—Lo haré.

Facturaron su bolsa y nos dieron la tarjeta de embarque. Poco después, estábamos ante el control de seguridad, posponiendo lo inevitable.

—Creo que tendríamos que despedirnos ya —señaló Grace frunciendo el ceño.

—Sí —concedí—. Te echaré de menos.

—Y yo a ti. Pero, oye, que solo serán cinco semanas, y luego volverás a tenerme aquí con mi vestido rosa, lista para ir de fiesta.

Me reí.

—¡Verde! ¡Querrás decir verde!

—Vale, verde. Tenía que intentarlo por última vez.

—Deja que bese a mi hombrecito antes de que te lo lleves lejos de mí —supliqué.

Grace cambió a Zander de posición en sus brazos para que pudiera acceder con facilidad a su carita somnolienta. Sus labios rosados se entreabrieron ligeramente y aparecieron unos penachos de vaho. Una ligera sonrisa curvaba sus labios mientras dormía, y no pude evitar devolvérsela.

—No sé en qué estarás soñando, Zander, pero espero que se haga realidad. Te quiero. No olvides nunca que hay mucha gente en este mundo que adora tus manitas y tu cara tan dulce. Sé bueno con mamá y papá. Hasta pronto. —Le besé con suavidad en la frente y repetí el gesto en la mejilla de Grace—. Cuídate, y que tengas un buen viaje. Te quiero.

—Y yo a ti.

Jude se adelantó y dio un torpe abrazo a Grace, medio de lado, para no molestar al bebé que dormía en sus brazos.

—Gracias por venir. Te lo agradezco de verdad.

—Cuando quieras.

Y, tras dedicarnos una triste sonrisa y soplarnos un beso, se echó la bolsa de Zander al hombro, se volvió hacia la cola del control de seguridad y desapareció entre la gente.

—¿Estás bien? —me preguntó Jude enlazando sus dedos con los míos.

—Sí —repuse de vuelta a la salida—. Es que no me gustan las despedidas.

—En realidad no es una despedida, ya lo sabes. Es más bien un hasta pronto.

Empujó la puerta que daba a la calle y la sujetó para que yo pasara.

—¿Lo has sacado de una película? —le pregunté con una sonrisa—. Me suena mucho.

—Podría ser. Pero te ha hecho sonreír.

—Tú siempre me haces sonreír.

En el aeropuerto no había necesidad de esperar para llamar un taxi, porque estaban todos alineados junto a la acera como buitres. Subimos al primero que encontramos y Jude le dio la dirección del apartamento.

Cuando nos sentamos, Jude me pasó el brazo por detrás del hombro y me volví para contemplar la ciudad. Yo me había criado en California, donde las palmeras y las playas predominaban por encima de los rascacielos y los metros. Aquí la vida era distinta, pero claro, fuera de un hospital la vida era distinta en todas partes.

No importaba si vivía en un apartamento en Santa Monica, a unas manzanas de la playa, o en el corazón de una de las ciudades más bulliciosas del mundo, siempre y cuando viviera.

Grace tenía razón. Me había acomodado a mi nueva vida, había optado por encajar en vez de lanzarme de pleno a disfrutar de esta nueva existencia. Cuando te dan una segunda oportunidad, no es bueno conformarse con mimetizarse con el entorno. Es mucho mejor convertirte en un arcoíris y teñir el mundo de color.

De pronto la voz de Jude me arrancó de mis pensamientos y me volví a mirarlo confusa.

—¿Qué has dicho?

—Decía que si alguna vez te has sentido privada de algo por lo que te pasó.

—¿Qué quieres decir?

—Es solo que hoy, cuando te he visto con Zander, y con eso de los sueños... me pregunto si te gustaría tener algo más que solo a mí en tu vida.

Me volví a mirarlo y alcé la mano para acariciarle la barba incipiente.

—¿Me estás preguntando si me gustaría tener hijos?

Él asintió.

—¿Y no crees que primero tendríamos que casarnos? —bromeé.

Él trató de sonreír, pero me di cuenta de que estaba algo triste.

—Jude, por favor, no pienses nunca que me siento incompleta. Esta vida, todo lo que tengo, es más de lo que jamás había soñado. Antes de conocerte, estaba convencida de que me moriría sin que ninguno de los deseos de mi lista se hiciera realidad. Pero aquí estoy, sana y fuerte, cumpliéndolos todos gracias a ti.

—Pero, ¿y si quieres más... más adelante?

—Tú —dije haciéndole alzar el mentón para que me mirara— eres todo lo que necesito.

Sus labios rozaron los míos y enredé mis dedos en sus rizos. Jamás había estado tan segura de nada en mi vida.

Jude era lo único que necesitaba.

Pero mientras nuestro beso se hacía más intenso, las imágenes de mi pesadilla de pronto aparecieron en mi cabeza.

Mis dedos se extendieron en la oscuridad, buscándolo, pero él no estaba ahí.

4

Cocinar es difícil

Jude

—¿Seguro que no quieres que te ayude? —le pregunté, volviendo a apretar el botón de SILENCIO del mando de la tele con el sonido del chocar de cacerolas y sartenes llegando desde la cocina.

—¡Estoy bien! —gritó Lailah.

Me volví en el sofá y la vi moviéndose arriba y abajo por la cocina como una caótica ama de casa. Ataviada con un delantal rosa con volantes —que Grace le dio como regalo de bienvenida cuando Lailah se vino a vivir aquí—, corría de la nevera al horno y de vuelta a la encimera donde tenía abierto el libro de recetas. Y entonces, repetía el proceso.

Apoyé la cabeza en el respaldo del sofá y sonreí.

—¿Seguro?

Ella se detuvo en seco y al volverse me vio mirándola desde el sofá. Una sonrisa peculiar apareció en su rostro.

—Puede. Vale, ¿en serio quieres que te diga la verdad?

—Por supuesto —contesté, levantando la cabeza para escuchar.

—Estoy desbordada —gimió—. Comida de Acción de Gracias, incluso si solo es para dos personas. ¡Es difícil! No sé en qué estaba pensando.

Me reí, y me levanté del sofá para ir con ella en nuestra inmensa cocina. Nunca entendí por qué Roman me había elegido un sitio tan grande para vivir cuando volví a casa. Yo sabía que él era muy extravagante, y que su apartamento, que estaba varios pisos más arriba, era el doble de grande que el nuestro, pero la primera vez que entré en esta casa, lo único que fui capaz de ver era un espacio vacío.

Ahora que Lailah estaba aquí, por fin lo sentía como un hogar.

—¿Me dejas por fin que te ayude un poco? —supliqué—. Sé que en estas fiestas se supone que los hombres tienen que mantenerse al margen y sentarse a ver el fútbol, pero preferiría pasar el tiempo contigo.

—¿Incluso si te hago trabajar? —me preguntó.

—Tengo muchos recuerdos entrañables de los dos en una cocina —susurró recordando una situación similar en la que los dos estábamos ante una encimera metálica tratando de preparar algo de comer.

No era una cita, o al menos no lo había planeado así, pero fue la primera vez que la vi como algo más que una joven con la que estaba en deuda.

—Creo que tus dotes culinarias han mejorado mucho desde entonces —comentó.

—Gracias a Dios.

Así que me puse con las patatas mientras ella empezaba a preparar el pastel de manzana.

—¿Recuerdas aquel día que estuvimos eligiendo manzanas el otoño pasado? —preguntó.

Observé cómo medía la cantidad exacta de canela y la espolvoreaba sobre el cuenco de manzanas.

—Sí. Estabas tan entusiasmada que volvimos a casa con un saco entero —recordé, y me reí.

Ella me miró confusa.

—No fueron tantas. Tal vez medio saco. Pero lo cierto es que ayer por la tarde, cuando estaba haciendo las compras de última hora, me acordé de aquel día y me paré a por unas manzanas. Me encantó ir a recoger fruta en el campo... las pequeñas y preciosas canastas, el aire fresco y la libertad de poder elegir las manzanas que quisieras. Fue muy emocionante. Así era cómo me sentía durante el primer año después de salir del hospital. Y no quiero dejar de sentirme así nunca.

Me paré con una patata a medias y dejé el pelador sobre el mármol.

—Pues no lo hagas. Que hayas ido a recoger manzanas una vez no significa que no vayas a emocionarte la segunda o la tercera.

—Lo sé.

Sonrió y se acercó a mí. Tenía las manos cubiertas de canela y miel de haber estado removiendo la manzana, y una expresión traviesa en el rostro.

Mis ojos siguieron sus dedos cuando se deslizaron por mi brazo y desaparecieron finalmente por mi nuca, dejando un pegajoso rastro de dulzura a su paso. Sus dedos llegaron a mi boca y me observó mientras yo entreabría los labios y chupaba el azúcar de las yemas de sus dedos.

—Hay cosas que mejoran cada vez que las repito —susurró.

—Lailah —le advertí, sujetándola con fuerza por las caderas.

Sintiéndose satisfecha consigo misma, colocó la punta del índice sobre sus labios de satén y cuando se cerraron sobre él y chuparon los restos de azúcar, perdí el poco control que me quedaba.

Apreté las manos en su cintura antes de levantarla y darme la vuelta para colocarla sobre la encimera.

—Me provocas —gemí, y sin darle tiempo a contestar la besé con fuerza, exigiéndole lo que acababa de ofrecerme.

La comida quedó olvidada mientras las prendas de ropa caían y nuestros cuerpos se unían. Cada empujón me recordó que era el hombre más afortunado del mundo. Cada beso me decía que estaba exactamente donde tenía que estar, y cada gemido que escapaba de sus labios resonaba en mi corazón, que latía solo por ella.

Todo cuanto tenía le pertenecía a ella y se lo daba feliz, una y otra vez.

—Menos mal que no tenía que venir nadie —suspiró con una risita, inspeccionando el desorden de nuestra cocina.

—Bueno, tendríamos una excusa la mar de interesante que contarles.

Pasaba de media noche y nos las habíamos ingeniado para tirar cuencos, comida y harina por todas partes. El sexo había sido sucio e intenso, y había retrasado considerablemente la cena.

—Bueno... ¿te apetece comer pizza? —pregunté.

Ella se movió por la cocina vestida solo con mi camiseta.

—¡Sí! —exclamó—. Tú pídela y yo intentaré sacar algo en claro de todo esto.

Marqué el teléfono de nuestro local favorito calle abajo, porque sabía que aún estaría abierto, y pedí una pizza grande que llevara de todo. Corrí al dormitorio para coger una camiseta y un par de calzoncillos que no estuvieran cubiertos de harina.

En cuanto me cambié, me presenté en la cocina dispuesto a ayudar a Lailah a arreglar aquel desastre.

Lailah ya había hecho grandes avances, había empaquetado todo lo que era perecedero y volvió a dejar las latas en la despensa. La encontré limpiando las encimeras. Yo me ocupé de fregar y recoger las cosas que habían caído al suelo. Cada cuenco o plato que recogía, me recordaba su aspecto cuando la tenía pegada contra la encimera y luego sobre el taburete. No importa cuántas veces estuviese con ella, nunca era suficiente para apagar mi deseo.

Podría pasarme la vida amándola, y nunca dejaría de desearla.

Treinta minutos después, ya teníamos la cocina recogida y estábamos instalados en el sofá con nuestras porciones de pizza recién hecha.

—La mejor comida de Acción de Gracias que he probado nunca —dijo Lailah antes de dar un buen bocado a la corteza de su segundo trozo.

—Tienes toda la razón.

Y, arropados por el parpadeo de las llamas de las velas y una dulzona música navideña, comimos pizza y hablamos de nuestras vidas. Aquello era un nuevo recuerdo de Lailah que podía añadir a la montaña cada vez más grande que tenía en mi cabeza. Atesoraba cada uno de ellos como algo precioso, y sabía que nada de todo aquello habría sido posible de no ser por aquel nuevo corazón que latía bajo su pecho.

Terminamos de comer y fuimos a la cama, y seguimos el ritual que todas las parejas siguen antes de acostarse. Después de lavarnos los dientes y de que Lailah se quitara el maquillaje, nos metimos en la cama y nos tapamos con el nórdico de plumas.

—¿Quieres jugar a un juego? —pregunté acurrucándome contra ella.

—Si es algo sexual, tendrás que darme como una hora. Mi corazón puede ser nuevo, pero no es una máquina.

Me reí por lo bajo.

—No, en realidad hablaba de un juego de verdad.

—¿Como el Monopoly? —preguntó Lailah arqueando las cejas con curiosidad—. Porque ya sabes que se me da fatal.

—No. Estaba pensando en algo menos tradicional.

—Vale, aunque no sé si mi cerebro puede soportar mucho más a estas horas.

—No te preocupes. Ponte boca abajo —le indiqué.

Me reí y vi que me miraba con recelo, pero hizo lo que le pedía y se tumbó.

—Ah, y quítate el camisón —añadí.

Ella levantó la cabeza para mirarme y yo agité las manos con gesto inocente.

—Tú confía en mí.

Se incorporó ligeramente para sacarse el camisón por encima de la cabeza y lo dejó caer a un lado.

Abrí el cajón de su mesita de noche, saqué un bote de una crema que le encantaba y me eché un poco en la mano. Después de calentarla un poco, me puse a extenderla en grandes círculos por su piel suave.

—No es que no me guste —dijo casi en un gemido—, pero esto no parece un juego.

—Tú espera —dije.

Y, usando la punta del dedo, tracé un dibujo sobre su piel.

—¿Lo has sentido?

—Sí —contestó, y volvió la cabeza para mirarme.

—¿Qué acabo de dibujar?

—Un corazón —repuso ella, con una pequeña sonrisa—. Haz otra cosa.

Esta vez, en lugar de una figura, escribí las letras que formaban una palabra.

—Esposa —susurró.

—Sí.

Me incliné y besé la piel desnuda de su hombro.

Lailah se dio la vuelta y me atrajo hacia sí, y nuestros labios se rozaron con suavidad como los de dos jóvenes amantes que se encuentran por primera vez.

Se apartó, lo suficiente para meter la mano por debajo de mi camiseta y me la quitó. Y entonces, las yemas de sus dedos rozaron mi piel sensible mientras recorría las duras tabletas de mi estómago. Sus ojos no se apartaban de los míos mientras escribía palabras invisibles en mi piel.

—Yo también te quiero —susurré salvando la distancia que nos separaba.

No hicieron falta más palabras, y una vez más nos unimos, reclamándonos el uno al otro con promesas silenciosas, suaves caricias y la melodía en movimiento de nuestras almas.

5

Médicos y sobras de comida

Lailah

—Levántate, dormilona —exclamó Jude desde el pasillo.

Y apareció en la puerta del dormitorio con una bandeja grande llena de comida.

—¿Desayunamos en la cama? —pregunté, y me levanté para echar un vistazo a lo que me había traído.

—Bueno, más o menos. Ya que no tuvimos nuestra cena de Acción de Gracias anoche, he pensado que podíamos volver a intentarlo.

Fruncí el ceño.

—Por favor, no me digas que hay budín de maíz y relleno en esa bandeja, Jude. Puede que comiera cosas muy raras en mis días de hospital, pero ni siquiera allí trataron de colarme nunca una cena en el desayuno.

Él hizo una mueca y dejó la bandeja a mi lado. Empecé a inspeccionar lo que había... y a él.

—Bueno, no tiene mala pinta —dije mientras mis dedos descendían para ir tocando cosas—. Pero ¿qué es?

Levanté la vista y vi que Jude estaba sonriendo.

—Encontré una receta para hacer suflé de huevo con sobras de comida, y luego se me ocurrió que el puré de patatas estaría bien, algo así como pancakes a la parrilla.

—Pero nada de todo esto estaba hecho, así que no sé hasta qué punto se pueden considerar sobras, Jude.

Él se encogió de hombros y se puso a servirme una taza de café de la cafetera.

—¿Cuánto hace que estás levantado? —y contemplé el festín que tenía delante, tratando de imaginar el tiempo que habría tardado en preparar todos aquellos platos y luego combinarlos para hacer un suflé.

—Un rato. Quería que tuvieras tu comida de Acción de Gracias.

Estabilicé su mano temblorosa y busqué su mirada.

—Eres increíble. Gracias.

Después de entregarme una humeante taza de café, desapareció en el baño. Cuando volvió, estaba listo para iniciar la parte no tan agradable de la mañana.

—Aguafiestas —me quejé.

—Ya me conoces, yo siempre tan puntual y responsable —dijo agitando el pastillero con los días de la semana.

—Qué sexy —repliqué.

Aunque tenía un nuevo corazón y estaba todo lo sana que se podía esperar, nunca podría olvidarme de mis pastillas. Los pacientes con trasplantes, tanto si se trataba de un corazón o de algún otro órgano, tenían siempre un temor en sus vidas: la posibilidad del rechazo.

El corazón que ahora latía en mi interior era un sustituto, una falsificación del corazón enfermo con el que había nacido. En cualquier momento, mi cuerpo podía rechazar ese órgano y la vida que me daba. Todo aquello que tanto amaba podía acabarse en un abrir y cerrar de ojos.

Eché la cabeza hacia atrás y me tomé obedientemente mis pastillas de la mañana y luego me puse con el desayuno.

—Oh, guau, está buenísimo.

—¿De verdad? —preguntó poniéndose una cucharada de suflé pastoso en su plato.

—Desde luego. Y esto que has hecho con el puré... es delicioso —dije entre bocado y bocado.

Jude se rio ante mi entusiasmo y se puso también con el desayuno. Un agradable silencio se hizo entre los dos mientras comíamos.

—¿Estás segura de que no te importa ir sola hoy? —dijo después de volver a dejar su plato en la bandeja.

Yo estaba a punto de repetir, pero asentí mientras me lamía la mantequilla del pulgar.

—Solo es un chequeo, Jude. Me los hacen cada mes, cosa que de todos modos me parece un tanto exagerada.

Jude no hizo caso de mi comentario sobre la frecuencia de visitas al médico y suspiró.

—Lo sé, pero siempre voy contigo.

Dejé por un momento la bandeja y lo miré.

—Lo sé, y valoro mucho que vengas, pero, por favor, ve y pásalo bien con tu madre. Ya no viene mucho por la ciudad. Llévala a Bloomingdale's y que haga unas compras. Yo me reuniré con vosotros para la comida.

Jude se estremeció de forma exagerada.

—No me puedo creer que eligiera precisamente este día para venir de compras. De todos los días, tenía que venir justo hoy.

—A lo mejor busca una ganga —planteé como posible razón para que su madre quisiera bajar a la ciudad a ver a su hijo un Black Friday, el día de más actividad comercial del año.

—¿Una ganga? ¿En Bloomingdale's y Saks? Lo dudo.

—A lo mejor es que te echa de menos. Este año la hemos dejado sola el día de Acción de Gracias. Y está el pequeño asunto de la Navidad.

Él puso los ojos en blanco y, tras levantarse del sitio que ocupaba en la cama, fue hacia el armario. Momento que aproveché para admirar su trasero, cubierto solo por unos bóxers. Seguía igual de guapo que cuando lo conocí: alto, musculoso, con ese aire peligroso que le daban los tatuajes negros que le bajaban por el brazo.

—No la dejamos sola. Le pregunté si no le importaría que lo celebrásemos aquí y ella prefirió quedarse en el campo con sus amigas.

—Lo sé. Me lo dijo. Y de hecho parece que le gustó. Dijo que era la primera vez que no tenía que preocuparse por planificar la comida en muchos años. Y fíjate que no he dicho *cocinar* —comenté con una risa.

—Sí, mi madre nunca cocinaba, y aun así el hecho de tener que planificar cada pequeño detalle de la fiesta la ponía mala. Siempre quería que lo encontráramos todo absolutamente perfecto.

—¿Y lo estaba? —pregunté, y volví a coger mi plato para rebañar la patata que quedaba.

—Por supuesto. Le encantaba vernos contentos.

—Cosa de familia.

—Bueno, de algunos solo —comenté.

—Dale tiempo, Jude. Roman aún podría sorprenderte.

—Puede, pero no pondría la mano en el fuego.

Jude se fue al baño para ducharse y yo volví mi atención hacia las ventanas que había cerca de la cama. No pude evitarlo, y mientras contemplaba la ciudad, pensé si en aquel mar de personas, había alguien especial para Roman, alguien que pudiera descubrir al hombre que yo sabía que podía ser.

La primera vez que me bañé en el mar fue hace un año. Jude y yo acabábamos de regresar de nuestra aventura en Irlanda y volamos hasta Santa Monica el fin de semana para visitar a mamá y a Marcus.

Pasamos dos días con ellos, encandilándolos con nuestras historias y las fotografías de nuestra visita a la isla esmeralda. Y evidentemente, no pude resistirme cuando me suplicaron que les contara cómo me había pedido Jude la mano. Fue un fin de semana estupendo, y lo fue más aún cuando Jude me pidió que diera un paseo con él por la playa aquel domingo por la tarde.

Metimos los pies en el agua, mientras recordábamos la primera vez que habíamos estado allí juntos.

Y, de pronto, él dijo:

—¡Vamos a bañarnos!

—¿Ahora? —pregunté yo, sin molestarme en disimular la risa.

—Pues sí. ¿Por qué no?

No supe qué contestarle, así que, aquella tarde más o menos cálida de septiembre, nos tiramos al agua templada del océano, totalmente vestidos. Yo nunca había sentido la fuerza del agua contra mi pecho, y no tenía ni idea de lo que tenía que hacer cuando vi venir aquella ola de espuma blanca hacia mí.

Recuerdo que contuve la respiración y la maravillosa bocanada de aire fresco cuando la ola pasó y volvimos a la superficie.

Desde el trasplante, había experimentado esa misma sensación cada vez que visitaba al médico.

Estar sentada en aquella incómoda silla verde, sacudiendo el pie con nerviosismo, era como estar sentada en el fondo del océano. Me sentía como si no hubiera podido respirar aire fresco desde que salí de casa.

Hasta la fecha, no había tenido motivos para dudar, y sin embargo eso era exactamente lo que hacía.

Todo era perfecto. Por fin podía vivir más allá de las paredes del hospital. Estaba enamorada y, en menos de un mes, estaría casada con el hombre que había hecho aquello posible.

De modo que, obviamente, esperaba que todo saliera mal.

Nunca compartía estos temores con nadie, y menos con Jude. Sabía que debía de sonar ridículo, pero me había pasado buena parte de mi vida pensando que no pasaría de los veinticinco años. Es algo difícil de superar.

Aquellos chequeos eran la palmadita que me daban cada mes en la espalda. Eran lo que me permitía tranquilizarme durante treinta días, lo que me permitía convencerme de que mi corazón funcionaba y no había ningún problema en mi perfecto pedacito de cielo. Había discutido mucho con Marcus —con todo el mundo en realidad— sobre la frecuencia de las visitas. Marcus era mi médico de toda la vida, y ahora también mi padrastro, y al final él ganó la discusión. Las visitas mensuales me parecían excesivas, pero lo cierto es que era agradable saber que estaba vivita y coleando. Era como jugar al Monopoly y conseguir una de esas tarjetas que te permiten salir de la cárcel.

¿Cómo se llamaban?

Quizá tendría que haber añadido el Monopoly a mi lista de Algún Día.

—¿Lailah Buchanan? —Una enfermera joven y rubia asomó la cabeza a la sala de espera.

Me levanté y me acerqué con rapidez, dejando allí a los otros pacientes que esperaban.

La enfermera me llevó a la sala de exploraciones.

—¿Cómo te encuentras?

Nos instalamos en la pequeña sala blanca después de comprobar mi peso. Me acerqué a la camilla y tomé asiento. No soportaba la forma en que el papel crujía y se arrugaba debajo de mí cada vez que me movía.

—Bien —contesté.

—¿No hay nada diferente? ¿Ningún cambio que debamos conocer?

Meneé la cabeza mientras ella me rodeaba el brazo con la tira para tomar la tensión.

—No. Quizá estoy un poco más estresada por los preparativos de la boda y los exámenes finales, pero no es nada del otro mundo.

Su boca esbozó una ligera sonrisa mientras me aplicaba el estetoscopio al hueco del brazo.

—¿Cuándo es el gran día?

—El dieciséis de diciembre —repliqué.

—Oh, guau. Eso es ya.

—Lo sé. Estoy impaciente.

La enfermera terminó la revisión rutinaria de mis constantes vitales y las anotó debidamente en el historial.

—Bueno, te deseo lo mejor. El médico vendrá enseguida.

Se fue y me quedé sola, mirando las paredes y toqueteándome el esmalte de las uñas.

¿Cuántos minutos y horas he pasado en mi vida esperando a un médico?

La mayoría de gente se pondría furiosa al descubrir que ha perdido tanto tiempo esperando. Yo probablemente había pasado un cuarto de mi vida haciéndolo.

Esperar.

Pero, visto con perspectiva, había valido la pena.

Estaba sana.

Y viva.

Miraría encantada mil paredes sucias y blancas más y me estropearía un millón de manicuras a cambio de que un médico entrara y me examinara, siempre y cuando el resultado fuera el mismo.

—Hola, Lailah —me saludó el amable doctor Hough cuando entró, antes de tomar asiento.

—Hola. Feliz día de Acción de Gracias, aunque sea con retraso. Deduzco que no habrá compras de Black Friday para usted hoy.

Su sonrisa se convirtió en una mueca.

—No, gracias. Prefiero quedarme aquí con mis pacientes. Aunque creo que estoy en minoría.

—Bueno, valoro mucho que me visite, sobre todo en un día de fiesta —dije, y guiñé un ojo.

El doctor Zachary Hough era uno de los mejores cardiocirujanos del estado. Esto, sumado al hecho de que él y Marcus habían sido compañeros de habitación en la facultad, lo había convertido en el candidato ideal cuando decidí mudarme a la otra punta del país. Había sido una decisión difícil, sobre todo teniendo en cuenta que acababa de someterme a un trasplante de corazón, pero por fortuna, en la UCLA estaban empeñados en que aquello funcionara y la transición había sido muy fluida.

El doctor Hough había colaborado estrechamente con mis médicos en casa y seguía en contacto con ellos, poniéndolos al día y pidiendo su consejo si lo necesitaba. Si había algún problema, no me cabía ninguna duda de que él podría solucionarlo.

—Bueno, ¿cómo va tu nuevo corazón? —preguntó mientras ojeaba los resultados de las últimas pruebas de laboratorio que me habían hecho hacía pocos días.

—Todo va bien —contesté.

—Bien.

Se hizo un silencio, mientras él revisaba los datos y yo observaba con aprensión cómo su dedo se deslizaba por las páginas, pasando sobre cifras y resúmenes.

Levantó la vista y nuestros ojos se encontraron.

Las paredes empezaron a cerrarse sobre mí y noté una cierta presión en el pecho.

—Bueno, parece que todo está bien, jovencita.

El aire llenó mis pulmones cuando salí a la superficie del alivio.

Gracias a Dios.

—¿Está seguro?

—Siempre me preguntas lo mismo —replicó el hombre meneando la cabeza—. Estás estupendamente. Tú sigue tomando tus medicinas y trata de estar activa, pero no demasiado —dijo con una sonrisa—. Mantente alejada de las personas enfermas, sobre todo ahora que se acerca la temporada de la gripe. ¿Y qué es lo que falta?

—Disfrutar —contesté, porque sabía exactamente lo que me iba a decir.

—Exacto. Y ahora vete. Tienes una boda que planificar, ¿no es cierto?

—Sí, señor. Acabo de recibir su confirmación. Me alegro de que pueda asistir.

—No me lo perdería por nada del mundo, jovencita.

Me bajé de un salto de la camilla y me alisé la parte de atrás de la falda, y entonces me puse de puntillas y le di un abrazo a aquel hombretón.

—Gracias —dije con suavidad.

—Es un placer. Oh, y cuando salgas, pide a la recepcionista que te dé hora para primeros de año.

—¿Cómo? —pregunté algo confusa.

Siempre me visitaba una vez al mes, como un reloj.

—Estás perfecta, Lailah. Disfruta de tu luna de miel. Seguiremos aquí cuando vuelvas.

—Vale.

Me dieron hora para mediados de enero y salí para reunirme con Jude y su madre, que seguían en su maratón de compras.

Mientras caminaba sola por las calles de Nueva York, algo que jamás había imaginado que podría hacer, respiré hondo y me recordé que todo iba bien.

Que hubiera demasiadas cosas buenas en la vida no significaba que alguien estuviera a punto de echártelo todo a perder.

Solo tenía que respirar hondo y confiar... en mí misma y en el nuevo corazón que latía en mi pecho.

6

Hasta luego

Jude

Todas las mujeres que había en dos manzanas a la redonda vieron el elegante coche negro que paraba junto a la acera. Las miradas esperanzadas que recibí cuando me apeé de la limusina con una docena de rosas rojas en la mano no tenían precio.

Lo siento, señoritas. Esto no es para vosotras.

Solo me había reunido con Lailah en el campus para comer unas pocas veces, pero conocía bien sus rutinas. Era una chica de costumbres y le gustaba pasear por el Arco de Washington Square en la Quinta Avenida. Incluso si las clases eran a varias manzanas de distancia, ella siempre encontraba una excusa para ir a ese lugar.

En una ocasión le pregunté por qué le gustaba tanto.

Ella me sonrió, con la mirada perdida en la distancia, y contestó:

—No lo sé, la verdad. Creo que es porque me recuerda que estoy aquí.

Me coloqué debajo del arco, me apoyé contra la piedra y esperé. Ella no tardó en aparecer, envuelta en un abrigo largo de lana. Llevaba un gorro de punto, y el pelo aparecía por los lados y le caía alrededor de la cara como si fuera paja. Se movía con soltura entre la multitud de turistas y estudiantes, con la mochila al hombro, abrazándose para darse calor.

Lailah tardó unos momentos en verme, pero me di cuenta enseguida porque sus ojos se iluminaron y una enorme sonrisa apareció en su rostro por la sorpresa.

—¿Qué haces aquí? —preguntó echándose a mis brazos.

—Creo que es evidente, he venido a darte una sorpresa. ¡Quería felicitarte por haber terminado otro semestre!

—Gracias —replicó ella—. ¡Es increíble! Aunque no tanto como casarse. ¿Te das cuenta de que, mañana a esta hora, estaremos unidos para siempre?

—¿Como en los cuentos? —me reí por cómo lo había dicho.

—Sí, unidos..., ligados, casados..., podría seguir indefinidamente.

—Qué lista eres —comenté, y le puse el ramo de rosas delante—. Por cierto, son para ti.

—Son muy bonitas, Jude, gracias.

Sujetó el ramo con una mano y se inclinó para aspirar su aroma, y la otra la entrelazó con la mía.

—¿Has alquilado una limusina? —exclamó cuando llegamos a la acera.

—Bueno, es un día especial —señalé sonriendo.

Lailah meneó la cabeza y me soltó la mano para poner la suya en el bolsillo de mi chaqueta y acercarme más a ella.

—Eres demasiado, señor Cavanaugh.

—Yo diría que soy perfecto para ti —la corregí, y como no podía resistir más sin probar su sabor, me incliné sobre ella para besarla y saborear su calidez y su dulzura.

—Me temo que este es uno de tus últimos besos de soltero —bromeó.

—¿Serán distintos cuando esté casado? —repliqué mientras le abría la puerta del vehículo.

—Bueno, tendremos que averiguarlo —y volvió a rozarme los labios tras inclinarse hacia delante—. Mañana —añadió con una sonrisa.

—Cómo te gusta provocarme.

Lailah se inclinó hacia delante y se quedó de piedra en cuanto puso un pie en el coche. Echó la cabeza hacia atrás y me miró sorprendida.

—Oh, Dios mío —exclamó, y entró apresurada.

Yo me reí y la seguí, con algo más de elegancia, para encontrarla en brazos de su madre.

—No esperaba verte hasta esta noche —exclamó Lailah.

Molly le apartó los mechones rubios de la cara.

—Al final hemos encontrado un vuelo que venía antes —le explicó—. Marcus ya ha hecho el *check-in* en el hotel.

—¡Es maravilloso! ¡Así podréis pasar el resto del día con nosotros!

—En realidad yo tengo que dejaros —me disculpé al sentarnos.

Lailah me miró a los ojos y colocó el gran ramo de flores sobre su regazo.

—¿Qué quieres decir? ¿No irás a trabajar esta tarde?

—No —respondí—. Por increíble que parezca, hoy Roman ha conseguido presentarse a la hora que tocaba tal como prometió, pero tengo que hacer unos recados de última hora.

Ella me miró entrecerrando los ojos.

—¿Y no puedes hacer esos recados conmigo?

—No —sonreí.

—Um.

Me incliné hacia delante con una risa y apoyé la mano en su rodilla.

—No te gustan nada las sorpresas ¿eh?

—No —repuso haciendo pucheros.

Estaba preciosa, pero no consiguió hacerme cambiar de opinión.

—Lo siento, pero voy a irme de todos modos.

—Idiota.

—Pero ¿tú ves cómo me trata, Molly? —pregunté bromeando.

La limusina se detuvo junto a la acera, en un lugar elegido al azar a cinco manzanas de mi destino. Lailah miró desconfiada a su alrededor, tratando de adivinar adónde iba. Molly se limitó a menear la cabeza y sonrió.

—Deja de intentar adivinar adónde voy —susurré, antes de robarle un último beso para el camino.

Sus labios se demoraron sobre los míos por un momento y entonces abrí la puerta y me apeé.

—¡Te quiero! —oí que decía la voz de Lailah en medio del ruido de la ciudad.

Me volví y vi su rostro sonriente, lleno de vida y exuberancia, asomando por el techo corredizo de la limusina. Agitaba las flores como si fueran una bandera.

Me coloqué las manos a los lados de la boca, a modo de embudo, y en medio del gentío, grité:

—¡Yo también te quiero!

—¿Lo ves? No eres el único que puede ser sorprendente —me gritó antes de que la limusina doblara la esquina y desapareciera.

Yo me reí por lo bajo y meneé la cabeza.

No, definitivamente no. Lailah siempre conseguía tenerme en vilo, y no la cambiaría por nada del mundo.

Una vez terminé con mis recados secretos, volví al apartamento con el tiempo justo para ducharme y prepararme para la cena previa a la boda que Molly y Marcus ofrecían en nuestro honor.

Habíamos decidido saltarnos el tradicional ensayo general el día antes de la boda, porque sabíamos que nuestra sencilla ceremonia no lo necesitaba. Además, quería que la primera vez que viera a Lailah acercándose al altar fuera la auténtica.

El apartamento estaba en silencio cuando salí de la ducha y me lie una toalla alrededor de la cintura. Lailah había hecho una pequeña maleta y había reservado habitación en el mismo hotel donde se alojaban sus padres y Grace. Grace, el pequeño Zander y Brian, el marido de Grace, habían llegado hacía poco, y ya había recibido un mensaje de texto de Lailah diciéndome que su amiga la tendría secuestrada el resto de la tarde para ocuparse de su maquillaje y su peinado.

Una leve sonrisa se dibujó en mis labios mientras me dirigía al armario para sacar mi ropa.

Mañana nos casábamos.

Aún no me acababa de hacer a la idea, y las horas se me estaban haciendo eternas. Llevaba una eternidad esperando que llegara ese día. Hubo un tiempo en que pensaba que sería un imposible, algo que solo sucedería en mis sueños.

Pero ahora ese día estaba ahí, y estaba impaciente por ponerle el anillo en el dedo a Lailah y hacerla mía.

Me puse un par de pantalones y una camisa gris claro antes de añadir una corbata púrpura y un chaleco gris oscuro por mi prometida. A Lailah le encantaba verme con chaleco. Me enrollé las mangas de la camisa, me pasé las manos por el pelo húmedo y cogí un par de zapatos.

En menos de veinte minutos ya estaba listo.

Aún me quedaba algo de tiempo, pero decidí irme de todos modos, por si el tráfico se complicaba o por si alguien se presentaba antes de hora.

Mi intuición resultó ser acertada, porque veinte minutos después estaba atrapado en un taxi, a solo seis manzanas de nuestro apartamento.

Moví el pie nervioso sin dejar de consultar el reloj. Finalmente, me incliné hacia delante y le di al chófer un par de billetes de veinte.

—Iré andando, gracias.

Quince minutos después, tras una enérgica caminata, llegué al restaurante, con el añadido de que aún me sentía la mayoría de los dedos de los pies a pesar del frío, y entré buscando calor. No tardé en encontrar a mi madre en un cómodo asiento junto a la barra, con un vaso de merlot rojo oscuro en la mano.

—Hola, mamá —saludé.

Ella se puso en pie para abrazarme.

—¿Eres la primera en llegar? —le pregunté echando un vistazo alrededor, sentándome a su lado.

—Eso creo. Tu hermano dijo que se reuniría aquí conmigo para que tomáramos algo pero aún no ha aparecido.

Me guardé mis comentarios sobre Roman y traté de cambiar de tema.

—¿Has pasado ya por el hotel?

Ella asintió y dio un sorbo a su vaso antes de responder.

—Sí, es adorable. Cuando vengo a la ciudad siento añoranza de nuestra antigua casa, pero me gusta demasiado la tranquilidad del campo para mudarme otra vez.

Mi padre había muerto el año anterior, y mi madre tomó la dolorosa decisión de vender la casa de la ciudad. Habían compartido muchos años y la casa contenía demasiados recuerdos; era el hogar donde Roman y yo nos habíamos criado. Ahora que éramos adultos y papá no estaba, mamá no vio la necesidad de seguir conservándola. Ahora, cuando venía, o se quedaba en el hotel o venía a casa conmigo y con Lailah. Dado que nosotros nos íbamos de luna de miel la mañana después de la boda, mamá había preferido quedarse en un hotel cerca del lugar donde íbamos a celebrar la recepción, igual que la mayoría de invitados que venían de fuera de la ciudad.

—Me encanta la casa de campo —repliqué, recordando las aventuras que Roman y yo habíamos vivido en aquel caserón cuando éramos niños.

—Está preciosa en esta época del año —señaló ella con una mueca.

—Lo sé, lo sé, mamá. En tres semanas estaremos de vuelta.

Ella meneó la cabeza con fingido desdén, tratando visiblemente de disimular la sonrisa.

—Vuestras primeras navidades como marido y mujer y no vais a estar aquí.

—Se llama luna de miel. Si no recuerdo mal, la vuestra duró un mes.

Ella sonrió.

—En realidad fueron cinco semanas, y fue maravilloso. Ya sabes que solo estoy bromeando. Estaremos aquí cuando volváis para celebrar las fiestas. Disfruta de cada minuto, cariño.

—Tengo toda la intención de hacerlo.

Un destello de rojo me llamó la atención y me volví a tiempo para ver a Lailah entrar seguida por sus padres. Vi cómo se quitaba la capa roja y el pañuelo, y lo que había debajo era simplemente extraordinario. Era toda una visión, cubierta de carmesí y encaje. El vestido que llevaba se ceñía a la cintura antes de caer en cascada hasta sus rodillas. Sus cabellos caían en ondas sueltas alrededor de sus hombros y sus ojos brillaban de emoción.

Está preciosa.

Antes de darme cuenta, me había puesto en pie y fui hacia ella. Era como una fuerza que me atraía, y no quería estar en ningún sitio excepto cerca de su luz deslumbrante.

—¡Estás aquí! —exclamó Lailah.

Llegué hasta ella y la tomé de la mano.

—Estás increíble —confesé inclinándome hacia delante para rozar sus labios con los míos.

Se apartó ligeramente y esbozó una pequeña sonrisa.

—Pues espera a ver mañana.

—Estoy impaciente.

Miró a su alrededor y vio que mi madre se levantaba del asiento en el bar. Se saludaron con la mano y Lailah buscó con la mirada tratando de localizar a nuestros otros invitados.

—¿Roman aún no ha llegado? —me preguntó.

—No.

—Aún hay tiempo —intentó tranquilizarme, acariciando las mangas de mi camisa.

—Lo sé. Pero ¿tanto daño le haría pensar en otra persona que no fuese él de vez en cuando?

Sus dedos se enlazaron con fuerza con los míos.

—Una vez lo hizo, piénsalo. Por eso estamos aquí esta noche. Porque a Roman le importas tanto que voló hasta la otra punta del país para decirme que había dejado escapar a un hombre extraordinario. De no ser por él, nada de esto estaría pasando, Jude.

Suspiré frustrado... sobre todo porque sabía que Lailah tenía razón y también porque no acababa de entender a mi hermano.

¿Cómo es posible que un hombre haga algo tan desinteresado y se las arregle para dar un giro de trescientos sesenta grados y volver a ser un inútil total en cuanto regresa a casa?

¿Qué se me estaba escapando?

La encargada del evento nos acompañó a la mesa privada que habíamos reservado para esa noche, y le di instrucciones para que acompañara a los invitados que llegaran más tarde.

Evidentemente, el único que llegaba tarde era mi hermano. Pero estaba tratando de ser educado.

Sentado junto a Lailah, rodeado por la familia y los amigos, de pronto todo empezó a ser muy real, y no tardé en olvidarme del retraso de Roman.

Por debajo de la mesa, apoyé mi mano en su rodilla y apreté. Lailah se volvió hacia mí mientras todos charlaban. Nuestras miradas se encontraron, y supe que ella también lo sentía... la asombrosa sensación de que todo era posible porque nos habíamos conocido.

Las lágrimas aparecieron en la comisura de sus ojos y, cuando levanté el pulgar para enjugarlas, con la boca formó las palabras *Te quiero*.

Y justo cuando yo había empezado a formar las mismas palabras con mi boca para repetir su gesto, me interrumpieron.

—¡Perdón por el retraso!

Me di la vuelta y vi a Roman acercándose a la mesa con una exuberante morena ataviada con una servilleta que pretendía hacer pasar como vestido. Todas las cabezas se volvieron a mirarles y, cuando se acercaron, no habría sabido decir si la atención que atraían se debía al ridículo vestido o al olor a alcohol que emanaba de los poros de ambos.

Me levanté enseguida cuando vi que Roman se dirigía al asiento libre que quedaba junto a Lailah.

—No sabía que pensabas traer compañía, hermano.

Sus ojos cada vez más oscuros se encontraron con los míos y su boca formó una sonrisa amenazadora.

—No sabía que tenía que informarte, *hermano* —replicó.

—Lo normal es que, por educación, lo sepamos para poder preparar el número de cubiertos adecuados en el restaurante. Como puedes ver, nos falta un sitio —razoné señalando con el gesto la silla libre.

—Entonces supongo que Ginger tendrá que sentarse en mi regazo. ¿Qué dices, cielo?

Ginger, si es que ese era su verdadero nombre, se limitó a asentir y sonrió, mientras la silicona de sus pechos se bamboleaba con alegría.

Joder, estupendo.

Suspiré enfadado, apretándome el puente de la nariz entre los dedos, y eché un vistazo al resto de invitados de la familia, que observaban la escena nerviosos.

—Eso no será necesario, Roman. Pediré que pongan un cubierto más para tu... amiga.

—Gracias —dijo él rodeando la cintura de Ginger con las manos.

No me molesté en esperar a ver qué hacían. Me fui directamente a buscar a la encargada.

La ira que sentía en mi interior estaba a punto de desbordarse, pero sabía que tenía que controlarme. Esa noche el protagonista no era Roman. Era Lailah. Lo único que quería era hacerla feliz, y no consentiría que ninguna de las furcias de mi hermano me lo impidieran.

Con la ayuda de un comprensivo gerente, se añadió un nuevo cubierto a la mesa, se hizo espacio para otra silla, y Ginger fue rápidamente conducida a su sitio.

En unos minutos, todo el asunto pareció quedar olvidado. La gente charlaba y estaba animada. Grace y Lailah hacían planes para la mañana, y trataban de decidir a qué hora encargar el servicio de habitaciones y confirmar las citas. La madre de Lailah charlaba con la mía sobre la diferencia de clima que hay en esta época del año en los dos extremos del país. Roman seguía compartiendo su amor con las dos cosas más importantes de su vida: el alcohol y la compañía femenina de pago.

Pedimos los primeros platos y las conversaciones cayeron en un suave murmullo mientras todos bebían y esperaban que llegara la comida.

—¿Lo tenéis todo listo para salir de viaje, parejita? —preguntó la madre de Lailah con un vaso de chardonnay en la mano, mientras sus dedos acariciaban la cara externa del pulgar de Marcus.

—Creo que sí. Pero me habría sido de mucha ayuda saber qué tenía que meter en la maleta. Ahora mismo, tengo la sensación de que llevo ropa para seis viajes diferentes, como no tengo ni idea de adónde vamos, no he tenido más remedio que prepararme para cualquier contingencia —explicó Lailah algo indignada.

No pude evitarlo, y una pequeña mueca apareció en mi cara.

—Pareces un poco molesta para ser alguien que está a punto de irse de luna de miel —repliqué.

—Oh, ¿de veras? Yo no estoy tan segura. Por lo que yo sé, hasta es posible que vayamos a un reality de supervivencia.

—Bueno, es una idea. —Y le guiñé un ojo antes de inclinarme y besarle en la frente—. Te prometo que, vayamos donde vayamos, hagamos lo que hagamos, será mágico. ¿Sabes por qué?

—¿Por qué? —preguntó ella escrutándome con sus vivos ojos azules.

—Porque estaré contigo.

—Puaj, creo que voy a vomitar —musitó Roman.

Le dediqué una mirada asesina. Pero los camareros llegaron justo a tiempo con la comida.

El burro de mi hermano cayó de nuevo en el olvido mientras todos nos poníamos con la increíble comida. Desde que nos mudamos a Nueva York, me había propuesto hacer que Lailah conociera la ciudad en todas sus facetas: desde la comida a la cultura, pasando por el mugriento sistema del metro. Yo sabía que ella no quería seguir viviendo en una burbuja, y no quería que sintiera que la sobreprotegía.

Sin embargo, había momentos en que seguía preocupándome. Cuando estábamos en una calle atestada y oía toser a alguien cerca, me descubría alejándola de allí, preguntándome si debería llevar una máscara más a menudo. Tenía mascarillas, pero no le gustaba la idea de ponerse esas cosas horribles de plástico azul en público. Solo lo hacía si la situación realmente lo exigía, pero por fortuna, eso no solía pasar.

Su buena salud nos había permitido movernos mucho por la ciudad. Habíamos sido turistas que descubrían todo lo que había por ver. La mayor parte de esas cosas yo ya las conocía, pero también había visto cosas nuevas. Lailah se sorprendió mucho cuando supo que nunca había tomado un ferri a la Estatua de la Libertad. Simplemente, nunca lo hicimos cuando era pequeño. De lejos, había visto a la señora Libertad más veces de las que podía contar, pero nunca me había tomado el tiempo para salir a verla y tocarla. Fue emocionante.

Evidentemente, con Lailah todo era emocionante.

Ella trajo a mi vida una nueva sensación de aventura que jamás habría esperado.

Y lo mismo pasó con el restaurante esa noche. Había visto el local como una docena de veces cuando iba de camino al trabajo, pero nunca me había fijado. Un día, Lailah me hizo entrar para comer, y así fue cómo descubrimos nuestro lugar especial. Era peculiar y acogedor. La comida era increíble, fresca y orgánica, y el chef siempre se las ingeniaba para improvisar. Nos habíamos convertido en habituales.

—Eh —dijo Lailah mirando mi plato de lomo de cerdo a la plancha con notable interés.

No pude evitarlo y sonreí por lo bajo.

—Sí, puedes cogerme un poco —contesté sin molestarme en esperar a que lo preguntara.

Su rostro se iluminó y se puso a cortar su pollo por la mitad antes de ponerlo en mi plato.

—¿Puedo...?

—Sí, también te puedes quedar la mitad de mi risotto. ¡Pero entonces tienes que darme la mitad de tus patatas! —añadí.

E iniciamos nuestro ritual de partirlo todo en dos y empezar a cambiar cosas de plato. Lailah nunca era capaz de decidirse por un plato, y al final siempre quería lo que yo tenía en el mío también. Y desde que me di cuenta, había estado encantado de compartirlo todo con ella, mientras ella me diera también una mitad de lo suyo.

Era un hombre hecho y derecho. No podía sobrevivir solo con medio plato.

Cuando levanté la vista, vi que Grace nos miraba con ojos tiernos y los labios fruncidos.

—¿Qué?

—Qué adorable... y raro al mismo tiempo.

—Calla —repliqué antes de meterme un buen trozo de patata en la boca.

Todos terminamos nuestros platos y esperábamos que se sirviera el postre. Lailah y yo lo habíamos elegido por todos, porque queríamos que fuera algo especial y sabíamos que muchos dirían que no querían postre.

—¿Natillas? —preguntó Grace con una risa mientras los camareros servían los platos—. ¿Vamos a comer natillas de chocolate de postre?

Lailah metió el dedo en la crema de chocolate y se lo llevó a la boca.

—Sí.

Todos rieron y se llevaron la cuchara a la boca.

—Oh, cielos —dijo mi madre desde el otro lado de la mesa después de comer su primera cucharada—. Están deliciosas.

Y lo estaban. No era la marca de supermercado que vendían en el hospital y que había unido a dos personas solitarias dos años atrás. A nosotros nos seguían encantando nuestros Snacks Packs, sobre todo en la cama, pero para esa noche queríamos algo especial y el chef había estado a la altura.

Mientras daba mi primer bocado, eché un vistazo y vi a mi hermano dando a su acompañante una cucharada. La lengua de ella salió como una serpiente y acarició seductoramente con la punta el chocolate. Mi hermano la observaba con una expresión lasciva y oscura.

Ahora era yo el que quería pegarle.

Y había perdido el apetito definitivamente.

Lailah, que ya se había terminado su cuenco, vació el mío antes de que retiraran los platos. Las conversaciones fueron apagándose, y la gente empezó a coger sus abrigos y chaquetas y a prepararse para el frío del exterior.

Todos fuimos circulando hacia la entrada. Lailah y yo íbamos los últimos, cogidos de la mano. Cuando llegamos a la puerta, nos volvimos a mirarnos.

—Creo que aquí es cuando decimos adiós.

—Adiós no —me corrigió ella—. Eso es lo bueno del matrimonio... que nunca tienes que decir adiós.

—Y entonces ¿qué decimos? —pregunté sujetando sus manos entre las mías.

—Hasta luego —y me guiñó un ojo, recordándome las palabras que yo mismo había dicho hacía no tanto.

—Vale —sonreí—. Hasta luego, ángel.

Ella sonrió y se puso de puntillas para besarme los labios. La sujeté por la cintura y la abracé, profundizando lo que había empezado como un casto beso, hasta que empezaron a sonar los comentarios.

—Eh, Jude. ¡Guarda un poco para la boda! —exclamó Marcus.

Nos separamos y una sonrisa satisfecha apareció en mi cara cuando nuestras frentes se tocaron.

—Me parece que esa es la forma que tiene tu padre de decir que es hora de irse —reí.

—Hasta mañana, señor Cavanaugh.

—Te estaré esperando.

Vi cómo hacía ademán de irse. Sus dedos seguían cogidos de los míos, y se separaron poco a poco, hasta que finalmente nos soltamos. La puerta se abrió y sentí el frío de la calle en la cara cuando Lailah y el resto de invitados que se alojaban en el hotel salieron y empezaron a andar calle abajo. Me metí las manos en los bolsillos, buscando el calor que habían perdido cuando Lailah las soltó. No me había dado cuenta de que mi hermano seguía allí.

—¿Qué tal si bebemos un trago para celebrarlo? ¿Un último hurra antes de que claven el último clavo en tu ataúd mañana?

Me di la vuelta y lo encontré mirándome con expresión escéptica y burlona.

—¿A dónde ha ido tu cita? —pregunté dirigiéndome hacia la barra, porque supuse que eso ya respondía a su pregunta.

—Tenía que ir a... trabajar.

—Um. —Fue lo único que dije.

Nos sentamos en los taburetes y pedimos, whisky sour para Roman, coca-cola para mí.

—¿Por qué la has traído? —pregunté volviéndome hacia él, mientras me pasaba la mano por el pelo lleno de frustración—. Sabías que me molestaría. Así que ¿por qué? ¿Tanto me odias, Roman?

Su expresión se endureció.

—¿Sabes? No todo gira a tu alrededor en este mundo, hermanito. Joder. —Se levantó enseguida, tambaleándose ligeramente, y se alejó de la barra—. Creo que buscaré otra persona con la que tomarme esa copa. Beber solo no era precisamente lo que tenía en mente para esta noche.

Arrojó un billete de veinte por las bebidas que aún no nos habían servido y se fue, dejándome solo y confundido en el bar.

Las bebidas llegaron un momento después, y el camarero las dejó sobre la barra.

—¿Está bien su amigo? —preguntó.

—No tengo ni idea —respondí sinceramente.

Con Roman, siempre era así.

7

Arriba, dormilonas

Lailah

—Arriba, dormilonas —anuncié mientras abría las pesadas cortinas para dejar entrar la luz dorada del sol en la oscura habitación del hotel.

Aquel espacio inmenso se llenó al momento con la cegadora luz del mundo exterior, y cuando me volví me encontré a dos personas que me miraban con expresión desdichada desde las dos camas.

—¿Sabes?, cuando accedí a dormir con vosotras, supuse que se trataba de dormir... o al menos algo más de lo que suelo dormir en una noche normal en casa con un bebé y un marido que jura que no me quita toda la colcha. Que lo hace.

Dejé escapar una risita mientras miraba a mi somnolienta amiga. Traté de cubrirme la boca con la mano, pero no conseguí disimular la sonrisa.

—¡Hoy es el día de mi boda! —exclamé feliz—. Tenemos cosas que hacer.

—Cielo, pero si solo son las —mi madre echó un vistazo al reloj que había sobre la mesita que separaba las dos camas— ¡las cinco de la mañana! —y dejó escapar un gemido mientras se dejaba caer contra la almohada.

—¡La peluquera no vendrá hasta las doce! —dijo Grace casi gritando, y se cubrió la cara con la almohada en un intento por tapar el sol.

—Sí, pero he pensado que podíamos desayunar y luego... um... no sé.

—No podías dormir —se aventuró a decir mi madre, y su aletargamiento se transformó en una sonrisa cordial.

—No, estoy demasiado nerviosa.

—Bueno, pues entonces nos levantamos —comentó Grace a desgana.

Me deslicé por la habitación y la abracé con fuerza. Ella correspondió el gesto y noté que sus labios formaban una sonrisa contra mi mejilla.

—¿Sabes?, no hay en el mundo ninguna otra mujer por la que esté dispuesta a levantarme a estas horas... o que me pueda obligar a ponerme un vestido verde.

Yo me aparté un poco y la miré a los ojos.

—Será muy bonito... te lo garantizo... incluso si no es rosa.

—Vale, pero si finalmente resulta que no, tienes que prometerme que volverás a repetirlo todo... en rosa.

Me reí y mis manos se enlazaron con las suyas y las oprimí.

—Hecho —respondí.

—Bueno, ¿qué tenemos en la agenda para empezar, jefa? —preguntó, cubriendo un bostezo con el dorso de la mano.

—Mientras yo pido el desayuno, vosotras podéis meteros en la ducha.

—Vale, pero asegúrate de pedir al menos un litro de café. No, que sean dos. Y avísame si mi teléfono suena mientras estoy en la ducha. Brian dijo que podía con todo, pero aún estoy esperando que me llame totalmente desbordado.

—¿Nunca se ha quedado solo con Zander? —preguntó mi madre.

Ahora estaba sentada en la cama con una bata abrigada que había sacado de la maleta.

—Unas horas sí, pero pasar solo una noche con él, no. Y lo mismo digo de mí. Es la primera vez que paso tanto tiempo separada de mi hijo. Sé que está al otro lado del pasillo, pero me resulta raro levantarme de la cama y no ir corriendo a ver cómo está.

Sonreí, al ver cómo había cambiado mi mejor amiga en los últimos dos años. Su corazón había doblado su tamaño, primero con el matrimonio y luego con la maternidad. El amor exudaba por cada poro de su piel, y al verla no podía sentir sino alegría por su felicidad.

Hubo momentos en mi vida en que las personas a las que amaba se habían mostrado cohibidas, como si les diera miedo compartir conmigo la alegría que sentían en sus vidas por lo que mi enfermedad suponía para mí. Lo que nunca entendieron era que ver entusiasmo, oír hablar de sus logros era lo que hacía que mis días y mis noches fueran más llevaderos.

En aquel entonces yo sabía que mi vida nunca sería como la de las enfermeras con las que había entablado amistad o los pacientes que siempre acababan marchándose y seguían con sus vidas. Pero el hecho de conocerlos y poder formar parte de su día a día, aunque solo fuera brevemente, me ayudaba a aliviar mi soledad, era como tener una ventana al mundo exterior y hacía que los muros que me rodeaban fueran algo más finos.

Ahora que era libre, que ya no era una esclava del corazón que me había tenido cautiva durante tanto tiempo, mis amigos y mi familia compartían sus cosas conmigo libremente y era maravilloso.

Me hacía sentirme normal.

Y ser normal era lo que siempre había querido.

—Bueno, por el momento, no hay mensajes de texto ni llamadas perdidas —dije cogiendo su iPhone, con su impresionante carcasa rosa—. Así que imagino que tu caballeroso marido se apaña bien con el bebé. Ve a ducharte y yo encargaré el desayuno.

—¡Y el café! —me recordó mientras iba hacia la ducha.

Descolgué el auricular, marqué el número del servicio de habitaciones y esperé a que alguien contestara.

—¿En qué puedo ayudarla, señora Cavanaugh? —dijo la persona al otro lado de la línea.

Por un momento me quedé parada. Nunca me habían llamado por el que iba a convertirse en mi apellido. La habitación la había reservado Jude, y supongo que era normal que todos asumieran que yo era su señora.

La señora de Jude Cavanaugh.

Me parecía de lo más irreal y sorprendente.

Asombroso.

Volví enseguida a la realidad y pedí el desayuno. Pedí comida para alimentar a un regimiento... o al menos a la planta entera. Me sentía un poco culpable por despertarlas tan temprano y tenía que compensarlas. De modo que, tras oír el importe al que ascendería todo, importe que en otro tiempo me hubiera hecho desmayarme, di las gracias al hombre y colgué.

—Nuestro desayuno llegará dentro de unos treinta minutos —dije, volviéndome para sentarme en la cama frente a mi madre.

Ella me miraba cariñosa, con lágrimas a punto de caer.

—Te nos casas —dijo en un suspiro—. Nunca pensé que vería este día.

—¿Ya estás llorando? —contesté impulsándome desde el borde para salvar el espacio que nos separaba.

Me senté a su lado y ella me abrazó. No importaba lo mayor que fuera, no había nada que pudiera superar la sensación de ser abrazada por mi madre.

—Todos esos años en el hospital, cuando me sentaba a tu lado en la cama para ver cómo te recuperabas de una intervención tras otra, sin otra perspectiva ante ti que un futuro desolador... nunca dejé de soñar con un día como este. Nadie se merece ser feliz más que tú, mi ángel. Nadie.

Las lágrimas se deslizaron por mis mejillas, mientras sus palabras calaban en mí y se grababan en mi alma.

—Te quiero, mamá.

—Oh, mi niña, yo también te quiero..., te quiero tanto.

—¿Sabías que hay muchas novias a las que les resulta difícil comer el día de su boda? —preguntó Grace al otro lado de la habitación mientras empujaba una aceituna negra por el plato. Tenía un montón de rulos en el pelo y estaba sentada sobre la cama recién hecha con las piernas cruzadas.

Yo hice una mueca, la guapa morena que tenía detrás seguía tirándome del pelo y prometiéndome que lo transformaría en el peinado de novia perfecto.

—Eso es ridículo —repliqué, llevándome con cuidado a la boca un pedazo de la fresa en rodajas que tenía en el plato que sujetaba en el regazo.

Grace se rio y dejó su plato a su lado. Básicamente no habíamos hecho nada más que comer y holgazanear en la habitación durante horas. Cuando Grace dijo que no teníamos nada que hacer, lo decía en serio. No había ni una sola razón para que ninguna de nosotras se levantara al amanecer esa mañana. La ceremonia no se celebraría hasta las seis de la tarde, y eso significaba que el día se iba a hacer eterno.

Y lo fue.

Mis ojos se desviaron hacia el reloj y, una vez más, suspiré.

—Cielo, relájate. Antes de que te des cuenta el día se habrá acabado. Intenta disfrutar de cada momento —me recomendó mi madre.

Sonreí y relajé los hombros.

—Lo intento. Es que estoy impaciente por verlo llegar por el pasillo.

Alguien llamó a la puerta, interrumpiendo nuestra conversación, y Grace saltó de la cama para contestar.

—Contraseña —dijo, y lanzó una risita.

—Soy yo —dijo una voz masculina desde el otro lado.

—No conozco a nadie que se llame yo, tienes que ser más específico —bromeó.

—Grace, esta noche le pienso decir a todo el mundo el nombre que aparece en tu partida de nacimiento. ¡No me obligues a hacerlo!

La voz de Brian se oyó con total claridad.

—¡No serás capaz! —chilló Grace.

—Claro que sí.

—Eso está muy feo.

—¿No te llamas Grace? —pregunté intrigada.

—Sí, me llamo Grace. Es mi segundo nombre. ¡Da igual! —resopló, y abrió la puerta para dejar pasar al chantajista de su marido—. Llevas al bebé. Tendrías que haberlo dicho desde el principio —dijo con mimo, tendiendo los brazos para coger a Zander, que no dejaba de barbotear.

—¿Y perderme esto? Jamás.

Brian sonrió. Le pasó la mano por la cintura, agarrándose a la tela aterciopelada de la bata, y le dio un beso tierno en la mejilla.

Zander contempló el intercambio entre sus padres con interés, mientras sus deditos les tocaban la cara.

—Bueno ¿y qué te trae por aquí, guaperas? —preguntó, mientras se apartaba para sentarse en la cama que tenía más cerca con su adorable fardo.

—Me han encomendado una tarea y vengo a cumplirla.

Lo miré y meneé la cabeza.

—Oh, no, por favor. Dime que no lo ha hecho.

—No sé a qué te refieres, así que no te puedo contestar.

—¿Me ha traído algo?

La amplia sonrisa de Brian fue respuesta suficiente.

—Es increíble —susurré.

—¿Esperabas menos de Jude? —preguntó mi madre.

—No, por eso le di a papá un regalo para que se lo diera a Jude hoy.

Sonreí, y encogí ligeramente los hombros, hasta que recordé que no tenía que moverme.

La estilista era tan buena que casi había olvidado que estaba ahí.

—Me han dicho que entregue esto —dijo Brian sacando una cajita del bolsillo y adelantándose para ponerla en mi pequeña mano—. Antes de que te maquillaran.

Una risa brotó de mis labios.

—Este hombre piensa en todo.

—Señoras. Os dejo con vuestras cosas. —Se volvió hacia su mujer y su hijo—. Vamos, chico. Demos a mamá unas horas más de libertad.

Zander le tendió los brazos a su padre y nos dijo adiós con su mano regordeta y enseguida se fueron.

—Bueno ¿no piensas abrirlo? —preguntó Grace entusiasmada.

Ella y mi madre me miraban. Levanté la vista y vi que hasta la estilista se había detenido para ver qué podía ocultarse en el interior del elaborado envoltorio.

Con dedos temblorosos, retiré lentamente el lazo rojo y abrí el papel. Cuando abrí la tapa, un jadeo brotó de mis labios y los ojos se me llenaron de lágrimas. Me alegré mucho de no haberme maquillado aún. Se habría echado todo a perder.

En la cajita de terciopelo había un precioso guardapelo de plata con forma de corazón. Pero no era como los que encontrarías por todas partes. El corazón estaba hecho con las alas entrelazadas de un ángel. Las alas se abrían, y en su interior había una pequeña nota escrita con la letra angulosa de Jude.

Mi ángel, mi Lailah, mi amor.

—Oh, Dios, adoro a este hombre —confesé con voz entrecortada.

La habitación estaba en silencio y, cuando levanté la vista, me encontré con tres mujeres que me miraban con las mismas lágrimas en los ojos que yo.

—Por favor, dime que tiene un hermano —suplicó mi estilista entre sollozos.

Me reí.

—Lo tiene, pero Jude es único.

Y a partir de ese día, ese hombre excepcional sería mío para siempre.

8

Inquieto en Nueva York

Jude

Un golpe seco en la puerta resonó por el apartamento, y Marcus no perdió el tiempo y saltó del sofá para ir a abrir. Unos segundos después, Brian apareció, seguido de cerca por Marcus.

La mirada de Brian se cruzó con la mía y aminoró ligeramente el paso.

—Veo que sigues andando arriba y abajo todo el tiempo —dijo, mientras se ajustaba a Zander sobre la cadera.

No hice caso de lo que decía y seguí con mi plan de agujerear el parqué antes de que acabara el día.

—Tendríais que haber planificado la boda para la mañana. Lailah también está muy nerviosa.

Mis ojos buscaron inquietos su mirada, porque pensé en el recado al que le había mandado.

—¿Cómo está? ¿Está bien?

Brian me sonrió satisfecho.

—Bueno, no estaba vestida cuando la he visto...

Mis ojos se abrieron con exageración y me adelanté un paso para cogerlo del cuello, pero me contuve cuando vi a su bebé inocente entre nosotros.

Su mano libre se levantó como una bandera.

—Era broma. Casi. Mierda, Jude. Relájate. Solo estoy bromeando. Estaba en bata, y le estaban arreglando el pelo. Es una pena que no bebas, chico, porque te iría muy bien poder hacer algo con esos nervios.

Me pasé las manos por el pelo y retrocedí, y caí de culo sobre el inmenso sillón que había ante los ventanales que miraban sobre la ciudad.

—No son nervios. Es que me pone malo esperar. Estoy levantado desde que amaneció, y tengo ganas de verla ya.

—Lo entiendo —dijo Marcus—. Yo esperé más de veinte años para poder casarme con el amor de mi vida. Y la mañana de la boda, estaba hecho un mar de nervios.

—Teníamos que habernos fugado —me quejé con un suspiro.

—¿Y dejarme que me las apañara yo solo con Molly cuando se enterara? ¿De verdad me habrías hecho eso? ¿Después de todo lo que yo he hecho por ti?

Una risita escapó de mi garganta.

—Vale, fugarnos habría estado mal. Pero, maldita sea, si pudieras hacer que ese reloj se moviera más deprisa, te lo agradecería.

El hombre me sonrió con calidez, y se acercó a la butaca en la que me había dejado caer como un bulto inútil.

—Vamos, Jude —dijo tendiéndome la mano.

Yo sujeté su mano con fuerza y dejé que tirara de mí para ayudarme a levantarme.

—Vamos a desayunar algo y a ver si podemos hacer que las horas pasen más rápido. Si nos quedamos aquí sentados será como ver una olla de agua hirviendo.

Brian suspiró.

—Vuelvo enseguida. Tengo que conseguir algunos comentarios sarcásticos.

No entendí a qué se refería, pero antes de que pudiera preguntar, se había ido.

Marcus me rodeó con el brazo en un gesto paternal... un gesto que había visto muchas veces pero que de niño nunca tuve el placer de disfrutar. El amor de mi padre siempre se reflejó en su devoción por el negocio familiar, no en las manifestaciones físicas.

Un hombre siempre debe proveer para su familia, me dijo en una ocasión.

Y es lo que hacía. Aquel fue siempre su objetivo número uno, su ambición. Aunque nunca tuve abrazos ni visitas al zoo, mi padre nos demostró su amor a su manera.

Y aun así, mientras Marcus me miraba con admiración y orgullo, como un padre miraría a un hijo ya adulto, no pude evitar preguntarme cómo me habría sentido si fuera mi padre quien me abrazaba.

—Nunca pensé que estaría aquí comiendo el día de mi boda —comenté mientras observaba el interior del sucio restaurante que Marcus había elegido al azar mientras caminábamos por las gélidas calles de Manhattan.

—Por eso justamente lo he elegido. Ya tendrás tiempo de sobras para todas esas pijadas que tu madre ha elegido para después. Ahora podemos relajarnos, jugar al billar, charlar.

Asentí. Ya me sentía algo más tranquilo, y pedí una ronda de cervezas para Marcus y Brian. Yo bebí mi coca-cola de siempre, pero como era un día especial, añadí una cereza. Ver morir a la que había sido mi prometida en un accidente fruto de un terrible fin de semana lleno de excesos puso punto final a mis días de bebedor. Lo cierto es que ahora ni me apetece.

Había superado el sentimiento de culpa, ya no sentía aquel miedo atroz que me decía que las decisiones que yo había tomado esa noche habían causado el accidente. Si no la hubiera presentado al grupo en el club, si no nos hubiéramos quedado y luego hubiéramos ido con ellos a su casa, si hubiera vuelto al hotel cuando Megan me lo pidió, si no hubiéramos estado borrachos..., había tantos factores, tantas razones, y yo había decidido que todo se reducía a una cosa: el culpable era yo.

Pero con el tiempo, después de mucho esfuerzo, aprendí que culpándome a mí mismo no conseguiría que ella volviera, y seguir inmerso en aquel pozo de remordimientos que había levantado a mi alrededor no resolvería nada. ¿Le gustaría a Megan *saber que yo también había echado a perder mi vida?*

De modo que me liberé de los grilletes que me había impuesto a mí mismo y aprendí a vivir otra vez... con Lailah.

Pero había cosas que no cambiaban, y la idea de beber me aterraba, sobre todo porque se me había confiado el don más precioso del mundo. Si algo le pasaba a Lailah por mi culpa, no podría seguir viviendo. Se trataba de Lailah, y con ella toda precaución era poca.

Cuando llegaron las bebidas y pedimos unas hamburguesas grasientas y patatas fritas, fuimos hasta una mesa de billar libre y empezamos a organizar la primera partida.

—Bueno, ya que dentro de unas horas seré un hombre casado —dije mientras restregaba un pequeño bloque azul de tiza contra la punta de mi taco de billar—, ¿por qué no nos distraes con algunas historias sobre mi bella prometida, Marcus? Dime algo que no sepa.

Sus movimientos eran idénticos a los míos, porque también estaba preparando su taco. Luego se puso a recoger las bolas que habían caído por los agujeros en una partida anterior.

—Um…, déjame pensar —pidió y procedió a colocar las bolas en el triángulo y luego deslizarlas hasta el marcador plateado de la mesa.

Cada una de las bolas rodó por el fieltro verde de la mesa. Marcus apartó el triángulo y se centró, inclinándose sobre la mesa en la posición perfecta.

Crac.

Las bolas se deslizaron con perfección sobre la mesa y varias entraron en los agujeros.

—Caray, danos una oportunidad —se quejó Brian riendo.

Marcus hizo una mueca y se desplazó buscando un nuevo ángulo.

—¿Alguna vez te ha contado que hace unos años estuvo muy enganchada a *Crepúsculo*?

Asentí.

—No es que me lo haya contado, pero encontré el montón de libros y DVDs, e incluso encontré un muñeco Edward en una caja al fondo del armario. ¿De verdad brillan esos vampiros?

—Me temo que sí. Una noche me hizo quedarme hasta tarde después de mi turno y los vimos todos… o al menos los que tenía allí. Cuando le pregunté dónde estaban los colmillos de esos vampiros, me dijo que me callara y siguiera mirando.

—Ha evolucionado. A mí me hace ver *Diarios de vampiros*.

—Oh, lo recuerdo. A mí también me obligó alguna vez. Al menos esos no brillan.

—¿Vamos a jugar al billar o nos estamos volviendo adolescentes? —quiso saber Brian, levantando su taco para mayor énfasis.

Yo me reí e hice un gesto a Marcus para que siguiera con su turno. Golpeó varias bolas más, pero ninguna entró. Mi turno.

—A lo mejor no sabes esto. Cuando era pequeña, hubo una época en que no podía dormir sin un tanque de oxígeno. Siempre ha tenido que recurrir a los tanques de vez en cuando, pero cuando tenía unos siete años se convirtió en un ritual cada noche.

Fruncí el ceño, tratando de imaginar a mi ángel, joven y frágil, encadenada cada noche a una cama, respirando a través de una máscara de oxígeno.

—Después de unas dos semanas, estaba tan furiosa... conmigo, con su madre, hasta con el ruidoso tanque de metal que tenía junto a la cama. A los siete años, había tenido que sufrir mucho más de lo que sufre la mayoría de la gente durante toda una vida, y creo que decidió que ya era suficiente. Fue una de las pocas veces que Molly tuvo que recurrir a mí fuera del ámbito estrictamente médico para que la ayudara con Lailah.

Me tocaba a mí, pero ya no estaba muy interesado en la partida, y no tardó en tocarle a Brian. Di un sorbo a mi refresco y me senté a escuchar el relato de Marcus.

—Al final tuve que llamar a uno de mis colegas en el Hospital Infantil de Stanford. Sabía que si Molly me estaba pidiendo ayuda era importante. Significaba que confiaba en mí más allá del ámbito de la relación médico/paciente. Me lo estaba pidiendo como miembro de su familia, y no podía fallarle.

—¿Qué hiciste?

—Siguiendo el consejo de mi colega, me presenté en su apartamento con globos y un disfraz. Molly abrió la puerta y pensó que me había vuelto loco. Y yo mismo me lo estaba preguntando cuando entré en la habitación de Lailah y vi que me miraba con curiosidad. Cuando le dije que íbamos a conocer a un nuevo amigo, sus ojos se iluminaron y se volvieron con rapidez a la puerta. Y perdieron su luz en cuanto le expliqué que este nuevo amigo era alguien a quien ya conocía pero que no le habían presentado adecuadamente.

—¿La bombona de oxígeno? —aventuré.

Él asintió y se puso en pie para su segundo turno en el juego, después de haber conseguido colar varias bolas en el primero. Se movió con rapidez por la mesa y coló varias más.

—Le expliqué que su tanque era un superhéroe y que tenía un importante trabajo que hacer... mantenerla con vida. Le dije que a veces los superhéroes tienen que entrar en la vida real disfrazados, y que por eso había ido yo a verla, para ayudarla a dar a su superhéroe el aspecto que merecía. Nos pasamos la tarde arreglando el tanque y buscándole un nombre. Y Lailah se sintió feliz pasando el resto del verano en compañía de Oxy, el tanque de oxígeno. Cada vez que había que sustituir el tanque, le cambiábamos el traje en secreto, y ella nunca volvió a quejarse.

—Oxy ¿eh? —y me reí.

—Sí. Tenía siete años —añadió.

—Me gusta.

En cuestión de minutos, Marcus nos había dado una paliza a Brian y a mí, y la comida llegó justo a tiempo. Brian y yo no teníamos muchas ganas de una revancha, así que nos embutimos los tres en nuestro reservado y nos comimos la que debía de ser la mejor hamburguesa que había probado hacía meses.

—Guau, sabes elegir hamburguesas —halagué a Marcus entre bocado y bocado. Hice una pausa para respirar. Incluso las patatas eran perfectas... crujientes y tostadas, con la cantidad justa de sal.

—Es uno de mis muchos talentos. Los corazones y la comida... Son las únicas cosas que se me dan bien —afirmó riéndose.

—Lo dudo —dije antes de dar un buen trago a mi coca-cola.

Marcus había estado siempre ahí en la vida de Lailah para ayudarla cuando su padre no estaba. Había sido el padre que su hermano nunca podría ser. Quizá Oxy, el tanque de oxígeno, había llevado la diminuta capa noche tras noche en la habitación de aquella niña, pero sin duda no era el único superhéroe de la vida de Lailah.

Y ahora, se había convertido en la heroína de su propia historia.

Después de otra partida en la que Marcus se las arregló para volver a machacarnos a Brian y a mí, fuimos a un local en la misma calle para que nos afeitaran. Ya casi eran las tres, y me estaba empezando a poner nervioso, pero los chicos insistieron y dijeron que si volvíamos tan pronto, me pondría mi traje y me pasaría el rato andando arriba y abajo hasta que llegara la hora de salir hacia la iglesia, a las cinco.

Los dos tenían razón. No tardaría ni veinte minutos en arreglarme. El novio no tenía que acicalarse. Solo tenía que ponerme un traje hecho a medida y la corbata, junto con un par de zapatos nuevos, y estaría listo.

Lo que necesitaba era otra distracción.

El sitio que Marcus había elegido era sin duda más de su estilo que del mío. Una vieja barra con franjas rojas y blancas se alzaba orgullosa en la entrada de la vieja barbería, que seguramente estaba allí desde los tiempos de mi abuelo. Cuando entramos, aspiré con fuerza y me llegó el olor a loción de afeitado y colonia.

Había un hombre sentado en una silla, con la cabeza hacia atrás y la cara envuelta en toallas humeantes. El barbero estaba atendiendo a otro hombre en el mostrador. La caja registradora hizo *ding* y se abrió, y aquello me recordó un lugar donde mi madre solía llevarme cuando era niño. Aquella vieja máquina, hecha de metal macizo con letras doradas, ni siquiera iba enchufada. Debía de ser más vieja que nosotros tres juntos.

—Buenos días, caballeros. ¿En qué puedo ayudarles? —preguntó el barbero algo mayor mientras regresaba al cliente de las toallas humeantes.

Observé cómo retiraba las toallas y dejaba al descubierto un rostro rosado y húmedo y una expresión relajada y feliz.

—Esperábamos que pudiera hacer un par de afeitados —comentó Marcus.

El hombre asintió, impulsando la palanca hidráulica de la silla varias veces para bajar al hombre a su nivel.

—Por supuesto. ¿Una ocasión especial? —inquirió.

—Hoy este hombre se va a convertir en mi yerno —declaró Marcus con orgullo dándome unas palmadas en la espalda.

Mi rostro se transformó en una media sonrisa mientras sentía sus dedos en mi hombro. Tenía la sensación de que nunca me acostumbraría al amor que aquel hombre sentía por mí. Me sentía indigno de aquello, y sin embargo no quería desaprovechar ni una gota de la alegría que sentía cuando me miraba con aquel orgullo.

—Bueno, eso sí es una ocasión especial. No se puede presentar uno en su boda sin un buen afeitado. Denme un minuto para que termine con Dale y enseguida estoy por ustedes.

Los tres nos dirigimos hacia las viejas sillas de plástico que había en el rincón. Yo me reí un tanto cuando Brian se sentó y casi se le salen los ojos de las órbitas porque vio que las patas de la sillas no eran muy estables. En aquel establecimiento todo era tan viejo como el propietario, incluidas las sillas endebles en las que nos habíamos sentado. No creo que recibieran a muchos antiguos *linebackers* de instituto como Brian. Caray, si hasta mi silla vacilaba un poco, y eso que yo visitaba bien poco el gimnasio.

Tras varios minutos de charla insustancial y de hojear revistas de coches de hacía diez años, el hombre que antes tenía la cara rosada se dirigió hacia la puerta.

—Bueno, ¿quién va el primero? ¿El novio?

Marcus asintió, y yo me puse en pie de un brinco, listo para recibir mi sesión de emperifollamiento prenupcial. El hombre me acompañó hasta la silla de barbero, sin dejar de volver la vista a mi pelo. Tras la inspección de rigor, debió de decidir que estaba lo bastante bien para que me reuniera con mi prometida esa tarde, porque no dijo nada y procedió con el afeitado.

—¿Algún pariente suyo viene alguna vez por este establecimiento? —preguntó mientras cogía las toallas calientes de un bidón próximo.

—No, no lo creo —dije contestando a su extraña pregunta mientras arqueaba las cejas.

—Es que se parece usted a un tipo que venía por aquí hará como quince años. Nunca olvido una cara o un cliente. Por eso hemos conseguido conservar el negocio tanto tiempo. Ya no quedan muchas barberías en Nueva York. Todo son salones y tiendas cortadas por el mismo patrón. Pero yo no. He conseguido sobrevivir porque recuerdo a la gente, y mis clientes me respetan por ello. Y usted se parece a ese hombre..., Stevens, así se llamaba. Estuvo viniendo una vez al mes durante un año, y luego desapareció y no volví a verle. Pero apostaría lo que fuera a que era usted su gemelo, o su hijo. Era clavadito a usted, se lo aseguro. Clavadito.

—Lo siento —contesté—. El único pariente masculino que tenía por aquí hace quince años era mi padre, y no se llamaba Stevens.

El hombre se encogió de hombros.

—Bueno, todos tenemos un doble.

La toalla caliente acabó sobre mi cabeza y el barbero me dijo que me recostara en el asiento y me relajara. Y, por una vez ese día, es lo que hice.

En unas pocas horas, estaría en la iglesia, viendo cómo Lailah se acercaba por el pasillo, para convertirse en mi esposa... para siempre.

9

Ángeles en invierno

Lailah

Todas nos retiramos un poco y nos quedamos mirándolo.

—¡Qué bonito! —dijo Grace con un suspiro, echando una mirada a su pequeño, que estaba durmiendo y que Brian había dejado con nosotras poco antes.

Al parecer, mi futuro esposo estaba nervioso y necesitaba poder hacer cosas de hombres, y eso no incluía a un bebé.

—¿No queda demasiado vaporoso? —pregunté mientras mis ojos recorrían las capas y capas de tela de mi vestido y trataba de recordar cómo me quedaba cuando me hicieron la última prueba.

Mis manos se aferraron con fuerza a la cintura de mi bata de seda. Cuando una se ha pasado años vistiendo con tejanos y camisetas, resulta difícil mirar un vestido tan increíble e imaginarse con él puesto.

—Por Dios, no. Cuando se trata de vestidos de boda, nunca hay demasiada tela. Es perfecto —replicó Grace.

Y para una joven que se ha pasado la vida creyendo que nunca se casará y seguramente tampoco llegará a adulta, entrar en una tienda a elegir un traje de novia es todo un acontecimiento. Desde luego, era un gran día para todos, pero para mí señalaba un punto de inflexión. Ya no era Lailah, la joven a la que todos compadecían. Era Lailah Buchanan, futura esposa de Jude Cavanaugh. Me sentía la mujer más afortunada del planeta.

Vale, quizá todas las mujeres se sentían así cuando entraban en una tienda de trajes de novia, pero estaba segura de que todas sabían desde una edad muy temprana que acabarían conociendo a un hombre maravilloso y podrían dedicarse a planificar la boda de sus sueños.

Yo nunca había tenido sueños tan importantes.

Me limitaba a soñar con sobrevivir.

Y lo había logrado.

Cuando entré en aquella bonita tienda y vi el brillo de las perlas y los diamantes desde cada rincón, de pronto me convertí en esa niña que nunca había tenido ocasión de planificar la boda de sus sueños.

Había elegido el vestido más vistoso y con más vuelo que encontré, y me había pasado una cantidad de tiempo bochornosa delante del espejo de pared, girando y girando y mirándome. Finalmente, las sonrisas se habían convertido en lágrimas y luego en sollozos, porque comprendí lo que aquello significaba de verdad.

Había sobrevivido. Había conseguido llegar al otro lado, y ahora estaba allí, viviendo la vida que la mayoría de la gente tiene.

Mi madre y Grace me abrazaron y no dejaron de asentir y de decir que jamás había estado tan guapa. Y no me molesté en probarme otros vestidos. Había tenido mi momento boda, o como quiera que lo llamen.

Y ahora estaba allí, con el vestido delante de mí, lista para ponérmelo.

No habría más ajustes, no más furtivas visitas al armario para ver las capas de organdí y tratar de recordar el aspecto que tenían cayendo alrededor de mi cuerpo como láminas de nieve.

Aquello estaba sucediendo de verdad, solo tenía que convencerme de que me lo merecía.

—Bueno, ¿lista para ponértelo? —preguntó mi madre, y estiró el brazo para soltar la percha del colgador.

—¡Sí! —exclamé casi gritando por la emoción.

Las dos se rieron cuando dejé caer mi bata, y las observé mientras bajaban la cremallera del vestido con cuidado.

—Eso no es lo que vas a llegar debajo, ¿verdad? —preguntó Grace, negando con la cabeza mientras me veía en pie con mis sencillas bragas de satén y sujetador sin tirantes a juego.

—Um..., sí. ¿Por qué? —pregunté, sintiéndome de pronto cohibida.

Me cubrí el estómago con las manos, pero ella me las apartó de un manotazo.

—Oh, vale. Solo decía que parece un poco... bueno, un poco básico —y sonrió.

—Y virginal —añadió mi madre con una risa.

Bajé la vista para mirar mi ropa interior y fruncí el ceño.

—Es blanco y satén —respondí con un bufido—. ¡Lo compré en la tienda de trajes de novia!

—Oh, cielo. Ya sabía que esto iba a pasar. ¡Espera! —dijo Grace levantando un dedo en el aire, y provocando con ello una pausa en la conversación.

Yo miré a mi madre, que seguía con el vestido en las manos, con la cremallera a medio bajar, y encogió los hombros. Evidentemente, ella no estaba metida en aquello. Su única aportación fueron los comentarios.

Cuando me volví, vi a Grace revolviendo el contenido de su enorme maleta, inclinada, con el culo hacia arriba, oscilando sobre un talón, mientras trataba de parecer elegante con su vestido verde esmeralda. La imagen era de lo más divertida.

—¡Ajá! Lo encontré —anunció mientras sacaba una bolsa rosa y la agitaba ante mí.

—Rosa. Tendría que haberlo imaginado —dije poniendo los ojos en blanco.

—Solo la bolsa —rio ella.

La abrí, y encontré una hoja de papel de seda envolviendo unas delicadas prendas blancas de encaje. Lo saqué y al momento sentí que me ruborizaba. Lo sostuve en alto para verlo bien.

—Esto es un...

—¿Tanga? Sí, cielo, lo es.

Estoy segura de que las dos me oyeron tragar. Los ojos se me pusieron como platos, y la risa de Grace llenó la habitación. Miré a mi madre, que también se había apuntado a la fiesta.

—Maldita sea, creo que podría darme un ataque al corazón aquí mismo —musité.

—Vamos, cielo, está bien. Es muy bonito.

—Vale, pero no mires, ¿eh, mamá?

Su rostro conformó una sonrisa mientras trataba de contener las risitas.

—De acuerdo.

Me cambié enseguida, y sustituí mis sencillos *shorts* de chico de satén por el escaso encaje del tanga que Grace me había comprado. Cuando estuvo conmigo unas semanas atrás, me había comprado algunas cosas para la luna de miel, pero nada demasiado arriesgado, y definitivamente, nada que dejara ver mi culo. Jude y yo ya llevábamos un tiempo juntos, pero yo seguía siendo demasiado ingenua con algunas cosas... y por lo visto la lencería de hilo dental era una de esas cosas.

Además de las braguitas sexi, Grace me había comprado otro sujetador sin tirantes.

Lo miré con recelo.

—Es un *push-up*. Créeme, después me lo agradecerás.

—¿Me seguirá yendo bien? Me he estado haciendo las pruebas del traje con el sujetador que llevo puesto —le expliqué mirando mi sujetador normal de satén blanco, que no era un *push-up*.

—Sí, tus niñas estarán bien, y tendrás un aspecto increíble.

—¿Mis niñas? —pregunté, dándome la vuelta para cambiarme.

—Sí, trátalas con un poco de respeto, Lailah. Son las únicas que tienes.

Me volví a dar la vuelta y cuando sus miradas se posaron en mi pecho los ojos se les pusieron como platos.

—Guau. Dile a Jude que puede mandarme un ramo de agradecimiento cuando quiera.

Bajé la vista y estuve a punto de dar un respingo.

—¿Seguro que esto es decente? Casi se me meten por los ojos.

Las risitas de mi madre llenaban la habitación.

—Oh, calla. Por supuesto que no. No tienes suficiente pecho para que te lleguen a un ojo. Además, cuando te pongamos el vestido, se te verá la cantidad justa de canalillo —comentó Grace.

—¿La cantidad justa?

—Sí, el canalillo eclesiástico. Ni mucho ni poco, el justo.

Puse los ojos en blanco y puede que hiciera una mueca.

—Vale, ricitos de oro.

Crucé la habitación, con cuidado de no enseñarle el culo a mi madre, y me coloqué ante ella, que me esperaba con el vestido listo.

—Venga, hagámoslo —dije.

Bajó el vestido y nuestras miradas se encontraron. Cogí la mano de Grace y, poniendo primero un pie y luego el otro, me coloqué en medio del vestido y ellas lo subieron a mi alrededor. El corpiño se ciñó a mi cuerpo cuando se pusieron a maniobrar con la cremallera.

—Perfecto —dictaminó mi madre—. Te queda como un guante.

Me alisaron bien las diferentes capas y trajeron la banda de perlas para decorar mi cintura. Con mano experta, Grace la sujetó a mi espalda y me volví para mirarme al espejo por primera vez.

—No llores —le pedí—. No llores.

El vestido me quedaba exactamente como lo recordaba pero mejor. El corpiño se ceñía a mi cuerpo, realzando las curvas que había adquirido desde la intervención. Y caía en cascada a partir de la cintura, docenas de finas capas de organdí que caían con elegancia al suelo.

—Parezco una princesa —dije.

—No —replicó mi madre—. Pareces un ángel.

Vi su mirada llorosa en el espejo y tuve que mirar hacia otro lado para no echarme a llorar también.

—Creo que tenemos que darte unos retoques antes de irnos —dijo Grace con la voz algo ronca por las lágrimas.

Sus dedos me tocaron el cuello, y noté el frío del metal en mi garganta. El guardapelo que Jude me había regalado reposaba sobre mi pecho, y llegaba apenas al punto donde se iniciaba la cicatriz. Con aquel vestido se veía, y hasta había pensado comprarme un vestido que la cubriera, pero me había pasado demasiado tiempo escondiéndome.

Esa era yo... una superviviente.

Y no me escondería el día de mi boda.

Mi corazón se oía más y latía más deprisa cuando la limusina paró ante la bonita iglesia gótica que se alzaba orgullosa contra el perfil de Nueva York.

En cuanto la vi, supe que aquel era el lugar donde Jude y yo nos casaríamos. Después de pasar un día desolador recorriendo una iglesia tras otra y descubrir que no había ninguna que nos dijera nada, casi había renunciado a mi sueño de casarme en una iglesia histórica.

Los padres de Jude habían pronunciado sus votos en la bonita Trinity Church y, por supuesto, no me habría parecido mal. Pero era un lugar inmenso, y con el fin de evitar que la madre de Jude perdiera la cabeza e invitara a todo el mundo en la Costa Este, habíamos tratado de evitar los lugares demasiado grandes.

Así que, finalmente, cansados y con los pies doloridos de tanto andar por la ciudad, nos habíamos subido a un taxi. Me derrumbé en el asiento de atrás y, mientras escuchaba la voz tranquila de Jude asegurándome que todo iría bien, levanté la vista y allí estaba. Pedí al taxista que parara enseguida. Cogí a Jude de la mano y, como si estuviera loca, lo saqué de un tirón del taxi y corrí hacia la iglesia, y no paré hasta que estuvimos dentro.

Ese día pagamos la reserva.

Entonces tenía la sensación de que hoy no iba a llegar jamás.

Y sin embargo, allí estaba, con mi vestido de novia, lista para reunirme con mi prometido y prometer que pasaría el resto de mi vida a su lado.

Por lo visto, los cuentos de hadas sí se hacían realidad... incluso para la pequeña que había crecido entre los muros de un hospital sin esperar que nunca le pasara nada especial.

—¿Estás lista? —preguntó mi madre tomándome de la mano.

Oprimí su mano y nuestros ojos se encontraron brevemente, pero enseguida me volví a mirar el campanario de piedra caliza.

—Sí —dije, tratando de contener las lágrimas que amenazaban con caer.

La puerta de la limusina se abrió lentamente y ahí estaba Marcus, esperando con aire orgulloso para acompañarnos al interior de la iglesia.

—Ahí están mis chicas —dijo—. ¿Qué tal si vamos entrando?

Yo asentí mientras Marcus me tomaba de la mano y me ayudaba a bajar del vehículo, atento a las diferentes capas de tela de mi vestido. Me quedé en pie, sin apenas notar las gélidas temperaturas de la tarde, y entonces vi el rostro de Marcus.

Sus viejos ojos estaban llenos de lágrimas.

—Estás... oh, Dios, Lailah. Estás preciosa.

Dejé que me abrazara, y me empapé del amor y la calidez del único padre que había conocido. Marcus había sido mi médico toda mi vida. Y según los estándares sociales quizá solo era mi padrastro, pero para mí era mucho más.

—Gracias —dije apartándome para mirarle.

—¿Por qué?

—Por todo. Hay tantas cosas en la lista, Marcus. Siempre has estado ahí para mí y para mamá. Y habría muerto hace mucho tiempo en ese hospital de no ser por ti.

Él trató de protestar, pero lo que decía era cierto. Cada minuto de cada día, Marcus había luchado por mí.

—Quizá mamá eligió al hermano Hale equivocado aquella noche, pero después te ha preferido a ti siempre.

Él esbozó una leve sonrisa.

—Lo sé.

Sus ojos se desplazaron a mi espalda, para mirar con ojos llameantes a mi madre.

Mi madre me apoyó la mano en el hombro.

—Tienes que entrar —dijo frotándome los brazos con las manos para darme calor. Seguramente se había relajado en muchos sentidos, pero la necesidad de protegerme seguía ahí, fuertemente arraigada.

Asentí.

—¿Dónde está Jude? —pregunté volviéndome hacia Marcus.

—Al fondo, lejos de las ventanas. No te preocupes, él tampoco quiere estropear este momento.

Algunos claxons sonaron mientras nos dirigíamos a la entrada, y no pude evitar volverme y saludar a la gente que me pitaba, bajaba las ventanillas y me gritaba felicitaciones. Por suerte, nadie me dijo que saliera huyendo, o que el matrimonio es un asco. Sin duda eso habría enturbiado un poco el momento tan especial que estaba viviendo.

Marcus abrió la pesada puerta de la iglesia y mi madre me hizo pasar enseguida. Una vez nos aseguramos de que todo el vestido estaba dentro, di el ok para que cerraran la puerta. Grace había llegado antes, para asegurarse de que todo estaba perfecto. Y sospechaba que también quería que mi madre y yo pudiéramos estar un rato a solas. No era necesario, pero me pareció un gesto bonito. Había sido bonito compartir con mi madre aquellos últimos minutos, mientras nos deslizábamos por las calles de Nueva York en la limusina. No sabía si tendría ocasión de poder volver a estar así con ella antes de que Jude y yo nos fuéramos de luna de miel. Y supongo que Grace lo sabía. Siempre parecía saber exactamente qué hacer.

—Oh, Lailah, qué bonito —dijo mi madre con reverencia.

Cuando acabé de alisarme el vestido, levanté la vista y vi que la iglesia se había transformado. Cuando Jude y yo la visitamos, era de día, y aunque parecía mágico, los dos teníamos muy claro que queríamos casarnos por la noche. Volvimos en otra ocasión durante un servicio vespertino para hacernos una idea de cómo sería, pero la intensidad de las luces lo inundaba todo.

En cambio ahora, solo la luz de lo que parecían un millón de velas iluminaba el lugar. Era muy romántico, era todo lo que hubiera podido imaginar. El resplandor de la iluminación natural parpadeaba contra los muros de piedra y los altos techos de la catedral gótica.

—Es perfecto —fue lo único que conseguí decir antes de que me arrastraran a la comitiva nupcial.

Fuera, los invitados empezaban a llegar, lo que significaba que en menos de una hora estaría avanzando por el pasillo iluminado por las velas.

10

Una noche para recordar

Jude

Respiré hondo, tocándome los nuevos gemelos del puño, mientras Marcus se colocaba junto a mí ante la congregación. El pequeño coro de la capilla empezó a cantar, llenando la iglesia con sus voces angelicales desde el palco del coro.

Grace apareció la primera, sujetando un pequeño ramillete de flores rojas y blancas contra su vestido verde. Parecía feliz y exultante cuando se volvió un instante a mirar a Brian y Zander, que estaban sentados entre la multitud. Brian estiró la manita de su hijo para que saludara a Grace antes de que ocupara su lugar a mi derecha, dejando un amplio espacio entre los dos para Lailah.

Lailah.

Me volví justo a tiempo para verlas aparecer a ella y a su madre. Con un brazo enlazado con firmeza en torno al de Molly, Lailah miró al frente para dar sus primeros pasos por el pasillo.

Me quedé sin respiración.

Estaba increíble, exquisita.

Señor, Señor, aquella mujer era mía.

Unos rizos sueltos le caían sobre los hombros y la envolvían como un halo, y el velo se movía tras ella como una fina cola. El vestido era blanco invierno y encajaba con su personalidad y con su cuerpo a la perfección.

Mis dedos se morían por tocarla, por recorrer cada palmo de aquella piel sedosa.

Parecía que hacía mil años que no la veía, y sin embargo habían pasado menos de veinticuatro horas. Mientras la veía avanzar por aquel pasillo del brazo de su madre, tenía más claro que nunca que Lailah era la persona a quien quería a mi lado.

Quizá mi vida había empezado por derroteros muy distintos, pero mis pasos habían acabado llevándome a aquel hospital, a aquel momento, a aquella mujer.

Era cierto, lo que decían todas esas películas cursis era verdad. Cuando la novia entró en la iglesia y miró a su futuro esposo, fue como si todo lo demás desapareciera.

Cuando Molly colocó la mano de Lailah sobre la mía y me dio un leve apretón en el hombro, la iglesia pareció desvanecerse a mi alrededor. Lo único que podía ver era el deslumbrante brillo de sus ojos a la luz de las velas, y la suave sonrisa que emanaba de todo su ser cuando quedamos frente a frente y nos miramos.

Quería susurrarle algo, decirle lo bonita que estaba, lo mucho que la quería. *Pero, ¿cómo encajar un millar de emociones diferentes en una sola frase?*

Era imposible, y recé para que mis votos le hicieran justicia.

El pastor saludó a la congregación, y me tomé un momento para mirar a nuestros amigos y familiares, que estaban allí sonriéndonos. Nuestras madres estaban en la primera fila. La mía ya tenía entre los dedos un delicado pañuelo de encaje, porque sabía que en algún momento tendría que enjugarse las lágrimas. Tras entregarme a Lailah, Molly había ido a ocupar su asiento.

La iglesia estaba llena. Yo conocía a algunos de los presentes, pero a la mayoría no. Había discutido el tema con mi madre, porque desde el principio mi intención había sido invitar al menor número posible de personas, pero finalmente cedí, porque era consciente de que mi posición en la empresa y el nombre de mi familia exigía que invitara a ciertos individuos.

En aquellos momentos, me daba igual quien hubiera allí.

Mientras Lailah estuviera ante mí, mirándome con esa maravillosa emoción en los ojos, tanto me daba si la iglesia estaba llena o vacía, porque seguiría siendo el hombre más afortunado del mundo.

—Como pastor que he sido de esta iglesia durante cuarenta y cinco años, he casado a muchas parejas en este mismo lugar. Tantas, que de hecho también he casado a los hijos de algunas de ellas.

Se rio un tanto por lo bajo y la congregación rio con él.

—Muchas de esas parejas siguen vivas en mi memoria, aquellas que parecen... especiales. Desde el momento en que cruzaron esa puerta, Jude y Lailah se convirtieron en una de esas parejas. El espíritu arrollador de Lailah lo llenó todo mientras recorría el edificio, exclamándose llena de asombro por la hermosa arquitectura.

Yo sonreí, porque recordaba bien ese día. El pastor Mark no estaba exagerando.

Lailah y yo habíamos visitado media docena de iglesias mientras estábamos de vacaciones en Irlanda, y algunas no eran muy distintas de la iglesia donde estábamos en aquel momento. Nada podía enturbiar su entusiasmo cuando entraba en un lugar nuevo. La vida nunca sería aburrida para Lailah. Para ella cada día era un milagro.

—Había visto ese entusiasmo otras veces, pero cuando yo aparecía y explicaba el proceso para celebrar una boda aquí, el entusiasmo pronto se evaporaba, y muchas parejas desaparecían tan inesperadamente como habían llegado para ir en busca de una iglesia con un proceso más sencillo. Como verán, soy un poco anticuado.

Yo puse los ojos en blanco, y eso hizo que Lailah arrugara la nariz y riera por lo bajo.

—Sigo creyendo que las parejas deben conocerse un poco antes de dar el paso del matrimonio, razón por la cual exijo a todas las aspirantes que acudan a sesiones de asesoramiento matrimonial. Cuando comenté este requisito a Jude y Lailah, ella se puso a dar brincos literalmente y a preguntar cuándo podía empezar. Fue entonces cuando supe que había encontrado algo especial.

»Desde ese día, he aprendido muchas cosas sobre los dos. Y el hecho de estar aquí, presidiendo esta unión, me hace sentirme realmente honrado.

Su sonrisa cordial, llena de amor, se derramó sobre nosotros. En los últimos dos meses, le había cogido mucho afecto durante nuestras sesiones semanales, mientras nos explicaba su visión del matrimonio y de la vida.

—Lailah y Jude han decidido recitar sus propios votos, un toque muy moderno que este viejo no puede sino ver con buenos ojos.

Nos miró haciendo un gesto de asentimiento con la cabeza para indicarme que podía empezar. Sentí los nervios en el estómago cuando volvió el micrófono hacia mí, para que la congregación pudiera oír mis palabras.

Mis ojos se posaron en Lailah y de pronto todo se solidificó y la calma se abrió paso por mis emociones tumultuosas.

—Hubo un momento, hace no demasiado, en que pensé que no volvería a verte. Cada mañana me despertaba pensando en todas las veces que te había dicho que te quería, y eso me llevaba a todas las veces que no te lo había dicho, como todas aquellas despedidas apresuradas cuando apuraba los treinta minutos para desayunar en el trabajo, o las noches en que nos quedábamos dormidos juntos y no lo dije. Todas aquellas oportunidades desaprovechadas de decir te quiero me pesaban, como monedas que poco a poco van llenando un tarro hasta que acaban por caer por el borde.

Mi mano sujetaba la suya y con el pulgar le acaricié la piel al pronunciar mis votos.

—Cuando volviste a mí, sentí la abrumadora necesidad de decirte lo mucho que te quiero, cada segundo de cada minuto de cada día. Lo siento, sé que como mucho esto duró un par de días.

La congregación rio y sus miradas se iluminaron, y Lailah lanzó una risita.

—Me sentía sencillamente desbordado. Esto, lo que siento por ti, Lailah, es muy intenso. Cuando pasaron los primeros días después de nuestro reencuentro, me di cuenta de que, mientras viviera, no podría hacer otra cosa que decirte lo mucho que te quiero, y seguiría sin ser una medida justa de lo que de verdad siento. Mi amor es inconmensurable, infinito, y siempre cambiante, y es tuyo, todo para ti... mientras viva.

Los labios de Lailah temblaban y apretó los ojos con fuerza. Me metí la mano en el bolsillo y saqué el pañuelo de encaje que mi madre me había entregado momentos antes de la ceremonia. Lo acerqué con gentileza al rostro de Lailah y le di unos toquecitos para limpiarle las lágrimas. Sus dedos rodearon un instante mi muñeca, tocando el gemelo, y entonces me cogió el pañuelo.

El pastor Mark la miró, inquiriendo en silencio si estaba lista. Ella asintió.

Cuando empezó a hablar, su voz sonó un poco ronca, llena de emoción.

—Podría decirte tantas cosas en este momento, incluyendo cómo me has salvado en muchos sentidos. Pero sé que menearías la cabeza y dirías que no, que fue al revés.

»Así que en vez de eso, voy a hablar de la nieve.

Arqueé las cejas y oí que varias personas en la iglesia reían por lo bajo.

—Como la mayoría de la gente de la Costa Oeste, tengo una extraña obsesión por la nieve. Es fría y blanca, y cae del cielo. La primera vez que la vi, salí corriendo a la calle sin pararme a coger una chaqueta, y me puse a bailar bajo la nieve que caía cantando y riendo como una posesa. Estoy segura de que casi te da·un ataque —dijo, y sonrió.

Yo asentí.

—Después de aquello, mi reacción no ha cambiado mucho... aunque ahora procuro coger un abrigo. Y, siendo de California como soy, no tenía ni idea de que pudiera caer tanta nieve del cielo. La vida en Nueva York me ha enseñado muchas cosas sobre el clima.

»Hubo una tormenta particularmente fuerte el pasado invierno, y de hecho la ciudad quedó paralizada. La madre naturaleza envió tantísima nieve, que las máquinas quitanieves no daban abasto. Y mientras estaba sentada en el sofá viendo cómo las luces parpadeaban, miré por la ventana pensando si tendríamos calefacción para toda la noche. Y entonces viniste y me rodeaste con tus cálidos brazos y me di cuenta de que nada importaba mientras estuviéramos juntos. Tormentas de nieve, trasplantes de corazón o cualquier otra cosa que el mundo quiera arrojarnos, mientras tu mano esté sobre la mía —dijo mirando a nuestras manos enlazadas— nunca tendré miedo de lo desconocido.

Me quedé sin aliento.

Nos intercambiamos los anillos y sentí sus delicados dedos deslizando el frío anillo de metal en su sitio, y yo pensé: *¿Es posible que un hombre merezca tanto? ¿O estoy tentando al destino?*

11

Señor y Señora

Lailah

Los afables ojos verdes de Jude se fundieron con los míos mientras deslizaba la sencilla alianza de oro en mi dedo corazón. La miré, miré los diminutos diamantes blancos que destellaban bajo el suave resplandor de las velas.

Muchas veces me había preguntado cómo se veía todo ese día, con nosotros dos plantados ante nuestros amigos y familiares.

Todo parecía sólido, real e increíblemente permanente... como Jude.

Sus labios esbozaron una media sonrisa cuando mis ojos volvieron a los suyos. *¿En qué pensaba?* Sus ojos bajaron a mi escote y sentí que me ruborizaba.

Oh... en eso.

Bueno, supongo que tenía que dar las gracias a mi buena amiga Grace por la lencería.

—Ahora que Jude y Lailah se han entregado el uno al otro y se han hecho una promesa mediante el intercambio de anillos... —empezó a decir el pastor. Jude me oprimió la mano. Ya estaba hecho, y sus ojos no se apartaron de los míos, mientras yo me mordía el labio tratando de no llorar—. Me siento honrado e increíblemente feliz de declararos marido y mujer.

Los dos lo miramos buscando su permiso, tan entusiasmados que casi nos caemos al suelo.

El pastor Mark se rio y miró a Jude asintiendo con el gesto.

—Puedes besar a la novia.

Nuestras miradas se encontraron y vi que la expresión de suficiencia de Jude había vuelto. El corazón me golpeaba con fuerza en el pecho. Era como si nunca me hubieran besado, como si llevara toda la vida esperando aquel momento.

Jude se inclinó hacia delante y sus dedos me sujetaron por la nuca, enredándose en mi pelo, y me acercó. Un milisegundo antes de que nuestros labios se encontraran, susurró «Para siempre», tan flojo que solo nosotros dos lo oímos.

La congregación estalló en vítores y aplausos mientras nos dábamos nuestro primer beso como marido y mujer.

Fue un momento mágico.

Cuando nos separamos, vi que Jude tenía lágrimas en los ojos. Me puse de puntillas y se las limpié con suavidad antes de volvernos hacia nuestra familia y amigos.

—¡Les presento al señor y la señora Cavanaugh!

Levantamos nuestras manos unidas en un gesto triunfal, riendo de felicidad, y nos dirigimos hacia el pasillo para recibir las felicitaciones y aplausos.

No llevaríamos casados más de una hora y ya había sentido el impulso de hacerle un poquito de daño a Jude, no mucho... solo darle una patada en las espinillas o un pequeño empujón.

Mientras se hacía salir a los invitados y se les despachaba al salón de fiestas del hotel donde íbamos a ofrecer la recepción con cócteles y entremeses, nosotros nos quedamos atrás con el pequeño grupo de familiares y amigos más allegados para hacer fotografías.

Yo seguía obedientemente las instrucciones de nuestra paciente y maravillosa fotógrafa, y entonces lo sentí... el suave roce de los dedos de Jude en mi piel desnuda, la forma en que su cuerpo parecía pegarse a mí cada vez que cambiábamos de posición. Lo hacía a propósito, y delante de nuestra familia.

Y, caray, yo le dejaba.

Seguramente si alguien se hubiera dado cuenta le habría parecido algo completamente inocente... el roce de una mano, un casto beso. Para mí era de todo menos eso. Sentía que el infierno estaba a punto de desatarse en mi interior, un deseo tan intenso que era como si estuviéramos filmando una película porno delante de mi madre y mi padre.

—Vale, creo que ya tenemos suficientes fotos familiares. Excepto Lailah y Jude, los demás pueden irse a la recepción —anunció la fotógrafa.

Casi suspiré del alivio, pero entonces vi que Jude esbozaba una mueca.

—Oh, cierra la boca —musité.

Tuvimos otra ronda de felicitaciones, y entonces nos quedamos solos con la fotógrafa. Pero la mujer hizo honor a su reputación, se fundió con el entorno y consiguió que nos comportáramos de forma espontánea... y quedamos absortos el uno en el otro. Nos desplazamos por la iglesia, haciéndonos fotos a la luz de las velas, cerca de las grandes arcadas de las ventanas. No había nada postizo o preparado en nuestros movimientos, y aquello solo hizo que acentuar la necesidad que sentía de tenerle.

Después de unos quince minutos, la fotógrafa ya tenía todo lo que necesitaba, y nos dejó para que pudiéramos ir a reunirnos con los otros en la recepción.

—¿Lista para ir de fiesta, señora Cavanaugh? —preguntó Jude mientras se quitaba su chaqueta de sastre, y me la puso sobre los hombros antes de abrir la pesada puerta de la iglesia.

—En realidad preferiría dar unas vueltas en la limusina.

Sus ojos se oscurecieron cuando salimos al frío aire del invierno. Eché la cabeza hacia atrás y dejé que los copos me cayeran en el rostro, porque había empezado a nevar durante la ceremonia.

—Nieve —declaró levantando la vista al cielo invernal.

—Nieve —repetí, recordando los votos que había pronunciado hacía tan solo una hora.

—Vamos a buscar esa limusina —dijo.

Me cogió en brazos y bajó las escaleras hasta la calle. Yo me reí, pero me paré en seco cuando oí que maldecía.

—¿Qué pasa? —pregunté.

—La limusina se ha ido.

—A lo mejor está más abajo —sugerí.

Jude me dejó en el suelo. El momento romántico había pasado, y nos quedamos allí plantados, mirando a un lado y a otro de la calle, pero la limusina no estaba.

—Pedí específicamente que una limusina nos esperara.

—Bueno... um... —fue lo único que se me ocurrió—. ¿Cogemos un taxi?

Jude se volvió hacia mí como si hubiera perdido la cabeza.

—¿En traje de novia?

—Bueno, o eso o vamos andando.

Pero antes de que terminara la frase, Jude ya había levantado la mano para parar un taxi.

Pasaron cinco minutos antes de que encontráramos un taxi lo bastante loco para subirnos. Por lo visto, ver a un novio y una novia delante de una iglesia era demasiado para la mayoría de los taxistas de Nueva York. Por suerte, Mo, de Queens, tenía ganas de aventura y decidió que le apetecía echarse unas risas mientras Jude hablaba con él por la ventanilla y luego me ayudaba a embutir las múltiples capas de mi traje de novia de diseño en el cochambroso asiento de atrás.

—¿Os estáis fugando? —preguntó Mo con un fuerte acento.

—¡No! ¡Claro que no! —dije inflexible—. La limusina que se suponía que tenía que llevarnos a la recepción ha desaparecido.

—Um, los chóferes de limusinas... no se puede uno fiar de ellos. —Se rio—. ¡Bueno, pues llevemos al rey y la reina a la fiesta!

Jude le dio la dirección, y en quince minutos llegamos elegantemente tarde a nuestra recepción.

—¡Ya llegan! —gritó Grace, corriendo hacia nosotros con su bonito vestido de satén verde. Le favorecía mucho, y aun así le daba ese aire femenino y frágil que a ella tanto le gustaba.

Aunque no era rosa, lo había elegido pensando únicamente en ella.

—Lo sentimos —nos disculpamos al entrar—. Nuestra limusina no ha aparecido.

—¿Cómo? Bueno, cuando nosotros salimos solo había una, pero le pedí que volviera —y cuando lo dijo parecía terriblemente avergonzada.

Le puse la mano en el hombro.

—No pasa nada. Seguramente no te entendió. Hemos cogido un taxi.

Grace puso cara de espanto. Sus ojos recorrieron mi vestido, buscando evidencias de nuestro desafortunado viaje.

—Estamos bien, de verdad.

—Venga. Vamos a disfrutar de la velada —nos animó Jude echando un brazo al hombro de cada una.

—¡Espera! —Grace se detuvo y se volvió—. No podéis entrar sin más. Hay que anunciaros primero. Es una tradición.

Nosotros nos miramos y sonreímos, porque comprendimos que teníamos que darle a Grace su momento.

—De acuerdo, esperaremos aquí —dije.

—¡Sí! Avisaré a la banda de música. El cantante os anunciará, y entonces podéis hacer vuestra gran entrada como marido y mujer. Con mucha clase.

Se alejó con premura mientras Jude y yo conteníamos la respiración en un intento por no echarnos a reír.

—Es muy vehemente. ¿Alguna vez se ha planteado trabajar como organizadora de eventos? —preguntó Jude, y una risita escapó de sus labios.

—O dictadora. Es tan dulce que nadie se daría cuenta de que les estaba mandando.

Una voz profunda se oyó por el micrófono, y nos acercamos al salón de bailes justo a tiempo para oír las palabras mágicas. Grace abrió las puertas con expresión triunfal, y la luz de los focos nos dio de lleno en la cara.

Nos dimos la mano y nos abrimos paso entre la multitud de personas que nos vitoreaba y aplaudía. Era como ser una celebridad por una noche, y de pronto comprendí por qué las estrellas de cine siempre están tan delgadas. No hay tiempo para comer.

Jude y yo habíamos dedicado una cantidad enorme de tiempo a buscar un lugar bonito donde ofrecer la recepción. Tenía que tener la clase suficiente para los invitados de su madre y los nuestros. Bueno, en realidad a nosotros lo único que nos importaba era la comida. Aquel lugar tenía clase y la comida era increíble. El chef era soberbio, y siempre se las ingeniaba para preparar platos divinos y al mismo tiempo sencillos.

Pero no había tenido tiempo de probar ninguno de ellos desde que nos sentamos a la mesa. Cada vez que me llevaba el tenedor a la boca, alguien me daba una palmada en el hombro para felicitarme o colmarme de besos y abrazos. Era maravilloso, y yo agradecía tanta atención, pero si no le daba algo de comida a mi estómago en breve, la gente no tardaría en descubrir lo que es una novia irritada.

—¿Señorita? —dijo un joven camarero a mi lado antes de rectificar—. Disculpe, señora Cavanaugh.

Y se cubrió la boca con la mano mientras carraspeaba y se ruborizaba, visiblemente nervioso.

Me volví un momento para mirar a mi esposo, y vi que estaba mirando al camarero con mala cara.

—Puedes llamarme Lailah —le dije con amabilidad antes de mirar a Jude con expresión de advertencia para que se serenara.

—El chef solicita la aprobación final del pastel de boda —dijo, y sus ojos se desviaron hacia la cocina y volvieron a mí.

—Um... oh, estoy segura de que lo que ha hecho estará bien —dije agitando la mano.

Si hubiera un premio para esposas tolerantes, yo lo ganaría sin ninguna duda. No era ninguna novia irritada.

El joven se tiró del cuello de la camisa y se limpió las manos contra los pantalones negros.

—Ha insistido mucho.

—Oh, bien —dije suspirando, porque no quería incomodar más a aquel pobre chico.

—¿Quieres que te acompañe? —se ofreció Jude, y se levantó de la mesa tendiéndome la mano.

—No, no pasa nada. Vuelvo enseguida. Al menos uno de los dos tendría que quedarse y comer. ¿Me guardas el plato? —le pregunté, mientras le daba un beso en la mejilla, y él asintió.

Seguí al camarero hacia la parte de atrás, saludando y sonriendo a mi paso. El joven me abrió la puerta y entré en la cocina. Sonreí, porque me vino a la mente la última vez que había estado en una cocina profesional como aquella. Cuando vi las superficies de trabajo de acero inoxidable, el recuerdo de la masa de la pizza y la salsa marinara me vino a la cabeza. Pero todo se desvaneció en cuanto vi los cubiertos puestos para un comensal, con velas y una servilleta de tela esperándome.

—¿Qué es esto? —pregunté volviéndome hacia el camarero.

—La cena —contestó él, y acto seguido se retiró por una puerta batiente, que llevaba a una zona interior de la cocina.

Miré a mi alrededor, buscando respuestas, y no tardé en encontrarlas.

En pie en un rincón, mirando estoicamente, estaba él, con su sonrisa patentada y un traje negro de diseño.

—Es un detalle que nos acompañes —musité.

—He estado aquí todo el tiempo —contestó—. En un segundo plano, como me corresponde... en un día como este —añadió.

—¿Tú has hecho esto? —pregunté sin molestarme en disimular el tono de sorpresa.

—Bueno, no podía permitir que la novia se desvaneciera de hambre el día de su boda, ¿verdad? —dijo Roman dando un paso al frente mientras deslizaba la mano sobre la superficie de frío acero.

—¿Y qué me dices de tu hermano? —pregunté cruzando los brazos sobre el pecho con gesto desafiante.

—Alguien tiene que entretener a las masas —y esbozó una sonrisa traviesa.

—¿Por qué, Roman? —pregunté dando un paso con rabia hacia él—. ¿Por qué este gesto de generosidad? Después de todos estos meses. ¿No entiendes lo que le has hecho pasar a tu hermano?

Sus facciones se crisparon... primero por la ira, luego constreñidas por algo parecido al dolor. No levantaba la vista del suelo, en ningún momento estableció contacto ocular conmigo, como si estuviera debatiéndose consigo mismo y tratara de recuperar el control.

Cuando habló, parecía como si hubiera transcurrido una eternidad.

—He estado en cientos de eventos como este.

Por lo visto, había decidido obviar mis preguntas.

—¿Bodas?

—Bodas, galas benéficas, bailes... todo es lo mismo. La misma gente aburrida, la misma comida insulsa.

Bajé la vista para mirar mi segunda cena. Se estaba enfriando por momentos, y puse mala cara. No era insulsa. Era bonita.

—Si te quedas en Nueva York el tiempo suficiente, lo comprenderás. No importa a donde vayas o a qué eventos asistes..., todos son iguales. Viejos pomposos alardeando de su portafolio y su dinero mientras sus esposas-trofeo admiran los trajes de las otras y cuchichean sobre el escándalo social más reciente. Nunca cambia.

—¿Y qué sabes tú sobre conversaciones interesantes? —le desafié.

Miré mi comida una vez más mientras oía rugir mi estómago.

—Nada. Eso seguro. Como siempre, yo solo estoy aquí por la bebida.

Roman miró mi plato sin tocar y se acercó a mí. Nuestros hombros se tocaron por un breve instante.

—Es mejor que comas, hermanita. No tardarán en reparar en tu ausencia.

Y se fue.

Y allí estaba yo, preguntándome cuántas facetas tenía mi extraño y misterioso nuevo cuñado y si alguna vez sería capaz de descifrarlas.

12

Un bonito embrollo

Jude

—¿Recuerdas la primera vez que bailamos esta canción? —pregunté.

Lailah y yo nos movíamos al compás de la melancólica letra de *All of Me*, de John Legend. Todos se pararon a mirar cómo bailábamos nuestro primer baile como marido y mujer.

—¿Cómo iba a olvidarme? —contestó Lailah, iluminando la sala con su cálida sonrisa—. Me susurraste la letra al oído, y debo decir que seguías el compás a la perfección, cosa que solo sirvió para reafirmarme en mi opinión de que eras demasiado bueno para ser real. —Su risa interrumpió sus pensamientos—. Y esa misma noche me pediste que viniera a vivir contigo.

Mi mano apretó su cintura con más fuerza cuando recordé la felicidad inmensa que sentí cuando supe que iban a darla de alta en el hospital. Era todo lo que habíamos estado esperando, un comienzo.

—¿Y ahora? Ahora que has echado un vistazo desde detrás de la cortina y has podido ver al Jude real, ¿te sigo pareciendo perfecto? —pregunté sonriendo igual que el lobo del cuento.

—No —repuso ella con una risa—. Cuando estás enfermo roncas, y nunca bajas la tapa del váter. Y mejor no hablamos de las cajas de cereales vacías que dejas en la despensa.

Me reí por lo bajo.

—Pero no quisiera que fueras de ninguna otra forma —me dijo sinceramente—. El amor no tiene nada que ver con la perfección. Es un bonito y caótico embrollo, y no hay nadie con quien me apetezca más pasar mi vida que contigo.

—Entonces ¿me estás diciendo que ya no soy perfecto? —La miré sonriendo.

—Lo siento, cielo. Pero sigues estando como un tren —ofreció encogiéndose de hombros.

Yo me limité a menear la cabeza y aproveché la pausa en la conversación para apartarme un momento. Ajusté con rapidez mis pies y mis manos y, antes de que Lailah se diera cuenta de lo que pasaba, empecé a hacerla girar. Ella rio y rio, con su risa juvenil y alegre, hasta que cayó contra mis brazos. Los invitados aplaudieron y lanzaron vítores y nosotros seguimos bailando.

Ella me miró y sonrió.

—¿Sabes? —empecé a decir—, tú tampoco eres perfecta.

—¿Ah, no?

—En cuanto vi todos esos potingues en mi cuarto de baño te me caíste a los pies.

Lailah se rio, haciendo que no con la cabeza.

—¿Los tampones? ¿Lo dices en serio? ¿Y cuando me sujetabas el pelo para que vomitara en el hospital sí te lo parecía?

—Sí. Porque me recordaba lo fuerte que eras —contesté de corazón—. Lo fuerte que sigues siendo.

Se oyó el tintineo de unos vasos, y luego unos pocos más, y al poco, al igual que había pasado en otros momentos durante la velada, la sala entera se llenó con el sonido de la gente que hacía chocar sus cubiertos contra las copas.

El personal del restaurante debe detestar estos rituales.

Por increíble que pudiera parecer, yo me había hecho adulto sin conocer aquel ritual concreto de bodas, pero ahora ya lo conocía. Mientras el coro de copas tintineantes iba en aumento, miré a mi novia y sonreí.

—Supongo que tenemos que hacer lo que nos piden —susurré.

—Oh, vale.

Una sonrisa tímida se marcó en su boca justo antes de que me inclinara para besar sus labios. El tintineo de cristales se disolvió en un coro de vítores cuando la multitud finalmente obtuvo el premio que buscaba: un beso de los novios.

Mi dedo se enroscó en un mechón y la acerqué más a mí, sin interrumpir en ningún momento el suave movimiento de nuestros cuerpos. Sus dedos se aferraron a mi antebrazo y se deslizaron hasta la muñeca. Y entonces noté que sus labios esbozaban una sonrisa.

—Te los has puesto.

—Por supuesto.

Y bajé la vista al puño, donde llevaba el gemelo que Marcus me había dado.

Formaba parte de un conjunto, y eran el regalo de bodas de mi prometida.

—¿Sabes qué son? —preguntó contra mi oído.

Meneé la cabeza y volví la muñeca para verlo mejor. La piedra verde azulada reflejaba la luz que iluminaba los intensos colores del interior.

Lailah había elegido un sencillo conjunto de plata, cosa que realzaba los bordes sin trabajar que el artesano había dejado como detalle.

—Es cristal marino de la playa donde paseamos por primera vez juntos por la arena.

La miré con expresión perpleja.

—Nunca dejas de sorprenderme —conseguí decir con voz ronca, y tuve que hacer un esfuerzo para contener tantas emociones.

—Tú tampoco.

Nuestro primer baile se convirtió en un segundo y un tercero, hasta que pareció que llevábamos horas bailando. Nuestra familia y amigos nos acompañaban, y la música no dejó de sonar mientras celebrábamos el día a lo grande.

Como una hora después, sacaron el pastel, y posamos ante él para la fotógrafa.

Cogimos el cuchillo y Lailah me miró con recelo.

—No voy a recordarte el tiempo que hoy he invertido en arreglarme, Jude —me advirtió mirando al altísimo pastel que teníamos detrás.

Yo sonreí con gesto pícaro. No tenía intención de estamparle un trozo de pastel en la cara, pero eso no significaba que no pudiera bromear con ella.

—Está bien —comenté con voz tranquila y neutra.

—Jude.

—¿Sí, mi ángel?

—Llevo un tanga —susurró.

Me ganó por goleada.

La miré a los ojos y pestañeé. No fui capaz de hacer más: mirarla con expresión perpleja y pestañear. Evidentemente, ya había visto algún que otro tanga en mi vida, pero Lailah era diferente. Lailah era mía, e hiciera lo que hiciese —o llevara lo que llevase— era exclusivamente mía. Nunca me hubiera imaginado que sería como uno de esos cavernícolas que necesitaba saber que su mujer era solo suya, pero no podía evitarlo.

El hecho de saber que yo era el único hombre que la había tocado hizo mucho bien a mi ego masculino. Y ser consciente de que yo sería la única persona que la vería nunca en tanga... bueno, eso me dejó sin habla.

—Bien. Me alegro de que lo hayamos aclarado —dijo con una risa.

Traté sin éxito de ponerme bien los pantalones, y decidí abotonarme la chaqueta. Oí que Lailah reía tontamente a mi lado y le dediqué mi mirada más severa.

Juntos, cogimos el cuchillo y cortamos un trozo de pastel del piso más bajo mientras los flashes de las cámaras disparaban. Cortamos un único trozo y lo colocamos en el plato de porcelana que el personal del servicio nos había proporcionado. Miré a Lailah y vi que arqueaba las cejas desafiándome.

Por lo visto, yo iba primero.

Cogí el plato y corté un pequeño trozo con el tenedor. Con suma delicadeza, tratando de asegurarme de que mis derechos sobre el tanga permanecían intactos, di a mi esposa un pequeño pedazo de pastel. Una expresión triunfal inundó sus ojos azules cuando me cogió el plato de las manos e inició el mismo proceso.

Vi cómo cogía el pastel de chocolate con los dedos, igual que había hecho yo. Su tez de porcelana se tiñó con una expresión divertida cuando se inclinó hacia mí, y por la sala empezaron a oírse gritos histéricos cuando me tiró el pastel a la cara y me dejó cubierto de migas.

Tendría que haberlo imaginado.

Saqué la lengua y me lamí un trozo de cubierta que se me había quedado colgando del lado del labio mientras oía las risitas de la gente.

—Um..., está bueno —dije—. Muy bueno. ¿Quieres probar, Lailah?

Ella retrocedió.

—¡No! —chilló justo antes de que la cogiera por la cintura—. ¡Jude! —y rio cuando atrapé sus labios en un beso bien dulce.

—Tramposa —susurré.

—Solo lo hago para tenerte en vilo —me recordó.

—Tú siempre me tienes en vilo.

Y siempre lo haría.

—Casi me muero cuando tu hermano me cogió la liga —exclamó Lailah instalándose en el rincón de la limusina con una risita.

—No creo ni que supiera qué estaba haciendo allí. Parecía bastante confuso cuando esa cosa azul de encaje aterrizó sobre su cabeza —repliqué.

Di un trago a la botella de agua cuando llegamos a un *stop*.

La boda se había acabado oficialmente y nos habíamos despedido a lo grande. Podríamos habernos quedado en el hotel donde habíamos celebrado el convite. Era un establecimiento bonito y conocido de Nueva York, pero para nuestra noche de bodas quería que estuviéramos lo más lejos posible de la familia y los amigos... o al menos todo lo lejos que la ciudad nos permitiera.

Al día siguiente tomaríamos un avión privado y saldríamos de luna de miel, pero esa noche quería que Lailah se sintiera cómoda y relajada. Sabía que la jornada seguramente la había dejado agotada. Añadir un vuelo a eso era arriesgado. Su salud siempre era lo más importante para mí. Y no quería correr ningún riesgo.

—Tengo la sensación de que Marcus ha tenido algo que ver en eso —terció apoyando los pies sobre mis piernas.

Le quité los zapatos y me puse a masajear sus pies cansados.

—¿Ah, sí?

—Bueno, les vi hablar poco antes de que te metieras debajo de mi vestido —dijo ella mirándome con severidad.

—Pues es así como hay que hacerlo —me defendí fingiéndome inocente—. Lo busqué por Internet.

—Estoy segura de que por tu culpa algunas de las mujeres de más edad tuvieron un ataque —y se rio.

Me encogí de hombros.

—Yo solo estaba cumpliendo con mi obligación como marido.

—De todas formas —siguió diciendo—, creo que Marcus ha empujado a Roman en la dirección adecuada cuando he lanzado el ramo. Quizá decidió que tu hermano tenía que divertirse un poco.

—No sé si mi hermano concibe la diversión sin alcohol y prostitutas.

—¡Jude!

—Vamos, Lailah. ¿Por qué sigues defendiéndole?

Su atención se desvió a los edificios que pasábamos mientras circulábamos por las calles de Nueva York.

—No lo sé. Creo que es la luchadora que hay en mí. Tengo la esperanza de que, en algún lugar dentro de él, haya alguien a quien vale la pena salvar.

Me incliné hacia delante, acariciándole la mejilla con el pulgar.

—¿Cómo es que siempre te las arreglas para ver el lado bueno de la gente?

—Porque todo el mundo merece tener a alguien de su lado.

—¿Incluso Roman?

Ella sonrió con suavidad.

—Sobre todo él. Es tu hermano.

—Eres demasiado buena —dije, y di un suspiro, porque el vehículo finalmente se detuvo ante nuestro destino.

Yo había elegido uno de los hoteles más antiguos y lujosos de la ciudad, y no quise conformarme sino con lo mejor para nuestra noche de bodas. Quería que Lailah se sintiera una princesa. Aunque a mis ojos, era una reina.

—Espero que no —comentó ella sin darle importancia mientras yo me movía para salir.

—¿Cómo? —me volví y vi una sonrisa traviesa en sus labios.

—Es nuestra noche de bodas. No sé si te interesa que sea una santa.

Se inclinó hacia delante para acercarse a la puerta. El movimiento era necesario, pero no de la forma en que ella lo hizo. Lenta y sensual, sacando el máximo partido a la ropa interior que llevaba, apretando de una forma absolutamente deliciosa los pechos al adelantar los brazos. Al moverse así realzaba cada curva, y de pronto sentí que se me secaba la boca.

—Creo que tenemos que hacer el *check in* ahora mismo... y muy deprisa —dije con voz ronca.

—Totalmente de acuerdo.

Cuando entré en aquella habitación de hospital, hacía tanto tiempo, y conocí a una jovencita dulce y tímida que se las ingenió para robarme el corazón con su espíritu valeroso y su celo por la vida, jamás habría imaginado que la vería convertirse en una mujer tan increíblemente voraz. Me gustaba entonces, cuando era joven e ingenua, y desde entonces cada día que pasaba había ido descubriendo nuevas facetas suyas de las que enamorarme, conforme iba ocupando su lugar en esta vida que tanto merecía.

El chófer tenía la puerta abierta para que saliéramos, y los dos nos apeamos, muy conscientes del vestido de Lailah. Cada vez que la miraba, me descubría mirándola una segunda vez. En un día normal, era adorable, digna de admirar. Pero ¿hoy? Ni siquiera era capaz de encontrar las palabras. No podía dejar de mirarla. Solo el hecho de pensar que hacía nada más unas horas Lailah estaba ante el altar en la iglesia, delante de nuestros amigos y familiares, y juró que se entregaba a mí en cuerpo y alma me hacía sentir totalmente anonadado.

Por muchos años que viviera, nunca lograría entender qué había hecho para merecer aquello.

Con su mano cogida de la mía, la llevé hacia la entrada, sin molestarme en esperar nuestro equipaje. El chófer ya sabía qué tenía que hacer. Yo tenía otras cosas de que preocuparme... como cuántos botones había en la espalda de aquel vestido celestial y cuánto tardaría en quitárselo.

Nos registramos enseguida y, unos minutos después, estábamos en el ascensor de camino a la última planta.

—Oh, no. ¿Qué has hecho esta vez? —preguntó Lailah con recelo mientras los pisos no dejaban de pasar y subíamos más y más alto.

—No te preocupes. Es nuestra noche de boda. Solo he hecho lo que había que hacer para una ocasión tan importante.

No se me escapó el gesto que hizo cuando puso los ojos en blanco, pero no dijo nada. No debió de darse cuenta cuando pasé nuestra llave sobre el panel del ascensor antes de que las puertas se cerraran. Cuando volvieron a abrirse, la exclamación de sorpresa que escapó de sus labios llenó de inmediato aquel pequeño espacio.

Aquella habitación no era una habitación normal. Era la *suite* presidencial, y ocupaba toda la planta superior. Cuando las puertas se abrieron, fuimos recibidos por docenas de velas que iluminaban la entrada privada a la habitación.

—Jude —susurró, llevándose la mano al corazón—. Qué bonito.

—¿Me dejarás que te coja en brazos para cruzar el umbral?

Ella asintió, con los ojos arrasados en lágrimas. Me incliné y cogí en brazos a mi esposa, mi mujer, la razón por la que respiraba, y pasé con ella a través del pequeño umbral del ascensor hacia nuestro futuro.

13

Contención

Lailah

—¡Estás loco! —exclamé en cuanto mis pies tocaron la opulenta moqueta de nuestra *suite*.

Si es que se puede llamar así.

Minipalacio encajado en el interior de un hotel parecía más adecuado.

—Un poco, tal vez —reconoció.

Mis ojos siguieron con el recorrido aparentemente interminable de una zona del salón a la otra. A través de una puerta entreabierta, podía ver otra habitación que parecía una biblioteca. Daba la impresión de estar cubierta de paneles de madera y libros.

Nuestra *suite* de luna de miel tenía biblioteca.

Una jodida biblioteca.

—Con una cama habría bastado —musité, apartando la vista de los libros.

Traté de contener las babas mientras pensaba en los tesoros que podría esconder aquella biblioteca.

Él se rio por lo bajo cuando nuestros ojos se encontraron.

—Te dejaré indagar ahí dentro... más tarde —puntualizó, y el verde claro de sus ojos se oscureció—. Mucho más tarde.

Mi estómago se sacudió por la expectación. Los libros, una bonita habitación de hotel y todos los detalles que flotaban erráticamente por mi mente de pronto desaparecieron, salvo por uno... Jude.

Ahora solo estaba él.

Y todo mi ser deseaba fundirse en su calidez y su fuerza inamovible y no volver a solidificarse nunca.

Jude debió de notar el cambio en mi voz. En un momento me estaba sonriendo con gesto juguetón al otro lado de la habitación y al siguiente me tenía en sus brazos.

—Eres mi esposa, Lailah —declaró en voz baja con reverencia.

Mi respiración se apaciguó mientras escuchaba cada una de aquellas bonitas palabras.

—La otra mitad de mi alma. El ángel que conseguí robar del cielo. —Sus dedos se levantaron para apartar unos cabellos de mis ojos—. No pensé que pudiera amarte más, pero no dejas de demostrarme que me equivoco, cada día.

No podía más. *¿Podía fallar el corazón de una mujer por un exceso de romanticismo?*

Porque, si me decía una palabra más, mi nuevo corazón iba a arder.

Jude era demasiado bueno. Aunque me pasara la vida haciendo buenas obras, seguiría sin ser del todo digna del amor que él creía que merecía. Él creía que yo era la mejor parte del todo que habíamos creado, pero estaba totalmente equivocado.

Él era mi mejor mitad en todos los sentidos, y el hecho de que no se diera cuenta solo hacía que confirmarlo.

Antes de que tuviera tiempo de decir nada más, lo acallé con un beso... la clase de beso que habla como cien palabras y transmite un millar de emociones sin necesidad de decir nada. El beso hablaba de amor, compromiso y devoción sin sílabas ni vocales. Los poemas y las estrofas eran innecesarios cuando dos bocas se movían la una sobre la otra en perfecta sincronía. Un soneto, o la balada más cautivadora no podían superar la soberbia obra maestra que brotaba cuando sus labios tocaban los míos.

Nuestros labios no se separaron a pesar de que Jude se inclinó y me tomó en brazos para llevarme al dormitorio. Me gustaría poder decir que el resto de la *suite* era bonita y estaba bien decorada, pero lo cierto es que no miré.

Solo existía para Jude y por esos increíbles ojos verdes que me miraban.

Me quité los zapatos mientras entrábamos en la habitación y enseguida reparé en las velas. Al igual que la entrada, el dormitorio estaba lleno de velas diminutas que ocupaban prácticamente cada superficie. Pétalos de rosas adornaban la habitación, y en algún lugar, un micrófono reproducía con volumen bajo nuestra canción.

Jude me dejó en el suelo con delicadeza y me volvió para que pudiera ver la habitación.

—Es preciosa.

—Um —fue lo único que dijo él mientras sus dedos buscaban la cremallera de mi vestido.

—Oh, Dios, menos mal. No hay botones —comentó acompañado por el sonido de la cremallera al bajarse.

—Lo pedí expresamente.

Sonreí al recordar cómo me había ruborizado como una tonta cuando pedí ese detalle en particular para mi vestido. El diseño original tenía diminutos botones de perlas en la espalda y, tras un primer vistazo, supe que volverían loco a mi impaciente y flamante esposo, por eso pregunté si podían incorporar una cremallera invisible y botones falsos. Me puse tan roja que la propietaria de la tienda se rio y me tomó de las manos.

—Oh, cielo —me había dicho—. Créeme, no eres la única que ha pedido esa modificación en un vestido. Los hombres —y aquí me guiñó un ojo— no son conocidos precisamente por su paciencia.

Mientras mi vestido caía al suelo, di gracias por haberme arriesgado y haber pedido lo que quería, a pesar del bochorno que me hizo sentir.

Salí de la falda vaporosa y me volví. La cara de Jude bien valía haber pasado todo el bochorno del mundo, y me alegré enormemente de que no hubiera tenido que pasarse horas tratando de averiguar cómo quitarme el vestido.

—¿Así que es así como se siente uno cuando le da un ataque al corazón? —comentó bromeando mientras se llevaba una mano al pecho—. Va bien saberlo.

—¿Tanto te gusta? —pregunté bajando la vista al conjunto de lencería que Grace me había elegido.

Yo no entendía mucho de lencería, y me habría dado demasiada vergüenza entrar en una tienda yo sola. Ahora que podía verme, me pareció que no me quedaba tan mal, y hasta puede incluso que se me viera sexi.

—¿Gustarme? Eso no describe ni de lejos lo que me está pasando ahora al mirarte.

Di un paso al frente y vi que dejaba escapar un suspiro entrecortado.

—Antes, cuando te vi avanzando por el pasillo en la iglesia, tenías un aspecto etéreo, estabas tan bonita que casi dolía mirarte.

—¿Y ahora?

Me mordí el labio inferior y avancé otro paso.

—Ahora mismo pareces la encarnación del demonio, y lo único que puedo pensar es en arrojarte en la cama y sumergirme en toda esa maldad.

Cuando sus dedos tocaron mi piel desnuda, fue como si un rayo encendiera cada parte de mi ser, cada nervio, cada músculo, como si despertaran lo más profundo de mí.

Solo tenía que tocarme y me hacía suya, me sentía dispuesta a ir allá adonde él quisiera llevarme.

No era como aquella primera vez, cuando su mano buscó la mía en aquella oscura habitación de hospital. En aquella ocasión, de alguna forma, yo sabía que aquel misterioso visitante algún día sería dueño de mi corazón. Y yo, una jovencita tímida e ingenua, se lo entregué gustosa.

Pero ya no era ninguna jovencita.

—Enséñame —susurré.

Su mano se cerró con fuerza sobre mi cintura, y fui consciente de hasta qué punto se estaba conteniendo. Entre nosotros el sexo era siempre apasionado, un sexo colmado de las emociones que habían creado el escenario de nuestra bonita historia de amor. Pero yo sabía que Jude se contenía. Incluso cuando la cocina se llenó de harina y me pegó contra la encimera, lo veía en sus ojos... contención.

A sus ojos, siempre sería esa jovencita tumbada en una cama de hospital, conectada a tubos y cables, la jovencita con un corazón defectuoso a la que tenía que cuidar. Y, aunque yo lo amaba por ello, no quería ser frágil en la cama. No quería ser débil cuando su cuerpo se moviera contra el mío, y desde luego, no quería que me viera como una muñequita de papel la noche de mi boda.

Deslicé las manos sobre su pecho y le empujé la chaqueta sobre los hombros para que cayera al suelo. Sus ojos entornados me observaron mientras le deshacía el nudo de la corbata y se la quitaba, hasta que se unió al montón de ropa que había en el suelo. En silencio, de forma lenta y precisa, incliné la cabeza sobre cada gemelo y besé cada una de aquellas piedras de color turquesa antes de quitarlas de su camisa blanca y perfecta. Él no decía nada. Se limitó a mirarme con ojos ardientes mientras le quitaba la ropa, desabrochando un botón cada vez, hasta que mis manos tocaron la piel suave de su pecho. La camisa cayó desde los hombros, como había hecho la chaqueta, y flotó como una paloma blanca antes de aterrizar con suavidad a nuestros pies.

Aunque llegáramos a los cien años, nunca me acostumbraría a verlo así ante mí. Era más alto que yo, y cuando me arrojaba a sus brazos, encajaba en ellos a la perfección, como si estuviera hecha para resguardarme en ellos. Su cuerpo era poderoso, equilibrado y fuerte... gracias a los años de soledad que había pasado dedicando interminables horas a hacer *jogging* y pesas. Y aunque era cierto que había aflojado un poco en esto desde que me vine a vivir con él, porque prefería pasar su tiempo conmigo y no en el gimnasio, de alguna forma el tiempo que dedicaba al ejercicio, aunque menor, seguía surtiendo efecto.

Y no tenía ninguna duda, aunque pasaran treinta o incluso cincuenta años, si tenía la suerte de seguir viva y tenerle aún a mi lado, seguiría pensando igual.

Mis manos se encontraron sobre su cavidad torácica mientras él observaba mis movimientos. Noté su sorpresa cuando empujé y le hice caer sobre la cama.

Una risa masculina le siguió.

No era precisamente el efecto que yo buscaba.

Sus ojos destellaban divertidos y alegres cuando me arrastré sobre la cama para sentarme a horcajadas sobre él. Me llevé las manos a la espalda para soltarme el sujetador y dejé que cayera al suelo. La risa y la expresión divertida desaparecieron, su mirada se ensombreció, y sentí que su cuerpo se ponía tenso. Me instalé sobre él meneando las caderas. Un gemido bajo brotó de su garganta.

—¿Qué estás haciendo, Lailah? —preguntó con voz ronca y entrecortada.

En los dos años que llevábamos juntos, había acabado por dominar el arte del flirteo. Podía moverme casi como una profesional. Un comentario obsceno, un movimiento sexi... había convertido aquello en una forma de arte. Pero una vez llegábamos a la cama, todo dependía de Jude. Yo podía tener momentos ocasionales de espontaneidad, pero eran escasos. Él dirigía el espectáculo y yo lo aceptaba de buena gana. Nunca hablábamos abiertamente del tema. Los dos sabíamos que él tenía experiencia y... bueno, yo no. Nunca le pregunté con cuántas chicas había estado antes de Megan, pero me imaginaba que sería más de una. No tenía inconveniente en dejar que llevara la voz cantante en el sexo, pero a veces me preguntaba si él estaría igual de contento.

¿Alguna vez deseaba más?

—Tomar lo que quiero —susurré, con la esperanza de no estar arruinando mi noche de bodas imponiendo algo que quizá Jude no quería.

Las fosas nasales le temblaron cuando su sexo se movió entre mis muslos.

Y mentalmente le di permiso a la seductora que había en mi interior para que tomase las riendas.

Me incliné hacia delante y tomé la boca de Jude en un beso enfervorecido. Le sujeté las manos y las puse sobre mis pechos desnudos. Con mis pequeñas manos sobre las suyas, sentí cómo masajeaba mis pezones sensibles, restregando los pulgares contra ellos antes de pellizcarlos entre los dedos. Le había sentido hacer aquello cientos de veces, pero con mis manos apoyadas sobre las suyas era más íntimo.

Separé nuestras bocas y redirigí una de nuestras manos fusionadas a la piel cicatrizada que había entre mis pechos. Sus ojos se encontraron con los míos cuando sus labios se movieron hacia la cicatriz y la cubrieron de besos. Mi estómago se sacudió, porque Jude deslizó la mano hacia abajo, hasta mi ombligo, y se introdujo bajo la tela del tanga, para sumergirse en el calor de mi sexo, y me quedé sin aliento.

La invasión me hizo ver el cielo, y Jude mantuvo mi cuerpo unido al de él mientras me acariciaba el clítoris.

—Oh, Dios —jadeé, sintiendo cada uno de sus movimientos con mis dedos, que seguían a los suyos.

—Chis... —Su mano libre acariciaba con suavidad mi pecho, empujándome contra sus rodillas levantadas. Sin separar en ningún momento nuestras manos, Jude me liberó de la franja de tela que me rodeaba la cintura del tanga. Sus ojos oscuros se clavaron en mí—. Tú estás al mando, yo te sigo.

Me quedé en blanco un segundo.

Yo me había criado en un hospital. La mayor parte del tiempo la puerta estaba abierta o entornada. Y no fue hasta que tuve una cierta edad que pedí algo más de intimidad, pero incluso entonces, las enfermeras se pasaban el día entrando y saliendo en una habitación donde yo solo estaba medio vestida. Añade a eso una madre controladora que siempre me estaba encima en casa y entenderás que no era el mejor entorno para... explorar mi cuerpo.

Desde que conocía a Jude, no había tenido ninguna carencia en ningún sentido.

En serio, él era el sexo personificado. *¿Quién necesita un vibrador si tienes uno andante durmiendo a tu lado cada noche?*

Y, ejem, sobre el tema de la masturbación... no habíamos hablado mucho, por no decir nada.

La valiente y pequeña seductora se replegó al fondo de mi mente.

No podía hacerlo. Había recorrido un largo camino en tan poco tiempo, pero siempre sería la jovencita del hospital... ingenua, tímida y dócil.

Miré a Jude. Su respiración era entrecortada, y su mirada era tan intensa que sus ojos se veían casi negros.

Yo había hecho aquello... no la niña o la mujer o la etiqueta que fuera que estaba intentando colocarme.

Solo Lailah, su mujer.

Mis dedos se cerraron en torno a los suyos, guiándolos ligeramente hacia arriba, cosa que hizo brotar una llamarada en mi vientre. Eché la cabeza hacia atrás y gemí.

—Extraordinaria —farfulló Jude.

Aquello era exactamente lo que necesitaba, que me elogiara. Juntos, movimos mi mano, muy despacio al principio, rodeando mi clítoris, haciendo que las oleadas de placer se extendieran por todo mi cuerpo. Mi corazón se aceleraba con cada caricia y al poco, empecé a sacudirme por la expectación.

Pero no era suficiente. Quería más. Quería más de Jude.

—Quítate los pantalones —le dije, y me incorporé sobre las rodillas para dejarle más espacio.

Él no vaciló. Se soltó el cinturón aún tumbado. Los pantalones de su traje se veían arrugados y feos por nuestros jugueteos. Lo observé mientras se los bajaba, arrastrando con ellos a sus amigos los bóxers, en un movimiento rápido.

Ya no había ninguna prenda que nos separara.

Piel con piel, cuerpo a cuerpo... ahora podíamos convertirnos realmente en uno.

Me tomé mi tiempo para explorarle. Las yemas de mis dedos tocaron casi cada palmo de su cuerpo... desde el elaborado dibujo en tinta de su bíceps, al borde exterior de su oreja y las líneas que definían su estómago. Quería tomarme mi tiempo para amarle esa noche.

Solo tendríamos una noche de bodas, solo una primera noche como marido y mujer.

Y quería que no se acabara nunca.

Jude enlazó sus dedos entre mi pelo e instintivamente me incliné hacia él, porque necesitaba sentir sus labios en mi boca. Sentí cómo se ponía más duro debajo de mí mientras yo movía las caderas, suplicando que entrara dentro de mí.

—Espera —dijo sin aliento contra mi frente.

Yo asentí, porque sabía que él nunca pasaría de aquel punto sin usar protección. Mi médico nos había dado permiso para hacerlo sin condón. Yo llevaba un diu. Aquello no era necesario, pero no había manera de convencer a Jude. Había hablado de hacerse una vasectomía, pero yo se lo había quitado de la cabeza y le dije que era un disparate. *¿Qué hombre de veintiocho años hace algo así?*

Así pues, los condones seguían siendo parte de nuestra vida... incluso en nuestra noche de bodas.

Cuando todo estuvo arreglado, Jude volvió a la cama. Me besó con abandono, en un intento por borrar aquella pequeña interrupción.

Funcionó, y una vez más le empujé y me puse a horcajadas sobre él.

Nuestros cuerpos se movieron y se fusionaron. Brazos y piernas se entrelazaban y, al poco, ya no era capaz de decir dónde empezaba uno y dónde acababa el otro. En un movimiento que hizo que la pequeña tentadora se pusiera a brincar, deslicé mi mano entre nuestros cuerpos y rodeé con los dedos su miembro duro.

Se le cortó la respiración y me miró.

Lo acaricié una vez, dos, y luego deslicé mi cuerpo en él. Jude dejó escapar un sonido gutural y sus manos me aferraron por la cintura. Podía verlo en sus ojos. No deseaba otra cosa que mover mi cuerpo con violencia arriba y abajo sobre el suyo, pero se contenía.

—Hazlo —le apremié.

Sus cejas se fruncieron mientras yo movía las caderas en círculo, y sus ojos se quedaron en blanco. Levanté mi cuerpo y salí de él, dejando solo la punta dentro, antes de volver a dejarme caer con fuerza.

—¡Joder! —gritó él.

—Sé que te estás conteniendo, Jude —le susurré al oído después de inclinarme.

Mis pezones rozaban su pecho cada vez que inspiraba.

—Quiero que te dejes llevar. Quiero verte sin restricciones.

Cuando me eché hacia atrás, vi que su mirada estaba llena de dudas. Jude escrutó mi rostro, tratando de entender qué le estaba pidiendo.

—Sé que necesitas protegerme y mantenerme a salvo, y lo haces. Cada día. Si sigo aquí es gracias a ti.

Jude trató de apartar la mirada. Lo sujeté por el mentón y le obligué a mirarme.

—Escúchame. Eres mi héroe... en todos los sentidos. Pero aquí —dije indicando con el gesto la habitación— necesito que seas mi esposo y mi amante. Deja de protegerme —señalé las sábanas sobre las que estábamos tumbados— y ámame sin inhibiciones.

Jude contestó besándome. Su beso me dijo sin palabras toda la pasión que había retenido gracias a su voluntad de hierro. Yo respondí de forma instantánea, restregándome contra su cuerpo de un modo que hizo que él imitara mis movimientos.

—¡Sí! —grité.

Lo atraje hacia mí, rodeando su cuerpo con las piernas mientras él se sentaba. Sus manos me acariciaban las nalgas, y me impulsaban a saltar hasta que consiguió que me pusiera a saltar con frenesí. Nuestras bocas se movían, su lengua buscó la mía, sin romper en ningún momento el ritmo tortuoso de nuestro sexo.

—Eres mía —gruñó entre sus besos salvajes.

Aquel ansia suya de posesión hizo que el estómago me diera un vuelco, y entonces me sujetó por la parte de atrás de los muslos y me empujó contra el colchón. La mole de su cuerpo se cernió sobre mí, con una respiración trabajosa.

—Soy tuya —contesté.

Rodeándome con sus inmensos brazos, se movió y penetró en mí con tanta pasión y tanta fuerza que grité. Se acomodó entre mis piernas y me obligó a levantar los muslos contra la cabeza. De pronto estaba más adentro y jadeé, mientras él me sujetaba las piernas hacia arriba y empujaba más y más fuerte.

Mi cuerpo estaba al límite, sentía un millón de emociones a la vez.

Podía sentir su aliento caliente contra mi cuello, sus dedos me acariciaban. Notaba la suavidad de nuestra piel mientras nuestros cuerpos se deslizaban el uno contra el otro, y el fuego que sentía en mi vientre amenazaba con consumirme. Mis músculos apretaban con fuerza, y por un momento oí que su respiración flaqueaba justo antes de que empezara a empujar más deprisa. Mis manos se aferraron con fuerza a sus antebrazos, sintiendo sus músculos prominentes moverse mientras empujaba.

Dios, era increíble.

El primer espasmo llegó mientras mi cuerpo empezaba a sacudirse de aquella familiar manera que hacía que toda yo empezara a temblar.

—Oh, Dios —exclamé.

Él gimió, y me sujetó de la cabeza para besarme con fuerza.

Nos corrimos juntos, igual que hacíamos en casi todo en nuestra vida.

Su cuerpo se estremeció mientras mis piernas caían sobre la cama como espaguetis flácidos.

—Mi esposa —susurró contra mi mejilla.

—Mi esposo —repliqué.

Sus brazos protectores y cálidos me rodearon, y me llevaron al lugar donde me sentía en casa, el lugar que estaba hecho para mí.

Pestañeé ligeramente cuando me puse en pie y, de pronto, Jude estaba ahí, tomándome de la mano.

—¿Te duele?

Me sonrojé y sonreí con timidez.

—Es un dolor agradable, Jude. Ya lo he sentido antes.

—¿Ah, sí? —preguntó, arqueando una ceja sorprendido.

Mis ojos se desplazaron sobre su cuerpo aún desnudo.

—Sí.

—¿Por qué nunca has dicho nada?

Tiró de mi mano para arrastrarme al baño, de donde él acababa de salir.

El hecho de utilizar condones siempre exigía que limpiaras inmediatamente y por eso mataban un poco el placer postcoital.

Le seguí, sin sentirme para nada avergonzada de mirarle el culo mientras caminaba. Sus nalgas redondeadas se movían. Eran tan duras que podría haber tirado una moneda contra ellas y me habría rebotado en el ojo.

No había visto aún el baño y traté de no pestañear por la sorpresa cuando entramos. El apartamento entero de mi madre cabía allí, y sobraba sitio.

Bueno, quizá no tanto, pero casi.

La ducha, cubierta de mármol gris y blanco, parecía lo bastante grande para acoger a un equipo entero de rugby de bachillerato, y tenía suficientes alcachofas para cubrir a cada uno de la cabeza a los pies. No entendía muy bien para qué podía querer una sola persona tanto espacio o tantas alcachofas, pero de pronto sentí ganas de averiguarlo.

Mi cabeza se volvió cuando nos detuvimos ante una enorme bañera de porcelana. Me recordaba algo de otra época, con sus patas y el acabado dorado, pero también tenía detalles modernos, como chorros y espacio para dos personas.

Jude se inclinó y manipuló los grifos hasta que consiguió la temperatura que quería. Había dos botes sobre una toalla de fantasía. Me tendió los dos.

—¿Cuál quieres?

—¿Me vas a acompañar? —pregunté arqueando una ceja con gesto desafiante.

—¿Estás desnuda? —preguntó él a modo de respuesta, y sus ojos destellaron llenos de humor.

Bajé la vista a mi desnudez, con una sonrisa traviesa en los labios, y volví a mirarle.

Lancé una risa, meneando la cabeza por su glotonería. Olí las dos botellas. Volví a oler la primera... un olor almizclado a rosa. El segundo era más relajante... lavanda y puede que un poco de vainilla. Jude vertió una pequeña cantidad en el baño, y pronto se llenó de burbujas espumosas. Observé cómo se metía en la bañera. Con la espalda contra la porcelana, me hizo un gesto para que me metiera también. Me tomé mi tiempo para no resbalar, metí un pie entre sus piernas y me metí en el agua caliente. Mi espalda estaba contra su pecho cálido, y sentí sus manos goteando agua sobre mis brazos y mis hombros.

—¿Por qué nunca me habías dicho que te quedabas dolorida? —preguntó en voz baja mientras su cabeza descansaba cerca de mi oído.

Respiré hondo.

—Porque tenía miedo de que te contuvieras.

—¿Contenerme en qué sentido?

Me hizo volver la cabeza hacia él.

—Esta noche, como te has portado, nunca habías estado así conmigo, Jude. Y sé que es porque tienes miedo de hacerme daño, de que me rompa.

Él abrió la boca para protestar, pero seguí hablando.

—Deja que termine.

Él asintió contra mi mejilla.

—No te lo reprocho, y no tengo peor opinión de ti por ello ni me siento insatisfecha. Pero a veces veo que te contienes. Y no quiero, Jude. No quiero que sientas que me tienes que tratar con tanto cuidado... ni en la cama ni en ninguna otra faceta de nuestro matrimonio. Quiero ser tu igual... en todo. Ya no soy frágil.

—Lo sé.

—Sé que lo sabes, así que, por favor, deja de tratarme como si fuera de porcelana. Te quiero en todos los sentidos... en lo bueno y en lo malo, en la salud y en la enfermedad —dije, citando los tradicionales votos que habíamos decidido no mencionar pero que conocíamos.

—¿Incluso si te hago daño? —preguntó, y deslizó la mano entre mis piernas, al punto donde me sentía dolorida por la locura de la consumación.

—Sí, sobre todo entonces. Porque esos son los momentos en los que más nos necesitamos.

—¿Puedo aliviarlo? ¿El dolor? —preguntó, consciente de que ya no hablábamos de metáforas.

—¿Puedes hacer eso? ¿De verdad sabes qué hay que hacer?

¿Por qué habré preguntado?

No hagas preguntas de las que no quieras conocer la respuesta.

—Caray. Lo dices como si fuera un superpoder o algo por el estilo. Solo es una idea. No sé si funcionará, pero he pensado que podríamos probarlo.

Dejé escapar un suspiro, y no me di cuenta de que había estado conteniendo la respiración.

Él rio por lo bajo.

—¿Eso que me ha parecido notar eran celos?

Me encogí de hombros, tratando de memorizar aquel instante. No habría sabido decir cuántas veces había hecho aquello en los últimos dos años, tratar de encapsular en silencio algún recuerdo, una sensación o una emoción que había compartido con aquel hombre. No quería olvidar ningún detalle.

—Apoya las piernas en el borde —me ordenó con voz más profunda.

Me encantaba cuando su voz se volvía grave y mandona. Hice lo que me decía y apoyé un pie en cada lado, como si estuviera a punto de dar a luz un bebé. Era una posición rara, pero me obligó a apoyar la espalda con más fuerza contra él y resultaba extrañamente cómoda.

Noté que ajustaba su posición, y de pronto los jets cobraron vida a nuestro alrededor, haciendo que el agua remolineara y burbujeara llena de vida.

—Ahora solo tenemos que movernos un poquito hasta que encontremos el ángulo perfecto...

—Dios bend... —exclamé cuando uno de los chorros me acertó entre las piernas abiertas y me dio de lleno en mis partes.

—Allá vamos —dijo él muy complacido.

No tenía palabras. Y de pronto no hacía más que gimotear y barbotear. Cada pequeño movimiento hacía llegar el agua a presión a mi zona sensible. Y si me movía ligeramente, podía dirigir el agua directamente adonde yo quería. No había fricción, ni contacto. Era relajante, y sin embargo antes de darme cuenta, me estaba retorciendo, cada vez más cerca de un orgasmo.

—Me voy a... oh, Dios —grité.

—Déjate llevar —me animó Jude.

Eché la cabeza hacia atrás mientras un poderoso orgasmo me arrastraba. Y sentí que tocaba las estrellas cuando mi cuerpo empezó a volver de nuevo a la tierra.

Me acurruqué contra los brazos de Jude mientras mi corazón se apaciguaba. Y cuando lo miré me di cuenta de que lo había entendido todo al revés.

Jude era un ángel llegado del cielo.

Y yo era la afortunada que dormía entre los brazos de ese ángel.

14

A una milla de altura

Jude

Esperé tanto como pude antes de despertarla. Los primeros rayos de la mañana ni siquiera se intuían a través de las nubes, pero sabía que si no nos íbamos pronto, perderíamos nuestro vuelo. Podía reprogramarlo, desde luego, pero quería que Lailah viera nuestro destino cuando nos acercáramos, y eso solo sería posible si salíamos muy temprano.

Cerré la última maleta y la dejé junto a la puerta. Volví a la *suite* y me arrodillé en el lecho junto a la figura durmiente de Lailah. Sus cabellos claros caían sobre su rostro como paja. Diminutos soplos de aire entraban y salían de sus labios perfectos.

A veces, cuando el trabajo me retenía demasiado y llegaba a casa más tarde de lo deseable, la encontraba así, en la cama, con las manos apoyadas en el rostro, con una expresión serena de paz. Y me sentía incapaz de molestarla, porque no deseaba alterar la tranquila cadencia de su respiración o la paz de su sueño. Me sentaba ante ella, vestido aún con el traje y la corbata, y la observaba.

Como una marea pacífica que se mece bajo la brisa del océano, Lailah era mi oasis de paz en un mundo que a veces era de todo menos eso. Cuando los días se volvían caóticos y sentía que la empresa me consumía, sabía que podía volver a ella y ella enmendaría todo lo que estaba mal en mi vida.

Detestándome a mí mismo por tener que interrumpir su sueño, levanté una mano y acaricié su rostro con suavidad. Ella se movió ligeramente y estiró la mano para tocar la mía.

—Eh, ángel —susurré.

Lailah se movió un poco más. Sus pestañas aletearon y finalmente abrió los ojos y clavó la mirada en mi rostro.

Sonrió.

—Hola —dijo con voz ronca.

—Buenos días, preciosa.

Sus pestañas volvieron a cerrarse y se apretaron con fuerza mientras se desperezaba bajo las sábanas.

—Ayer nos casamos —dijo con una sonrisa, y sus ojos volvieron conmigo.

—Sí, es verdad. —Puse una sonrisa de oreja a oreja—. Y hoy nos vamos de luna de miel.

Sus ojos se abrieron con entusiasmo.

—¿Me vas a decir por fin adónde vamos?

Me reí.

—No.

Su boca se curvó hacia abajo y me hizo pucheros.

—Pero te lo enseñaré. Vístete. Te he dejado la ropa ahí —y señalé a los pies de la cama—. Y te he dejado fuera un cepillo de dientes y las pastillas.

Lailah se incorporó en la cama, restregándose los ojos y luego se llevó las manos al pelo. Su expresión se puso seria cuando notó el revoltijo que habíamos creado en su pelo de tanto dar vueltas durante toda la noche.

—¿Me da tiempo a ducharme?

—No, lo siento. Pero tienes un cepillo en el baño.

Lailah me miró como si estuviera loco.

Con aquellos pelos y la mirada somnolienta, estaba muy mona, y traté de contener una risita.

—Llegaremos tarde si no nos damos prisa. Te lo compensaré. ¡Lo prometo! —exclamé mientras una almohada volaba en mi dirección.

No me molesté en disimular la risotada que me salió cuando la vi correr dando tumbos y con el culo al aire al cuarto de baño.

—Cuando dijiste que teníamos que darnos prisa para no perder el vuelo no era esto lo que imaginaba —dijo Lailah.

Cuando pasamos de largo ante el aeropuerto en nuestra limusina y seguimos hasta un hangar privado, se quedó tan sorprendida que la boca casi le llega al suelo.

—No dije qué clase de vuelo íbamos a tomar.

—Esto es... no tengo palabras.

Su cabeza giró con rapidez mientras contemplaba el avión privado que íbamos a tomar.

—¿Lo ves? Te dije que te compensaría —dije, echando mano de la maneta para bajar del vehículo.

Lailah me siguió, y los dos nos apeamos sin esperar a que nos abriera el chófer.

—Pensé que te ibas a limitar a comprarme algún champú y una sudadera en algún aeropuerto entre vuelo y vuelo, no que me ibas a llevar en un avión privado. Espera... ¿Hay ducha ahí dentro? ¿Por eso querías que me la saltara?

Se colocó a mi lado y me sujetó del brazo antes de enlazar su mano con mi mano.

—Puede —y me reí.

Y oí que Lailah pronunciaba unos balbuceos incoherentes.

No habría sabido decir si estaba entusiasmada o irritada. Quizá era un poco ambas cosas, pero no me soltó mientras íbamos hacia el avión.

La presencia de dinero en nuestra relación aún la intimidaba. Ella se había criado con muy poco, y le costaba aceptar tanto despilfarro. Pero para mí ella no tenía precio. No se trataba de mostrarse frívolo o extravagante. Teníamos ese dinero. Así que, si podía darle lo mejor, ¿por qué no hacerlo? ¿No haría eso cualquier hombre por la mujer que ama?

Nuestra azafata de vuelo nos recibió, una joven morena que se puso más derecha cuando sus ojos se cruzaron con los míos. Por el rabillo del ojo vi que Lailah se toqueteaba el pelo otra vez, claramente descontenta con su aspecto matinal.

Personalmente, a mí me parecía que su pelo estaba espectacular, pero claro, era yo quien lo había enredado.

Una sonrisa lasciva curvó mis labios, mientras las imágenes de la noche pasada pasaban por mi mente, hasta que un codazo en las costillas me devolvió a la realidad.

—Pervertido.

Me detuve riendo a unos pasos de donde teníamos que embarcar y la tomé de la mano. La besé, con la esperanza de aplacar los nervios que Lailah pudiera sentir. Ella sonrió con timidez.

—Al menos podías haberme dado para ponerme algo mejor que una sudadera —dijo con tono de chanza, sin dejar de mirar a la azafata de vuelo, con su uniforme perfectamente planchado.

—Señora Cavanaugh, tú siempre estás guapísima te pongas lo que te pongas. Vamos. Tenemos sitios que visitar...

—¿Y cosas que hacer? —dijo con una mueca para terminar mi frase.

—Definitivamente, tenemos cosas que hacer.

—¿Una carrera para ver quién llega primero? —me desafió, con una sonrisa coqueta en su rostro entusiasta.

Cuando estaba a punto de contestar, ella echó a correr y subió las escaleras antes de que me diera tiempo a decir nada.

—¡Tramposa! —grité.

Hice una señal con el gesto a la mujer, que según su identificación se llamaba Brie.

El nombre me hizo pensar en el queso, y de pronto sentí que me moría de hambre. Seguí a mi esposa por las escaleras y me la encontré detenida ante la entrada.

—¿Alguna vez he mencionado mi preocupación por tu salud mental? —dijo observando el lujoso mobiliario y el espacio.

—Unas cuantas, sí.

—De acuerdo, bien. Pues seguramente volveré a hacerlo antes de que termine este vuelo.

—Es bueno saberlo.

Me reí por lo bajo y le rodeé la cintura con los brazos mientras le empujaba hacia el interior.

Mientras ella lo miraba todo, yo me senté.

—¿Tienes hambre?

Lailah se llevó las manos al estómago, porque seguramente le había pasado igual que a mí.

—Me muero de hambre. Por favor, dime que aquí hay montones de comida.

Yo asentí, y recosté la cabeza contra el asiento, mientras la veía moverse de un lado a otro, abriendo puertas y tocando botones.

—Bien. ¡Guau! Aquí hay una cama.

Me volví a mirar y vi que se ruborizaba. Por lo visto, acababa de darse cuenta de las cosas que podríamos hacer con una cama durante el vuelo.

Sentí que mi cuerpo se excitaba ante la visión del rubor de sus mejillas.

Tranquilo. Debes conservar la calma.

No podíamos estar tumbados cuando el avión despegara. Y mi idea era que al menos pudiera comer antes de tirármela. Después de la noche pasada, los dos necesitábamos recuperar fuerzas.

Señor, menuda noche.

Hacer el amor con Lailah siempre llenaba el agujero negro que tenía en mi corazón. Cada vez que nuestros cuerpos se unían, me sentía completo, vivo, y totalmente unido a ella.

No necesitaba nada más, no sentía que me faltara nada, y hasta la noche de ayer, no había sido consciente de que me contenía. No era que con otras mujeres hubiera sido más intenso o me hubiera mostrado diferente. Sencillamente, con Lailah siempre querría más porque para mí ella significaba más.

Reconocer eso me dolía, sabiendo como sabía lo mucho que había amado a otra persona en el pasado. Pero yo sabía que no podía vivir en el pasado. Nunca sabría cómo habría sido mi vida si Megan y yo no hubiéramos visitado Los Angeles y no hubiéramos asistido a aquella fiesta aciaga. Lo único que sabía era que, de alguna forma, me habían dado una segunda oportunidad con Lailah, y que estaba tan enamorado de ella que no me imaginaba viviendo de ninguna otra forma.

Aquel miedo suyo a que algo faltara entre nosotros no podía estar más desencaminado, y sin embargo tenía razón y yo me contenía cuando hacíamos el amor.

Cuando casi has visto morir a la persona que amas, los sentimientos, el miedo, se quedan grabados para siempre en tu mente. Aunque racionalmente sabía que Lailah estaba sana, aunque el médico me había dicho que tenía una salud de hierro, yo seguía dudando, y me aterraba que un día pudiera empeorar, que algo fuera mal y me dejara demasiado pronto.

Por mucho que me costara reconocerlo, no me sentía capaz de vivir sin ella.

Así pues, Lailah tenía razón. Por lo que se refería a su salud, siempre me mostraba cauto y un tanto irracional. No podía evitarlo.

Pero también quería dárselo todo.

Y, maldita sea, hasta la última de mis fantasías se había hecho realidad mientras la veía correrse bajo mi cuerpo y le mostraba la poca contención que podía tener. Lailah me maravillaba cada minuto del día, pero verla de aquella manera me había dejado sin aliento. El eco de sus gritos cuando me pedía más no había dejado de resonar en mi cabeza en un bucle interminable, y mi intención era recrear aquella escena en una docena de sitios diferentes en las próximas semanas.

—Ahora mismo tienes esa mirada bobalicona en los ojos —señaló Lailah inclinándose para mirarme.

Le sonreí, escrutando su rostro, mientras ella me miraba con expresión glotona. Su pelo estaba recogido en lo alto de la cabeza en un moño suelto y no había ni rastro de maquillaje en su tez inmaculada. Era tan distinta de la mujer que había visto avanzar hacia mí en la iglesia, y sin embargo era tan hermosa.

Cuando estaba así, podía ver a la Lailah de la que me había enamorado.

La mujer que había visto avanzar hacia mí en la iglesia era la Lailah en la que se había convertido.

—Pongo mirada de tonto porque estoy pensando en ti —contesté, y le di un tirón de la mano para que se sentara a mi lado.

Pronto despegaríamos y sabía que teníamos que abrocharnos los cinturones.

—Listos para ir a... —preguntó expectante.

—Oh, no, no voy a decírtelo aún. No llevo tanto tiempo planificando esto para echarlo a perder en el último minuto.

—Vale.

Cruzó los brazos sobre el pecho y frunció los labios en una mueca exageradamente malhumorada.

Yo meneé la cabeza y me recosté en el asiento para cerrar los ojos mientras esperábamos el despegue.

Ya me perdonaría cuando aterrizáramos.

O eso esperaba.

Los viajes en avión normalmente me parecían aburridos, no eran más que un montón de horas interminables sin nada que hacer. Cuando viajaba en avión, intentaba trabajar, pero nunca conseguía terminar nada. A veces cogía un libro, pero acababa poniéndome de mal humor porque siempre había algún chismoso al lado que se ponía a leer por encima de mi hombro o me decía que acababa de leer algo parecido. La selección de películas siempre era horrible, y me costaba dormir, porque nunca encontraba la posición correcta para pasar durmiendo algunas de las preciosas horas del vuelo.

Pero eso era antes de descubrir las ventajas de tener a Lailah conmigo... en un vuelo privado.

Ahora que las conocía, seguramente no volveríamos a utilizar un vuelo comercial.

No, estaba oficialmente corrompido.

Después de tomar un desayuno para reyes, propuse que fuéramos al dormitorio a hacer una siesta. Quizá mis cejas se movieron un tanto sugerentemente. Lailah me miró y volvió enseguida la vista a la azafata de vuelo, que estaba recogiendo nuestros platos.

Brie había aprendido a hacerse invisible a menos que requirieran su atención, y estaba acostumbrada a atender a estrellas del rock y hombres de negocios millonarios. Seguramente conocía muchos secretos. Pero era una profesional, y como tal, se mostró discreta y cortés y desapareció en la parte de atrás para seguir con sus tareas.

—¡Oh, Dios!... Ahora sabe que vamos a ir ahí... ¡ya sabes!

—No, no sé. ¿Podrías ser un poco más concreta? —y sonreí, recostándome en mi asiento.

—¡Eres malo! —declaró, y se levantó de un brinco de su asiento para ponerse a andar arriba y abajo.

—¡Oh, venga! Seguramente habrá visto de todo... y bastante más fuerte que con nosotros. Viaja siempre con celebridades. Seguro que somos los pasajeros más aburridos que ha tenido en décadas. Tendríamos que entrar ahí y practicar un sexo salvaje para animarle el vuelo un poco.

Lailah se volvió y me miró con cara inexpresiva.

—Supongo que bromeas.

—¿Sobre qué? ¿Lo de las celebridades? No, lo digo muy en serio. Creo que los de Maroon Five volaron con ella la semana pasada.

Lailah abrió la boca sorprendida y luego meneó la cabeza.

—¡No, burro! Lo de las celebridades no... aunque ya hablaremos de eso. Te decía si estabas sugiriendo en serio lo del sexo... para la azafata.

Me reí. Aquello era divertido.

—Me parece que ya no se dice «azafata». Ahora la palabra correcta es «ayudante de vuelo».

—Te voy a matar.

—¿Con el sexo? —sonreí y me levanté de un brinco para asaltarla.

—No, ahora mismo pensaba más bien en usar solo las manos —contestó, tratando de parecer enfadada, pero lo único que le salió fue una sonrisa de tonta.

—Vale, si te apetece más que usemos las manos. Deduzco que estás de acuerdo en lo del sexo.

Lailah me miraba con los ojos muy abiertos. Estábamos frente a frente, listos para atacar, esperando a que el otro diera el primer paso.

—¿Qué? ¡Jude, no!

Ataqué yo, inclinándome y echándomela con rapidez por encima del hombro. Era un movimiento algo arriesgado en un avión en vuelo, pero daba igual. Se me estaba poniendo difícil y yo tenía planes... y solo tenía cuatro horas para llevarlos a cabo.

15

Fuego y hielo

Lailah

Bueno, definitivamente, *eso* no estaba en mi lista.

Pero de haber estado, ya podría haber marcado como visto el deseo *Convertirme en miembro del club de la milla aérea,* el club de los que practican el sexo en un avión.

Y estaba segura de que también habíamos conseguido algunas millas de viajero habitual.

Guau.

Meneé la cabeza, riendo por lo bajo. Cerré el grifo y salí de la ducha.

¿Quién se ducha en un avión?

Bueno, pues yo acababa de hacerlo.

Cuando Jude me había despertado por la mañana antes de amanecer, pensé que era porque teníamos que tomar un avión comercial ridículamente temprano... y conociendo a Jude seguramente en primera clase. Supuse que iría embutida entre un hombre de negocios que no dejaría de hablar de esto y aquello mientras el niño rico de detrás daba patadas en mi asiento. No había volado mucho, pero había visto muchas películas y series de televisión y, entre mis pocas experiencias y mis amplios conocimientos de cómo los medios describían los viajes en avión, así era como esperaba que fuera el día.

Las películas no me habían preparado para la realidad.

No, la realidad no me había preparado para aquello.

¿Quién alquila un jet privado para dos personas para volar hasta...?

Bueno, a donde sea.

Mi marido, sí, él.

Cuando le conocí, para mí era un auxiliar de enfermería que no tenía nada y acabó convertido en Jude Cavanaugh, heredero de una dinastía financiera, y sin embargo no había cambiado..., no en lo importante.

En los tiempos en que llevábamos bata y comprobábamos constantes vitales, también me habría dado lo que fuera.

Y lo había hecho.

Siempre me traía copas de budín en su hora de comer. Cuando estaba enferma, trabajaba sin cobrar para poder estar en mi habitación y ayudarme a recuperarme aunque otros trataban de echarle. Y cuando el seguro de salud me falló, él había renunciado a todo para conseguirme un nuevo corazón.

Ahora no era diferente. El dinero no le había cambiado. Creo que le permitía disponer de más recursos y maneras de canalizar esa necesidad suya de proveer para los demás. Él siempre decía que su padre había sido un gran proveedor. Quizá era de ahí de donde Jude había sacado ese impulso inflexible.

Y sin embargo, me daba miedo que el dinero me cambiara. No quería ser de esa clase de persona que espera un cierto nivel de vida. Si éramos lo bastante afortunados para seguir viviendo así los próximos veinte años, esperaba que subir a un jet privado siguiera produciéndome siempre una sensación de asombro y nunca perdiera interés a mis ojos.

Estaba acabando de secarme el pelo cuando oí que llamaban a la puerta del baño.

Abrí y me encontré el bello rostro de Jude mirándome.

—Pronto aterrizaremos. ¿Ya estás?

Sentí que la emoción me embargaba, porque comprendí que dentro de poco conocería el misterioso destino de nuestra luna de miel.

—Sí, solo tengo que recoger algunas cosas.

Me di la vuelta, pero su mano me aferró por la muñeca y me hizo detenerme. Antes de que pudiera preguntarle qué hacía, su boca me besó con brutalidad y se apartó.

Estaba mareada.

Me volví tambaleante hacia el lavabo y empecé a meter cosas en mi neceser. Me cepillé el pelo una última vez. Un vistazo en el espejo me dijo que mi aspecto era adecuado, así es que salí para reunirme con Jude.

Una sonrisa perversa curvaba sus labios cuando me senté junto a él.

—¿Qué? —pregunté sin entender por qué me miraba con tanta suficiencia.

—¿Recuerdas después del tercer o cuarto orgasmo, cuando dijiste que estabas sin aliento y se te iba a secar la garganta?

Mi mente repasó los momentos que habíamos pasado en la minúscula habitación del avión. Jude se había propuesto averiguar cuántas veces seguidas podía correrme. Después de la cuarta, estaba gimiendo y retorciéndome tanto que me sentía la garganta en carne viva. Pero Jude siguió sin mostrar piedad.

—Sí —repliqué.

Se sacó una botella de agua de la chaqueta y me la entregó mientras yo le miraba con expresión inquisitiva.

—Es de Brie, nuestra asistente de vuelo. Me ha pedido que te la diera.

El rubor me subió a las mejillas mientras contemplaba las posibilidades de sobrevivir si saltaba del avión en ese momento. Debí de pensar mucho rato, porque Jude finalmente rompió el silencio con una risa profunda y escandalosa.

—Estoy bromeando. Se la pedí yo antes de que entraras en la ducha. Ella nunca haría algo así.

Mi respiración empezó a normalizarse mientras le disparaba rayos láser con los ojos.

—Aunque gritabas más fuerte que una *banshee*.

—Qué malo eres —dije, sin poder contener la risa que burbujeaba en mi boca.

—Entonces ¿me perdonas? —preguntó cogiendo mi mano entre sus manos.

—No.

—¿Y si te digo que te gires y mires por la ventanilla?

Mis ojos se abrieron por la sorpresa, y me di cuenta de que habíamos iniciado el descenso mientras él se esforzaba por distraerme. Seguramente ese había sido el plan desde el principio.

Cuando volví la cabeza, lo vi por primera vez.

Seguía sin tener ni idea de dónde estábamos, pero desde arriba, ya me había enamorado.

Aquel lugar estaba cubierto de hielo y nieve, como si estuviéramos en el Polo Norte. Diminutas casas de colores salpicaban el paisaje. No se parecía a nada que hubiera visto en Estados Unidos.

—¿Dónde estamos? —pregunté, y cuando me volví vi que también él se había inclinado hacia delante para mirar abajo.

—Islandia.

—¡Oh, Dios, Jude! —exclamé y le di un abrazo a pesar del molesto reposabrazos que nos separaba.

—Esta solo es la primera parada... de muchas —dijo contra mi hombro.

—¿Hay más?

—Bueno ¿no esperarás que te retenga aquí tres semanas? Te morirías de frío.

Lancé una risita tonta de felicidad y casi me pongo a aplaudir como una cría, y volví a inclinarme hacia delante para ver cómo el paisaje se hacía más y más grande. Era un lugar a donde nunca habría imaginado que iría.

—¿Por qué Islandia? —pregunté mientras contemplaba las bastas montañas.

—En realidad es muy sencillo. Utilicé la lógica para elegir los diferentes destinos de nuestro viaje. Tú tienes tu lista de Algún Día. La creaste, convencida de que, si algún día salías del hospital, harías todas esas cosas para convertirte en alguien *normal*, y creo que hemos hecho un trabajo excepcional tachando cosas de esa lista... incluso si últimamente nos hemos relajado un poco. Pero en este viaje no quería que te sintieras normal. Podemos conseguirte una hipoteca o parar un taxi cuando volvamos. Pero no habrá nada normal en este viaje. Durante las próximas tres semanas, vamos a perder la cabeza.

—Empezando con el viaje a Islandia —declaré entusiasmada.

—Sí. ¿Por qué no? ¿A cuánta gente conoces que haya estado en Islandia?

—Ninguna.

—Exacto. Prepárate, Lailah. Porque en los próximos días vamos a explorar la tierra del fuego y el hielo.

Islandia. *Iceland* en inglés, «tierra de hielo», un nombre muy apropiado.

En cuanto bajamos del avión, sentí en la cara unas temperaturas árticas que Nueva York nunca había alcanzado en invierno. Pero no hacía tanto frío como esperaba por el paisaje que habíamos visto desde el avión. Me recordó algunas de las noches más frías que había vivido desde que me mudé a la Costa Este, cuando los termómetros cayeron en picado y los radiadores trabajaban a destajo. Sinceramente, no me soprendería si en el Medio Oeste americano hiciera tanto frío como allí.

Nota para mí misma: nunca te mudes al Medio Oeste.

Jude y yo nos abrazamos mientras veíamos cómo bajaban nuestro equipaje del avión y lo transferían al coche que tenía que llevarnos al hotel. Habíamos aterrizado en Reykjavik, la capital de Islandia, pero Jude dijo que nuestro hotel estaba más lejos, siguiendo la costa, fuera de la ciudad.

El conductor nos saludó con un gesto de la cabeza y de la mano antes de abrirnos las puertas para que pudiéramos entrar enseguida. El hombre subió delante y bajó la separación que había entre los dos lados.

—Hola, bienvenidos a Islandia —nos recibió con un marcado acento.

—¡Gracias! —respondimos los dos.

—Siento que haga tanto frío. Se supone que mañana hará mejor día, si desean explorar un poco.

—Es bueno saberlo —dije, frotándome las manos, que llevaba cubiertas con unos mitones, mientras me preguntaba qué sería para un islandés mejor tiempo.

Yo pensaba que Jude había pedido a Grace que comprara la ropa de invierno para despistarme, pero al final iba a resultar que sí la necesitaba. Pensé en el biquini. *¿Sería para despistar o también iba a necesitarlo?*

Mientras Jude y el chófer hablaban, yo me dediqué a contemplar el paisaje en silencio. Escuchaba pasivamente, mientras las montañas y el mar pasaban veloces del otro lado de la ventanilla.

Los viajes en coche habían sido muy raros durante mi infancia. Recuerdo que me los pasaba con la cara pegada al cristal, mirando mientras el mundo pasaba de largo. En los semáforos, veía a otros niños, con las cabezas agachadas, concentrados en algún videojuego o un libro, y me preguntaba por qué a ellos no les interesaba como a mí lo que pasaba a su alrededor.

Hasta que no fui algo mayor, no comprendí que con el tiempo, los niños se aburrían de lo que la vida podía mostrarles desde la ventanilla de un coche.

Yo en cambio, no había perdido aún ese entusiasmo infantil al que me había aferrado desde pequeña, y esperaba no perderlo nunca.

—No dejen de visitar el Lago Azul —oí que decía el taxista.

—¿Como el de la película? —pregunté, y en mi mente apareció la imagen de una Brooke Shields medio desnuda en una isla desierta.

—Es un *spa* natural, y es muy bueno para la piel —dijo, dándose unas palmadas en las mejillas para enfatizar sus palabras.

—¿Está en el exterior? —pregunté recordando nuestro rápido paseo hasta el coche.

Estar en el exterior con cuarenta capas de ropa sonaba bien. *Pero en biquini no tanto.*

—Sí, pero el agua está muy caliente. Tiene que probarlo.

Jude me dedicó una mirada desafiante y me encogí de hombros.

—Solo se vive una vez ¿no?

Y se rio.

—Eso es lo que pone siempre en las camisetas.

Como todos los lugares donde nos habíamos hospedado, el hotel era bonito. Vistas interminables de la costa con la atmósfera de una casa de madera de lujo, algo así como una cabaña de troncos en la montaña. Yo esperaba poder pasar un rato en la *suite*, admirando las olas que rompían allá abajo, pero Jude parecía tener otros planes.

—Tenemos reserva para cenar dentro de una hora —dijo rodeándome la cintura con las manos.

—¿De verdad? —dije casi gimoteando—. ¿No podemos pedir que nos traigan aquí la comida?

—No.

Me di la vuelta y lo miré tratando de adivinar qué se cocía en aquella cabeza suya.

—¿Por qué?

—Porque no. —Se encogió de hombros con fingida indiferencia, pero noté el tono algo irritado de su voz—. He pensado que estaría bien pasar la primera noche de nuestra luna de miel fuera. Nada más.

Mentiroso.

Estaba emocionado y puede que hasta un poco nervioso por algo.

Y, como no quería estropearle sus planes, seguí.

—Bueno, entonces será mejor que me arregle.

Dando gracias por haberme duchado en el avión, cogí mi bolsa de maquillaje y fui hacia el cuarto de baño para arreglarme. Abrí la cremallera y saqué base y un tubo de rímel. También saqué sombra de ojos y pintalabios. Siempre me sentía emocionada cuando me maquillaba, como una niña pequeña que juega por primera vez con las pinturas de su madre. Era un pequeño recordatorio de mi independencia, de lo lejos que había llegado en mi vida.

Nunca lo olvidaría.

Unos quince minutos después, ya no parecía la versión de mí cansada y con *jet lag* que había llegado al hotel, y me puse con el pelo. Como me lo había secado con secador en el avión, estaba casi liso y me caía a la espalda sin trabas. Cogí la plancha rizadora y el adaptador, dejé que se calentara y me acerqué al armario donde había colgado algunos vestidos al llegar.

Sonriendo, saqué uno de la percha mientras recordaba la reacción de Grace cuando se lo enseñé. Los ojos casi se le salen de las órbitas, y me hizo entusiasmada la señal de ok con los dos pulgares.

Era algo más arriesgado que mi estilo habitual, pero lo que me llamó la atención en un primer momento fue el verde suave. Después de sostenerlo pegado a mi cuerpo ante el espejo de cuerpo entero, supe que a Jude le volvería loco.

Volví a escondidas al baño, entusiasmada ante la perspectiva de volver loco a Jude, lo colgué de la puerta de la ducha y empecé a rizarme el pelo. La plancha era ancha, de modo que formó ondas amplias que enmarcaban mi rostro y mis hombros. De pronto, mi pelo rubio, liso y sin vida, se veía sexi y con cuerpo.

Ahora lo único que necesitaba era el vestido y unos zapatos matadores.

Mierda, he olvidado los zapatos.

Vestida aún con la ropa normal del avión, salí de puntillas del baño, con la esperanza de no toparme con Jude antes de haber completado mi *look*. A lo mejor es una tontería, pero incluso después del día que las mujeres consideran el más bonito de su vida, seguía queriendo impresionarle una y otra vez, y eso significaba no dejar que me viera hasta que estuviera lista.

Un pelo y un maquillaje sexi, combinados con ropa anticuada no era precisamente lo que buscaba.

Además, ¿no había leído en alguna parte que en el matrimonio es importante mantener la chispa viva?

Vale, a lo mejor me estaba adelantando un poco, pero quería ver cómo se caía redondo al suelo.

Fui hasta el armario sin ver ni rastro de mi guapo esposo. Con sensación de triunfo, me incliné y cogí un par de zapatos de tacón con la puntera abierta. Me di la vuelta para volver a toda prisa a la privacidad del baño.

Me detuve en seco y me quedé paralizada.

Por el rabillo del ojo lo vi. Evidentemente, aún se estaba arreglando, su camisa colgaba de una silla cercana y no llevaba puestos más que los pantalones del traje. Se había puesto de modo informal la corbata verde menta, y estaba arrodillado contra la baranda interior de las ventanas, mirando al océano. Tenía una botella de agua en la mano y daba tragos. Tenía un aspecto estoico, calmado, pacífico... hermoso.

Y era mío.

Los zapatos cayeron al suelo y fui hacia él como una polilla vuela a la luz. De pronto, no me importaban las entradas triunfales ni los momentos perfectos. Solo quería aquel momento, todos los momentos.

Su aliento se volvió sibilante cuando mis dedos fríos tocaron su piel desnuda, pero enseguida me recibió con una caricia.

—¿Qué haces? —pregunté apoyando la cabeza contra su espalda.

—Disfrutar de la vista —dijo y se volvió hacia mí con una sonrisa cálida.

—Te quiero —dije, casi como si necesitara oír las palabras otra vez.

—Yo también te quiero, más que a nada.

—¡Oh! ¿Has visto eso? —exclamé, los ojos casi se me salen de las órbitas por la tenue luz verde que parpadeaba sobre el agua.

Di un salto, y casi le golpeo la cabeza a Jude, que se volvió para ver qué me hacía gritar tanto.

—¡Ahí está otra vez! —exclamé señalando.

Él rio, meneando la cabeza.

—Adiós cena.

—¿Cómo? ¿Qué quieres decir? —pregunté, sin poder apartar la mirada del hipnótico dibujo verde azulado que bailaba sobre el agua.

—Investigué bastante, tratando de averiguar cuándo y dónde aparecía la aurora boreal. Por eso elegí este hotel. Se supone que tiene una vista imponente cuando el tiempo y la época del año son los correctos. Por eso reservé la comida, porque esperaba que pasara entonces.

Hice un comentario burlón.

—¿Reservaste una cena en la Madre Naturaleza?

Jude rio.

—Vale, si lo pones así, suena un poco ridículo.

—Me preguntaba por qué estabas tan nervioso. Tenías miedo de que no pasara.

Él asintió.

—Sabes tan bien como yo que en la vida nunca hay nada seguro. Las mejores cosas son las que no se planean.

Me atrajo a su lado y juntos contemplamos el cielo de la noche con asombro.

—Nunca has tenido tanta razón.

No sé cuánto tiempo estuvimos allí, admirando el magnífico despliegue de la naturaleza. Las reservas para la cena y los vestidos verdes quedaron totalmente olvidados, hasta que mi estómago empezó a rugir.

Jude se rio y me hizo girar ligeramente para mirarme a los ojos.

—¿Quieres que pidamos al servicio de habitaciones?

—Después quizá —contesté, acercándolo a mí.

¿Alguna vez has hecho el amor bajo el resplandor de la aurora boreal?

Yo sí.

16

Dedos, arena y mar

Jude

Habían pasado casi tres semanas.

Tres semanas llenas de risas, amor y aventuras sin fin.

Desde el día en que Lailah me dijo en el hospital que quería mojarse los pies en el mar, supe que mi misión en la vida sería hacer realidad cada uno de los sueños y deseos de su lista de Algún Día

Todo lo demás sería la guinda del pastel.

Habíamos pasado esos dos últimos años tachando poco a poco cosas de la lista... desde sentarnos en un aparcamiento e intentar enseñarle a conducir a dar un paseo en un carro cargado de heno o esculpir calabazas de Halloween. No quería que Lailah volviera a perderse nada en la vida.

Durante esas pocas semanas, en las que todo se había detenido y nada importaba salvo nosotros y los anillos que habíamos intercambiado, quería que supiera lo extraordinario e increíble que podía ser el mundo.

Habíamos empezado en Islandia, subiendo montañas, explorando cuevas de hielo, incluso nos habíamos bañado en el Lago Azul. Habíamos pasado cinco días mágicos en el Ártico antes de recoger nuestras cosas y volar al sur, a un lugar más cálido.

Fue entonces cuando la llevé a las remotas islas Seychelles.

Cuando aterrizamos y le dije dónde estábamos, ella me miró, arqueó una ceja y dijo:

—¿Dónde?

Y yo me reí, encantado al ver que por fin podía confundirla.

Y cuando sus ojos empezaron a observar el celestial paisaje tropical, de pronto dejó de importar dónde estábamos, y Lailah sencillamente se enamoró del lugar. Las islas Seychelles, situadas en el océano Índico, eran famosas por su belleza casi inmaculada y natural. Era exactamente el lugar que quería para nuestra segunda parada.

Pasamos siete días bajo el sol, tumbados en la playa, bañándonos en el océano, y disfrutando de las vistas interminables desde nuestra piscina privada. Incluso tuvimos nuestra versión de las navidades allí, en medio de ninguna parte, donde intercambiamos regalos y decoramos una diminuta palmera y bailamos desnudos al ritmo de la música navideña en nuestra cabaña.

Nos costó irnos de allí, pero estoy convencido de que fue la curiosidad lo que la impulsó a subir al avión aquel día después de despedirnos, y al poco nos encontramos volando hacia nuestro último destino: Santorini, Grecia.

Aquella ciudad, esculpida en la historia, parecía salida de un libro. Gruesas casas blancas hechas de arcilla salpicaban el paisaje de una forma tan perfecta que era como si alguien hubiera aparecido por allí y las hubiera pintado. Cada edificio parecía tener vistas panorámicas del océano, y yo nunca me cansaba de mirar.

Me pasaba los días arrodillado contra la balaustrada de estuco de nuestro balcón, mirando, viendo cómo el sol se ponía lentamente tras el horizonte, sobre el mar. No sé cuánto tiempo pasé así, admirando las islas lejanas y las pocas nubes. Todas las webs de turismo y libros de viaje hablaban de los bonitos veranos de Santorini. El paraíso de los veraneantes, decían, con sus cielos despejados y sus bonitas playas. En invierno, todo estaba más calmado, también el tiempo.

Para mí, la idea de tener un pequeño pedazo de Grecia para nosotros era la perfección.

Y hasta el momento lo había sido.

—¿Contemplando el agua otra vez? —preguntó Lailah segundos antes de apoyar la cabeza contra mi hombro.

—No me canso de mirar al mar. Creo que este es mi lugar favorito —confesé mientras el cielo rosado se tornaba púrpura.

—Has dicho eso mismo en los tres lugares donde hemos estado —replicó.

Por el tacto de su mejilla noté que sonreía.

—¿En serio?

—Sí. Cada vez te encuentro así, mirando a las olas, y me dices lo mucho que adoras la vista y que es imposible encontrar un sitio mejor.

—A lo mejor es que se me da muy bien planificar vacaciones —dijo con una mueca.

—Creo que el agua te relaja. Supongo que no es tan raro que todo lo que has preparado para nuestra luna de miel gire en torno al agua ¿no?

Abrí la boca pero no dije nada. Cuando me volví vi que Lailah sonreía con satisfacción.

—¿Lo ves?

—En realidad —repliqué— lo hice a propósito, pero por un motivo totalmente diferente.

—Oh. ¿Y qué motivo es ese? —preguntó ella alzando el mentón con aire juguetón mientras me rodeaba la cintura con sus pequeños brazos.

—Quería verte mojándote los pies en el mar, una y otra vez, en tantos sitios como fuera posible.

Sus ojos se abrieron con asombro. Y me miró con expresión de pura adoración.

De un tirón, me arrastró a la habitación, y yo la seguí encantado.

—Pensé que querías pasear —le recordé.

—No.

Su cuerpo se movía al ritmo de sus pasos seguros.

—¿Buscamos un sitio para comer? —añadí.

—Um um.

Sus ojos se volvieron hacia mí cuando entramos en la habitación oscura, donde ya solo se percibían los últimos rayos del día.

—¿Estás segura? —pregunté con suavidad, aunque no tenía intención de irme a ninguna parte.

Cuando me acerqué más, pude sentir su aliento suave contra mi cuello, y dejé que su presencia me engullera.

—Sí.

Sus labios rozaron la piel desnuda de mis clavículas mientras me desabrochaba la camisa poco a poco, dejando al descubierto nuevos pedacitos de mí que devorar.

La observé durante lo que parecieron horas, días, mientras adoraba cada centímetro de mi piel, mientras trazaba un camino de fuego con sus besos y su lengua por mi carne y me llenaba de deseo, tanto que sentí que me ahogaba.

Lailah me había desnudado en todos los sentidos de la palabra y ahora tenía intención de devolverle el favor.

Ella llevaba un jersey normal y unos leggins, y la desvestí con facilidad, tomándome mi tiempo con cada prenda, como si la estuviera viendo por primera vez.

Con ella siempre era como si fuera la primera vez..., exultante, nuevo y maravilloso.

Mi corazón se seguía sintiendo impresionado cuando la veía desnuda. Mi pecho se constreñía cuando nuestros cuerpos se unían y, de la emoción, se me formaba un nudo en la garganta cuando ella decía mi nombre una y otra vez, porque era consciente de que yo sería el único hombre que la oiría gritar de placer.

La hice bajar lentamente hasta la cama, arqueando su espalda, besando sus hombros, su estómago, sus caderas, explorando su cuerpo esbelto. Ella se retorció por la expectación, consciente de cuál era mi objetivo cuando notó que mi boca se deslizaba por sus muslos.

—Por favor —suplicó con voz ronca y grave.

—Toma tú el control —la apremié, pensando aún en la fiereza que había demostrado la noche de nuestra boda.

—¿Con palabras? —preguntó algo indecisa.

Las conversaciones de alcoba siempre hacían que Lailah se mostrara cohibida.

—Las palabras funcionan. Puedes dirigir mi cabeza si tú quieres. Tú mandas. Solo quiero ver a la poderosa mujer con la que me he casado. Después, volveré a tomar yo el control —advertí con una sonrisa suficiente.

Su indecisión se tornó más y más en decisión mientras la idea cuajaba en su mente. Finalmente, sus ojos se clavaron en mí con determinación, como si fuera su presa de la noche. Sacó la lengua y se la pasó por los labios y, cómo no, mi pene respondió endureciéndose mientras miraba.

Las manos me hormigueaban y mi boca se moría por hacer algo, lo que fuera, mientras esperaba instrucciones. Necesitaba tocarla. Cada segundo era una tortura, hasta que finalmente su mano se movió y me aferró por el pelo para guiar mi cabeza hacia ella.

Consciente de que la idea de dar instrucciones seguramente la ponía nerviosa y la incomodaba, decidí colaborar. Además, no podía seguir conteniéndome.

Mis manos la sujetaron por los muslos, y la abrí más, mientras ella me acercaba. Tenía su cuerpo ante mí, abierto como un jodido regalo de Navidad, y no me contuve, porque sabía exactamente cómo le gustaba.

Sus gritos desgarraban el silencio de la habitación, espoleando aún más mis frenéticos movimientos. Conforme sus gemidos se hacían más profundos, mi lengua se movía más deprisa, con más fuerza, chupando y lamiendo, hasta que casi se cae de tanto retorcerse. Lailah explosionó bajo mi boca, haciéndose pedazos, mientras yo sentía cada temblor y sacudida de su orgasmo contra mi boca.

Una necesidad visceral me consumía mientras dilataba cada espasmo fatal hasta su conclusión final, extendiendo su placer tanto como podía. Quería tomarla, reclamando mis derechos sobre ella, consumirla, pero la necesidad de protegerla siempre se imponía sobre todo lo demás. Me incorporé y extendí el brazo hacia la mesita de noche, pero sentí que su mano me detenía.

—Solo una noche, por favor.

Mis ojos se entrecerraron mientras la miraba bajo la luz de la luna.

—Deja que te sienta, que nos sienta a los dos por una noche.

Mi cabeza se movió a un lado y a otro, dando mi respuesta antes de que la palabra brotara de mis labios.

—Te quiero más que a nada en el mundo, Lailah, y como has visto, daría lo que fuera por hacerte feliz... pero esto no. Por favor, no me pidas que lo haga.

Sus ojos me miraron muy redondos cuando la duda fue sustituida por comprensión y, finalmente, asintió.

Estiré la mano hacia el cajón, saqué un condón y rompí el envoltorio sin dejar de mirarla.

—Deja que te mantenga a salvo.

Y, mientras volvía a empujarla contra la cama, supe que pasara lo que pasase, siempre la mantendría a salvo.

—¿De verdad tenemos que volver? —preguntó Lailah.

Terminamos de hacer el equipaje y lanzamos una última mirada al intenso azul del mar Egeo. Era un día perfecto y sin nubes, de esos en los que la vista parece infinita y entiendes por qué las criaturas y los dioses mitológicos se habían creado en un lugar como aquel.

Había lugares en la tierra que realmente parecían divinos. Y estar en ellos te hacía sentirte como si te hubieras colado en un lugar que estaba por encima de tu nivel. Santorini y los otros lugares que habíamos visitado en nuestra luna de miel eran así. Estar allí, experimentarlos, era como si un pedazo del cielo se hubiera caído a la tierra y nos hubiéramos topado con él por accidente.

Éramos increíblemente afortunados por tener lugares como aquellos que descubrir. Y solo esperaba poder llevar a mi ángel a visitarlos.

—Me temo que sí. Algún día tendremos que volver a la realidad.

La tomé de la mano y cogí una de nuestras maletas.

Nos volvimos hacia la puerta y vi que echaba un último vistazo a la habitación antes de salir.

Volveríamos. Yo me aseguraría de ello.

Lailah parecía totalmente desolada cuando llegamos al aeropuerto y subimos al avión.

La boda, la luna de miel... todo había acabado.

Sonreí con calidez, y comprendí que seguramente era una actitud normal en toda mujer. Traté de no tomármelo como algo personal. Habíamos pasado un año preparando los preciosos momentos que culminaron ante el altar y, después, habíamos tenido tres semanas de vacaciones para estar en brazos del otro. Era hora de volver a casa, a la escuela, al trabajo.

—Eh, recuerda que aún tenemos que celebrar la Navidad cuando volvamos a casa —le recordé, convencido de que habría olvidado ese pequeño detalle en su depresión posluna de miel.

Sus ojos se levantaron para mirarme.

—¡Oh, lo había olvidado!

—¡Y seguramente yo olvidé mencionar que tus padres van a venir!

La cara de sorpresa fue seguida por un chillido de alegría cuando saltó para rodearme el cuello con los brazos y me besó en la mejilla.

—¡Es la mejor noticia que he oído en todo el día!

—Bueno, solo son las diez de la mañana —bromeé.

—Tendré que hacer mis compras navideñas cuando lleguemos —exclamó feliz.

Y ahí estaba mi chica, de nuevo feliz y entusiasmada porque volvíamos a casa. Solo necesitaba un incentivo.

Ahora nada más tenía que hacer unas llamadas y encontrar la forma de que sus padres subieran a un avión... enseguida.

17

Un regalo navideño con retraso

Lailah

En cuanto el avión tocó tierra, empezaron las carreras.

Las clases ya habían empezado, había reuniones de empresa programadas y la familia había venido para nuestra celebración tardía de la Navidad. Y, por más que añoraba la tranquilidad de estar los dos solos en los refugios aislados de los que habíamos disfrutado durante la luna de miel, tenía que reconocer que era agradable volver a estar en casa. Un lujo de cinco estrellas no podía compararse con la comodidad de volver a dormir en nuestra cama. Y, aunque no había pasado tanto tiempo con mi nuevo esposo, verlo siguiendo de nuevo sus rutinas me hizo pensar en algo. Aunque a veces parecía estresarle, aquel trabajo, el legado de su familia, era su vocación. Lo veía por la forma en que se presentaba a los empleados, la pasión que ponía en sus palabras, y el esfuerzo que ponía en cada acción.

Además, no me importaba volver a verlo con su traje chaqueta.

No, para nada.

Tardé algunos días, pero finalmente conseguí deshacer todas las maletas que habíamos llevado en la luna de miel. La ropa se guardó en su sitio. Cada recuerdo encontró su lugar en la casa, y los pocos regalos que había comprado se envolvieron y quedaron colocados bajo el árbol hasta que llegara la noche y saliéramos hacia la casa de campo de la madre de Jude.

El resto de los regalos los había comprado ese mismo día, en una rápida excursión de compras.

¿Compras de último minuto? ¿Yo? Nunca.

O al menos normalmente, no. Pero había tenido el pequeño inconveniente de una boda, por no hablar de los cuatro exámenes finales, que me saqué con excelente, y entre lo uno y lo otro no había tenido tiempo de comprar regalos para mi ahora enorme familia.

Antes solo éramos mi madre y yo, y ahora tenía que comprar regalos para toda una familia.

Sonreí mientras miraba el enorme montón de regalos que había bajo el árbol, pensando en toda la gente con la que había sido bendecida en mi vida.

—¿Lista? —me preguntó Jude desde la habitación, y apareció por el pasillo, vestido con unos vaqueros oscuros y un jersey gris.

—Sí, solo tenemos que cargar los regalos.

Jude los miró... y cuando vio cuántos había dio un bufido.

—Vale.

Cuando le vi la cara me reí y me incliné para ayudarle a cogerlos. Pero de pronto sentí náuseas y me detuve, esperando que pasara. Era la segunda vez que me pasaba ese día, y pensé si no habría pillado algo. En la clase de la mañana faltaban un par de alumnos, y el profesor había mencionado que había una pasa por el campus. Por fortuna, Jude no se había dado cuenta, y me dediqué a empujar los paquetes hacia él mientras las náuseas pasaban. No quería perderme lo de aquella noche, sobre todo porque mis padres habían venido en avión expresamente. Podía coger la gripe de estómago mañana.

Hoy no. Mandé esa advertencia a mi mente, con la esperanza de poder aguantar unas horas y hacer de Santa Claus para mi familia.

Todos habían pospuesto la celebración para que nosotros pudiéramos alargar nuestra luna de miel hasta después de Año Nuevo.

—¿Todo listo? —preguntó Jude.

Se echó las dos grandes bolsas al hombro como un moderno y guapísimo Kris Kringle.

Sonreí, tratando de apartar esos feos pensamientos de mi cabeza, y me limité a asentir.

—Me estás imaginando como Santa Claus, ¿a que sí?

—Sí.

—Es un poco gore.

—Tú lo has preguntado —me reí.

—Venga. Vamos a llevar esto y veremos a tu familia.

El trayecto parecía no acabarse nunca. Yo iba sentada en el asiento del pasajero, nerviosa, viendo cómo la industriosa ciudad daba paso poco a poco a colinas y casas somnolientas. De pronto podíamos ver el cielo, y se mostró ante nosotros con abundancia de estrellas titilantes. Las estrellas eran una rareza en la ciudad... las luces y los altos edificios siempre las velaban. En el campo, donde todo era más sencillo, podías sentarte en el coche y observar lo que la naturaleza tenía que ofrecer.

Nueva York era un lugar asombroso. Cada día era diferente del anterior, incluso si te habías propuesto seguir la misma aburrida rutina. Eso era lo que me gustaba, la sensación de aventura que siempre acechaba, lista para saltar sobre mí y mostrarme algo nuevo. Nueva York nunca era gris, nunca era aburrido.

Pero a veces me sentía inquieta, me cansaban el ruido y el bullicio incesante.

Yo sabía que algún día dejaríamos la ciudad y nos instalaríamos en algún lugar más tranquilo, menos caótico..., un lugar que quizá recordara a Jude la quietud de Islandia o la belleza serena de las Seychelles o quizá un lugar que transmitiera la belleza que tanto le había enamorado en Santorini.

Casi había recorrido el mundo con Jude a mi lado. Habíamos vivido en los dos extremos del país. La vida relajada de una playa de California y el implacable mundo de los negocios de Nueva York, y todo se reducía a una cosa. No importaba dónde estuviéramos, aquí o en la otra punta del mundo.

Mientras estuviéramos juntos, estaríamos en casa.

El coche se movió ligeramente cuando Jude salió de la carretera antes de marcar el código para abrir la verja. La primera vez que visité la propiedad que la familia de Jude tenía en el campo, me había sentido intimidada cuando vi la enorme verja de hierro que se abría a un sendero bordeado de árboles. Pero mientras conducía, Jude había empezado a contarme anécdotas de su infancia. Me había señalado los lugares donde se escondía, los jardines que ayudaba a cuidar a su madre. Me había contado que un verano, hacía mucho tiempo, él y Roman pensaron que sería buena idea salir a montar en bici, los dos en la misma. Él había sacado papel en un enfrentamiento agotador a piedra-papel-tijera, y como las tijeras de su hermano cortaron su papel, le tocó a él montar en el manillar.

—Hubiera esperado que eso lo hiciera él —comenté.

—¿Y arriesgarse a estropear su bonita cara? —preguntó él con cara de incredulidad.

—Bueno, y ¿qué pasó?

—Pues que estuvimos danzando arriba y abajo por esta calle, haciendo el tonto en la bici, hasta que topamos con una piedra o un bache. No me acuerdo. Lo único que sé es que nos caímos y nos dimos una buena hostia. Me hice una rozadura que no te lo puedes imaginar. Las palabrotas que salieron de la boca preadolescente de Roman daban miedo.

No pude evitarlo y sonreí, y esperé a que continuara.

—Yo traté de levantarme pero me di cuenta de que se me había enganchado el pie entre los radios de la rueda. Roman lo vio y le entró el pánico, y se puso a gritar que mamá nos mataría.

—¿Qué hizo?

—Me dejó —contestó Jude con una sonrisa suficiente.

—¡No!

—Oh, sí, vaya que sí. Me dejó solito en medio de la calle. Pero, en su descargo, diré que fue a buscar ayuda. Por eso le perdoné... al menos por esto.

—Niños —dije meneando la cabeza.

—Son de lo peor.

Después de oír las terribles historias y aventuras que Jude había vivido aquí de niño, aquella casa inmensa ya no me parecía tan atemorizadora, y eso me había permitido relajarme y apreciar la calidez y la sensación de hogar que la madre de Jude había creado en aquel lugar con el paso de los años. Incluso a mi madre, que se había pasado la vida en apartamentos de no más de noventa metros cuadrados, la casa le había parecido encantadora y bonita.

Ella fue la primera persona a la que vi cuando entré en la sala de estar, y sentí que mi corazón desbordaba de alegría. No me había dado cuenta de lo mucho que la había añorado.

—Hola, mamá —dije con voz suave.

Ella me tendió los brazos, y me tocó, mientras escrutaba mi rostro.

—¡Qué morena estás! —exclamó aspirando con fuerza y me atrajo a su lado con una risa.

—No, para nada —contesté—. Algo menos pálida, tal vez.

—Sea lo que sea, te sienta bien.

Terminamos con el reencuentro, y mi atención se volvió hacia Marcus, que esperaba pacientemente su turno. Estiró el brazo, con la manga subida hasta el codo, y comparó el tono de nuestra piel. Su sangre latina, combinada con su pasión por el surf, hacía que a su lado yo pareciera un fantasma.

—¿Lo ves, mamá? No estoy morena.

Todos nos apuntamos a una ronda de risas, y mientras Marcus me dio un abrazo.

—Me alegro de verte, niña. Te hemos echado de menos.

—¿Habéis recibido mis postales? —les pregunté a los dos.

—Oh, sí. Una llegó el día de Nochebuena, la de Islandia. ¿De verdad has visto la aurora boreal? —preguntó mi madre.

Nos sentamos en el sofá.

Asentí, y vi la sonrisa de Jude, que estaba colocando nuestros regalos sobre el montón que había bajo el árbol, que seguía allí solo por nosotros. Cuando terminó vino a sentarse al sofá con nosotros. La madre de Jude entró y nos saludó a todos, y al poco estábamos charlando de las aventuras que habíamos vivido durante la luna de miel.

—¿Dónde está Roman? —pregunté, y me di cuenta de que no había visto su coche fuera cuando llegamos.

—Ha llamado y ha dicho que llega tarde, pero que estará aquí a tiempo para tomar el postre y abrir los regalos —contestó la madre de Jude.

Vi que la expresión de Jude se tornaba tensa, porque tuvo que hacer un esfuerzo para no hacer ningún comentario. Deslicé la mano para tomar la suya y la oprimí. Yo sabía que Roman siempre le fallaba, pero estaba convencida de que algún día Roman cambiaría de actitud... o eso esperaba.

—Hablando de postres, tengo que hacer algunas cosillas en la cocina para terminar el pastel que he preparado —anunció mi madre, y se levantó del sofá.

—Y yo me tengo que poner con los entrantes —dijo la señora Cavanaugh, y se fue tras ella.

—¿Os importa si voy a ayudarlas? —pregunté a los hombres.

Jude y Marcus miraron hacia la tele con cara de emoción y asintieron con entusiasmo, y tuve que hacer un esfuerzo para no reírme. Mientras iba hacia la cocina, oí que encendían el televisor, y empezaba a oírse algo sobre rugby y un debate.

Cuando entré, nuestras madres estaban en medio de una agradable conversación sobre cocina, y ambas trabajaban con alegría en sus cosas.

—¿Puedo hacer algo? —pregunté mirando a mi alrededor mientras me subía las mangas.

—Claro. ¿Por qué no te acercas y me ayudas con los entrantes? —sugirió la madre de Jude, indicándome con el gesto que me acercara al lugar donde se había instalado para preparar una bandeja con quesos y fruta.

De pronto el estómago me dio una sacudida y sentí que la cabeza me daba vueltas. Tuve que agarrarme al borde de la encimera.

La mano atenta de mi madre estaba allí al momento.

—Lailah, ¿estás bien? —preguntó, y me pasó la mano por la frente.

Yo meneé la cabeza para tranquilizarla y contesté:

—Creo que he cogido uno de esos virus de estómago, o una gripe leve.

—Nada es leve cuando se trata de ti. ¿Lo sabe Jude? —preguntó, y me tomó de la mano para llevarme hasta la zona de la mesa.

Me senté, y mamá fue a coger un vaso al armario para traerme un poco de agua.

—No, no se lo he dicho. No me habría dejado venir esta noche, y no quería perdérmelo.

Ella me miró con severidad.

—Sabes perfectamente que lo habríamos entendido.

—Pero habéis venido de tan lejos —dije sintiéndome culpable.

Los tacones de sus zapatos claquetearon sobre el suelo cuando volvió a la mesa y se sentó a mi lado.

La madre de Jude se sentó también con nosotras, sujetando entre las manos una taza de té.

—Lo más importante es siempre que conserves la salud, Lailah —dijo tendiéndome sus manos templadas.

—Y no podemos lograrlo si tú no nos ayudas —añadió mi madre empujando el vaso de agua hacia mí.

Di un pequeño sorbo y la sensación de frescor en mi garganta me alivió la tensión del estómago.

—Tenéis razón. Lo siento. Se lo diré a Jude y pediré hora a mi médico mañana a primera hora. No quería que se asustara.

Su madre sonrió con suavidad.

—Oh, cariño, es su obligación.

—De todos los días posibles, tenía que fallarme precisamente hoy —dijo Jude resoplando, mientras andaba arriba y abajo por la habitación tratando de arreglarse con rapidez.

Esperaba poder tener unas horas libres esa mañana para acompañarme al médico.

Cuando le hablé de camino a casa de mi apetito menos que estelar y la pasa de gripe de estómago del campus, Jude estuvo a punto de llevarme a urgencias, pero conseguí disuadirle y acordamos que iría a la consulta del médico por la mañana para que me recibiera en cuanto pudiera.

La sola idea de que estuviera enferma le alteraba, y le hacía estar nervioso y picajoso.

Había llamado a su secretaria en cuanto me dieron hora, consciente de que no tenía compromisos importantes esa mañana, y descubrió que su hermano Roman había llamado poco antes para hacer lo mismo.

Después de llamarle sin éxito trece veces, Jude no dejaba de andar arriba y abajo por la habitación, y se puso una camisa y corbata, renegando por lo bajo, imaginando seguramente todas las formas posibles de infligir daño físico a su hermano mayor. Hasta pensó coger el ascensor y subir a su casa, pero supuso que Roman no abriría.

—Puedo cambiar la hora —sugerí desde la cama, viendo la frustración de sus movimientos.

Él se detuvo en seco y me miró, con la corbata torcida, porque estaba tratando de abrocharse el cinturón.

—Definitivamente, no. Prefiero que el médico te vea lo antes posible aunque yo no esté que esperar a que te den hora más adelante cuando yo pueda estar. No pasa nada. Solo estoy disgustado con Roman.

Bajé los pies al suelo y me puse en pie. Me sentía algo mejor que la noche pasada. Hasta pensé si realmente hacía falta que fuera al médico. Pero ahora que Jude lo sabía, no había modo de evitarlo.

—Tienes que dejar de estar enfadado con él —le apremié, y me acerqué hasta que nuestros cuerpos se tocaron.

—Ojalá pudiera.

—Puedes. Solo tienes que dejar de concentrarte tanto en sus defectos y tratar de ver su lado bueno.

—¿Roman tiene un lado bueno? —preguntó arqueando las cejas.

—Él me trajo aquí ¿no? —pregunté desafiante mientras deslizaba mi mano por la camisa hasta llegar a la piel desnuda y cálida del brazo.

—Sí, lo hizo. Es algo que nunca podré compensarle —y sonrió con recelo.

—Y no te dejó tirado en aquella calle hace tantos años —le recordé.

—Tampoco es que fuera una calle pública —replicó con una risita, antes de inclinarse y besarme con ternura—. ¿Estás segura de que puedes ir sin mí? —preguntó aunque nuestros labios casi seguían tocándose.

—Me arreglaré —dije—. Termina de arreglarte. Yo me voy a meter en la ducha.

—Otra razón para odiar a mi hermano esta mañana —dijo mirándome con gesto gruñón cuando me volví hacia la ducha.

—¡Déjalo ya, hombre! —grité desde el baño.

—¿Estás desnuda? —preguntó.

Mi camisón cayó al suelo y me reí.

—¡Sí!

—¡Pues entonces sigo odiándole!

—¡Vete a trabajar! —grité con una risita.

Giré la maneta del grifo a caliente y esperé.

La vida no podía ser más perfecta.

El viento me golpeó como un puño en la cara cuando bajé del taxi y me dirigí al hospital donde mi médico tenía su consulta. Cuando me vine de California, Marcus se aseguró de que estuviera en buenas manos. No era lo mismo que tener cuidándome a mi tío, ahora mi padrastro, pero el doctor Hough era la segunda mejor opción.

Cuando estaba cruzando las puertas de cristal, de pronto me sentí inquieta. El familiar olor a lejía y productos químicos me llegó a la nariz y me hizo pensar en mi infancia de pasillos y espacios asépticos y fríos.

Estuve a punto de dar media vuelta, y notaba la única tostada que había sido capaz de comer aquella mañana como una bola apretada en la boca del estómago.

¿Por qué no había traído a alguien conmigo?

¿Por qué me sentía como si estuviera a punto de pasar algo malo?

Una enfermera pasó a mi lado, empujando a un paciente en una camilla. Un tubo intravenoso colgaba de una barra en lo alto de la cama, y me hizo pensar en las intervenciones y pruebas a las que me había tenido que someter a lo largo de los años. Mis dedos se fueron enseguida a mi pecho y tocaron el relieve de la cicatriz que testimoniaba mis dificultades, las muchas batallas que había tenido que librar para llegar a donde estaba.

Me moví con rapidez, sintiéndome algo más segura, y entré con entusiasmo al ascensor que me llevaría a la planta adecuada. Yo sabía que cualquier visita a un hospital me traería recuerdos... buenos y malos. La de hoy era una visita a los malos tiempos, nada más. Y era algo que tenía que dejar atrás... y deprisa.

No pasa nada, me recordé.

Aquello ya pasó, recité en mi cabeza.

Todo es perfecto, grité en silencio.

El ascensor hizo *ding* y casi di un bote. La mujer que estaba a mi lado hizo un gesto con la mano animándome a salir primero. Su sonrisa cordial me tranquilizó y eché a andar por el pasillo hacia la sala con el número correcto. Empujé la puerta, respiré hondo y traté de calmarme.

Todo estaba bien. Allí dentro la atmósfera era menos acre, y había un olor más agradable, y solo con aquel leve ajuste pude sentir que mis hombros se relajaban un poco.

Aunque sabía que seguía estando en un hospital, de pronto me resultaba menos intimidatorio. Di mi nombre y me senté en una cómoda silla en la sala de espera que ya conocía, y saqué mi móvil para leer, sintiendo que mi pánico se desprendía de mi ser como las hojas en un tempestuoso día de otoño.

Al poco, me llamaron y, tras comprobar mi peso y mi presión sanguínea, la enfermera empezó a anotar las otras constantes vitales.

—Y bien, ¿qué te trae hoy por aquí, Lailah? No te esperábamos hasta dentro de unos días —dijo con voz agradable mientras me tomaba de la muñeca para buscarme el pulso.

—Hace un par de días que no me encuentro muy bien, y he pensado que mejor asegurarme. Por eso he decidido venir antes. Podía haber ido a la consulta de mi médico de cabecera, pero...

Su mano se apoyó sobre la mía.

—No te preocupes. Estamos aquí para lo que necesites. Y tú lo sabes. Y ahora dime qué síntomas tienes y empezaremos por ahí.

Le hablé de las náuseas y de la sensación de debilidad y cansancio.

—Las clases han vuelto a empezar y es época de gripes —dijo, y suspiró—. Iré a consultar al doctor Hough, pero seguramente te haremos varias pruebas para descartar infecciones diferentes.

Yo asentí mientras ella terminaba de teclear algunas cosas en su portátil antes de salir.

Mis pies se balancearon cuando me moví en la incómoda camilla de reconocimiento. El sonido de papel crujiendo debajo de mí hizo desaparecer el incómodo silencio mientras el aliento salía ruidosamente de mi boca.

Una gripe. No es tan terrible. Podría superarlo sin problemas.

Perdería unas clases. Una semana incluso si es grave, y luego todo volvería a la normalidad.

Mis pensamientos se vieron interrumpidos por unos golpecitos en la puerta. La enfermera volvió a entrar con varios objetos en las manos.

—Bien. He conseguido atrapar al doctor entre visita y visita. Quiere que te tome un frotis de la garganta para comprobar si tienes gripe; también haremos unos análisis de sangre y un test de orina para cubrir todas las bases. No tendremos los resultados de las analíticas hasta dentro de unos días, pero el resto lo sabremos de forma inmediata.

—Vale —respondí.

Cogió una especie de bastoncillo gigante y me hizo abrir bien la boca para pasármelo por el fondo de la garganta. Traté de contener las arcadas. Los ojos me escocían y se me llenaron de lágrimas, y la garganta se me cerró involuntariamente.

—Lo siento. Lo siento mucho —se disculpó ella con expresión compasiva. Se apartó enseguida y guardó la muestra en su frasco—. Dejaremos reposar esto diez minutos. Entretanto —dijo entregándome un bote vacío—, tienes trabajo que hacer.

Puse los ojos en blanco y me bajé de un salto de la camilla con una ligera sonrisa. Me acompañó al lavabo y me dijo dónde debía dejarlo todo cuando acabara.

Tras varios minutos y varios reniegos silenciosos, conseguí terminar y estaba de vuelta en la sala de exploración. Miré los cuadros de la pared, los esquemas como de dibujos animados de corazones y válvulas, mientras mi mano subía a mi pecho para sentir el rítmico latido de mi corazón. El zumbido de las luces se volvió casi hipnótico, y me puse a rascarme el esmalte de uñas que me quedaba de Año Nuevo, un llamativo dorado que me había parecido alegre y festivo. Un poquito cayó al suelo, un marcado contraste con el linóleo mate y gris que tenía bajo mis pies.

Mientras esperaba, pareció que pasaban horas, incluso días. Había estado en la sala de exploraciones montones de veces, pero nunca se me había hecho tan interminable. El miedo que había sentido al entrar por las puertas dobles del hospital reapareció. Tenía esa innegable intuición de que algo iba a pasar, algo que no podía controlar.

Cuando oí que llamaban a la puerta, mi respiración se alteró y aspiré con fuerza tratando de controlarme. El doctor Hough entró.

—Hola, Lailah —dijo, tendiéndome los brazos en su saludo habitual.

Yo correspondí al gesto y lo saludé sin decir nada, mientras trataba de recuperar la compostura.

—¿Cómo está? —le pregunté, con la voz aún un poco ronca por el susto—. ¿Ha pasado unas buenas fiestas?

—Oh, sí, muy buenas —contestó él muy escueto mientras tomaba asiento ante mí. Su mirada parecía intensa, cargada de una emoción que no acababa de entender.

—No tienes gripe —dijo sin más—, pero hemos encontrado otra cosa muy interesante.

Oh, Dios, ahí lo tienes. Me estoy muriendo.

—Estás embarazada.

—Eso es imposible —las palabras brotaron de mi boca antes de que me diera cuenta.

El hombre se inclinó hacia delante cruzando las manos, y me miró con intensidad.

—Bueno, en realidad no, puesto que eres sexualmente activa. Sorprendente quizá, imposible, no.

Empecé a menear la cabeza, no podía ser cierto.

—Pero ¿cómo?

—Bueno, eso no te lo puedo contestar, que es la razón por la que he pedido a Irene que te lleve a la sección de obstetricia. Van a hacerte una exploración y una ecografía para asegurarnos.

—¿Irene?

—Mi enfermera —contestó con amabilidad.

—Bien.

Me quedé allí sentada en silencio, mirándome el anillo de casada, un anillo que llevaba hacía apenas un mes.

—¿Estoy embarazada? —pregunté, y enseguida añadí—: ¿Puedo sobrevivir a un embarazo?

—Creo que la pregunta es ¿estás dispuesta a averiguarlo?

Y allí lo tenía... un momento que alteraría mi vida.

18

Lucha

Jude

Llevaba toda la mañana de reuniones, gracias a Roman.

Cada vez que tenía un momento, me descubría comprobando mi móvil para ver si tenía llamadas. Pero Lailah no había dado señales de vida... ni un mensaje de texto, ni un correo electrónico, ni siquiera un mensaje de voz. No tenía ni idea de cómo había ido la visita con el médico.

¿Seguirá allí todavía?

Finalmente, conseguí escaparme anulando la cita que tenía para comer y me tomé el resto del día libre. Tal como estaba, mi presencia era totalmente inútil en la oficina. No podía pensar con claridad y no conseguía hacer nada a derechas.

No saber qué había pasado con Lailah me estaba volviendo loco.

Volví a intentar contactar con ella por el móvil pero no contestó.

Maldita sea.

Paré un taxi y volví a nuestro apartamento directamente para ver primero si estaba allí. El siguiente paso sería el hospital. El ascensor subió dolorosamente lento, como un caracol, y no dejé de dar golpecitos en el suelo con el pie, esperando con impaciencia a que llegara a nuestro piso. Finalmente las puertas se abrieron y corrí por el pasillo mientras me sacaba las llaves del bolsillo para abrir la puerta.

En cuanto entré, la vi sentada en el sofá, con el rostro vuelto hacia el gran ventanal que miraba sobre la ciudad.

La expresión desolada de su rostro me frenó en seco.

—Lailah —llamé.

Ella se volvió con una combinación de emociones en el rostro y eso me impulsó a correr a su lado.

—¿Qué tienes? ¿Qué pasa?

Me arrodillé a su lado, tocándola por todas partes.

Sus hombros, su corazón, eran sólidos y fuertes. Parecía sana y segura, pero sus maneras me decían otra cosa. Me dieron escalofríos.

—He ido al médico —me dijo.

—Lo sé. Llevo toda la mañana tratando de hablar contigo.

—No tengo la gripe.

—Vale —dije acercando una silla y sentándome a su lado.

La cogí de las manos, animándola a que hablara, a que me dijera qué pasaba.

Nuestras miradas se encontraron y sonrió.

—Estoy embarazada, Jude.

La delgada cuerda sobre la que había estado caminando desde el día en que Lailah entró en mi vida, esa cuerda sobre la que daba pasos lentos y firmes cada vez que el médico le decía que su corazón estaba sano y que todo estaba bien... esa cuerda de pronto dio una sacudida bajo mis pies.

El estómago me dio un vuelco. Y notaba un intenso zumbido en los oídos, porque mi cerebro se negaba a aceptar aquella idea... no podía ser cierto.

—No —repliqué con suavidad—. No —volví a decir, meneando la cabeza.

—He visto al bebé.

De debajo de una manta sacó una fotografía en blanco y negro. Su nombre aparecía claramente escrito en la parte superior junto con la fecha. Justo en el centro, había un pequeño punto negro. No se veía gran cosa, pero recordaba que mi secretaria me había enseñado una de las primeras ecografías de su hija y era muy parecida, quizá algo más grande.

Cogí la fotografía mientras ella empezaba a hablar de nuevo... Mis oídos, mi corazón, todo en mí rechazaba lo que Lailah me estaba diciendo.

—Teniendo en cuenta que solo llevo unos días de retraso en la regla, el médico dice que debí de concebir aproximadamente la noche de la boda. ¿No es una locura?

Una risa llorosa brotó de sus labios cuando bajó la vista a la pequeña fotografía que tenía en las manos.

—Lo hicimos todo como debíamos —dije sintiendo que los ojos me escocían por las lágrimas mientras miraba a mi preciosa esposa.

—Eso es lo que dije yo. Pero cuando la doctora me examinó, vio que el diu se había desplazado. Por lo que dijo básicamente ya no servía de nada. Y ha tenido que retirarlo para asegurarse de que todo iba bien durante las próximas semanas en relación con el embarazo.

Su expresión casi era de duelo... una emoción que yo no era capaz de asimilar. Sentía tantas emociones que tenía la mente embotada.

—Pero ¿y los condones? —insistí, como si con mis argumentos pudiera cambiar la imagen que tenía en la mano.

De pronto me vino a la mente una noche que hubo un maratón de la serie *Friends*. Lailah y yo estábamos acurrucados en el sofá y habíamos estado riendo como locos mientras Ross llamaba histérico al número de atención al cliente que aparecía en una caja de condones, totalmente indignado porque Rachel estaba embarazada. Yo le dije a Lailah lo poco probable que era que pasara algo así. Pero al final, había resultado que Ross y yo no éramos tan distintos.

—La doctora Riley, obstetra-ginecóloga, dice que es raro pero que estas cosas pasan.

La sonrisa volvió a aparecer en su rostro cuando miró de nuevo la ecografía.

—No, no pasan, a ti no —dije inflexible—. ¿Cuándo tenemos que volver a la consulta del doctor Hough?

—No lo sé. Le dije que tenía que hablar contigo y que entonces pediríamos hora.

—Quiero verle hoy —dije, me levanté de golpe y me saqué el móvil del bolsillo.

—Jude, por favor, cálmate.

Y me tocó al tiempo que se ponía en pie con cautela.

—¿Que me calme, Lailah? Estás embarazada. Eso puede ser motivo de alegría para Bill y Harriet, que viven al fondo del rellano. Pero ¿para ti?

—¡Lo sé! —exclamó ella, levantando las manos en el aire mientras las lágrimas le rodaban por las mejillas—. De acuerdo, lo entiendo. Pero ¿podrías parar un momento y pensar que a lo mejor la noticia me hace muy feliz?

Las manos me temblaban, y me moría por marcar el número que había buscado en mi móvil. Pero me contuve.

La cogí en brazos y sentí cómo los sollozos sacudían su pequeño cuerpo.

—Lo siento, ángel mío. Lo siento.

Movido siempre por el impulso de proteger, mi primera reacción fue esa... protegerla de la manera que fuera. Pero un esposo es mucho más que eso, y yo aún estaba aprendiendo, porque solo llevaba un mes en mi nuevo papel.

El duelo que Lailah sentiría si perdía al bebé sería mucho más largo de lo que duraría un embarazo.

Cuando el llanto remitió, la llevé al dormitorio y la dejé con suavidad sobre la cama. Le acaricié el pelo hasta que su respiración se volvió regular. Luego, salí sin hacer ruido, marqué el número y cogí hora con el doctor Hough para la mañana siguiente.

Lailah tenía que oír todas las versiones, conocer todos los riesgos y consecuencias que tendría que afrontar. Y una vez tuviera aquello claro, sabría a qué nos enfrentábamos. Por más que me encantara la idea de ver a Lailah ejerciendo de madre, no permitiría que fuera a riesgo de poner en peligro su vida.

No lo permitiría.

A la mañana siguiente, la tensión se palpaba en el aire mientras cada uno se duchaba y se arreglaba para la visita con el doctor. La visita que había concertado sin consultarle, la que había descubierto que teníamos hacía una hora. Aquello había hecho cesar toda comunicación entre nosotros.

Cuando le pasé con suavidad el pulgar por la mejilla y susurré su nombre tratando de despertarla, sabía que aquel acto impulsivo no le iba a gustar. La noche antes había llevado a mi esposa a la cama, llorando, y era consciente de que se sentía traicionada por mis actos.

Pero, sinceramente, mientras consiguiera llevarla a la consulta del doctor, no me importaba que se sintiera herida.

Mi miedo, el miedo que me atenazaba, era que aquella idea cuajara. Ya se veía que le gustaba. Y, al igual que una infección, se extendería con rapidez por su mente, privándola de la capacidad de pensar con claridad.

La necesitaba lúcida y centrada, por un camino verdaderamente recto, el camino que nos llevaría a una vida muy feliz en común.

Esa vida solo podía existir si ella le daba la oportunidad.

Cuando me permitía aventurarme y pensar en el largo y tortuoso camino en el que ella estaba embarazada de mi hijo, me encontraba con un panorama desolador, oscuro, desconocido.

Un silencio frío y fantasmal nos siguió cuando salimos de nuestro apartamento y caminamos por el descansillo hacia el ascensor. Suspiré de alivio cuando estiré la mano para tocar la suya y ella enlazó sus dedos con los míos. Subimos al ascensor y me volví hacia ella, y vi un universo de emociones que pesaban sobre sus hombros menudos.

—Siento lo de la cita con el médico —dije al fin.

Ella asintió, y dio un paso adelante para hundir su rostro en mi pecho.

—Me siento completamente fuera de control, Lailah. Es como si nuestro mundo estuviera girando y girando sobre su eje y tú te lanzaras a probar sin pensar en lo que podemos encontrar ahí delante.

Lailah alzó la cabeza.

—No he dicho que no quiera que me visite el doctor. Solo digo que hubiera preferido que me dejaras hacerlo por mí misma. Ya he tenido demasiada gente organizándome la vida durante muchos años.

Entorné los párpados avergonzado.

—Tienes razón.

—Pero nada de eso importa ahora —dijo con tono apremiante tomando mi rostro entre sus manos.

Nuestros ojos se encontraron y en aquellos iris azules vi todo lo que yo mismo sentía en aquellos momentos, todo lo que había sentido desde que entré por la puerta de casa y el pequeño planeta de nuestra vida explosionó ante mis ojos.

Ella estaba tan asustada como yo, y eso significaba que aún había esperanza.

—Va, vamos —dijo con voz suave cuando el ascensor se detuvo en el vestíbulo.

Dejé que ella saliera delante.

El portero nos saludó.

—Buenos días —nos dijo.

La nieve caía ligera sobre las calles, cubriéndolo todo con un resplandor plateado. Era como si la ciudad hubiera vuelto a renacer mientras yo me sentía exhausto y vacío.

Acepté de buena gana el ofrecimiento del portero de pararnos un taxi. Esperé pasándole un brazo a Lailah por el hombro bajo la marquesina.

En menos de un minuto, íbamos de camino al hospital. No hablamos, pero nuestras manos se aferraban como una cadena irrompible que nos mantenía unidos, incluso cuando sentíamos que estábamos a años luz de distancia.

Entramos en el hospital como un frente unido y avanzamos con rapidez hacia el ascensor que llevaba a la planta donde estaban las consultas. Lailah me oprimía la mano, y una lágrima le cayó por la mejilla.

—Todo irá bien, lo prometo.

Ella asintió, sin decir nada, y miró al frente cuando las puertas se abrieron ante nosotros. De nuevo, dejé que ella entrara delante en la consulta, y me mantuve en un segundo plano mientras ella daba su nombre. Era pronto, y nosotros éramos los primeros. El olor a café flotaba en el ambiente, y se oían risas, porque los compañeros de trabajo se estaban poniendo al día de sus cosas y comentando programas de televisión. Mi rodilla no dejaba de moverse mientras oía cómo aquella gente se divertía mientras yo estaba allí, sintiendo como si la cabeza me fuera a estallar en cualquier momento.

Era exactamente como me había sentido después de dejar a Lailah. La vida había seguido su curso, la gente se movía a mi alrededor, y sin embargo yo gritaba en silencio en un vacío virtual que yo mismo había creado.

Miré a Lailah. *¿Volveré a recuperar mi vida?*

—¿Lailah Cavanaugh? —llamó la enfermera.

No hacía falta preguntar, puesto que éramos los únicos pacientes que había en la sala de espera, pero fue agradable oír que la llamaban Cavanaugh a pesar de las circunstancias.

Seguimos a la enfermera, una mujer a la que reconocí de mis visitas anteriores. Fuimos por el pasillo y nos desviamos hacia la izquierda en lugar de a la derecha, que es donde estaban las salas de exploración.

—El doctor Hough ha pensado que tal vez esta mañana estarías mejor en su despacho —nos explicó la mujer cuando nos detuvimos.

Y allí, sentado tras una gran mesa de caoba, enmarcado por diplomas y certificados, estaba el hombre que buscábamos, comprobando gráficos y firmando cartas y papeles varios.

—Doctor, el señor y la señora Cavanaugh están aquí —anunció la joven enfermera.

—Ah, bien. Gracias, Stephanie —replicó, y se apartó de la mesa para venir a estrecharme la mano.

Yo correspondí al gesto y le estreché la mano con firmeza, aunque me sentía tan débil y endeble como el papel que el médico tenía sobre su mesa. Fue en ese momento cuando reparé en la mujer que había sentada a su lado.

Para saludar a Lailah, el doctor abrió los brazos y la abrazó con afecto. Se abrazaron como amigos, más que como paciente y médico. Podía ver el dolor y la expresión de derrota en sus ojos. Era como si hubiera querido borrar las terribles circunstancias de aquella noticia por lo demás maravillosa de nuestras vidas.

—Por favor, sentaos —dijo indicándonos con el gesto las dos cómodas sillas que tenía junto a su mesa.

Los dos nos sentamos y yo cogí a Lailah de la mano. En aquel momento la necesitaba tanto como esperaba que ella me necesitara a mí.

—Espero que no os moleste, pero he invitado a la doctora Riley para que nos dé su opinión también. Sé que tendréis montones de preguntas así que, ¿por qué no empezamos por ahí? —dijo recostándose en el asiento, en un intento por dar una imagen relajada y asequible.

—Creo que queremos saberlo todo —dijo Lailah mirando a un médico y al otro—. Nuestras opciones, los riesgos... para mí y para...

—El bebé —terminó de decir él.

Lailah asintió.

—Bueno, para empezar, está la idea de que una paciente de un trasplante, incluso de un órgano tan vital como el corazón, pueda ser madre. Actualmente no está del todo descartado.

Lailah me apretó la mano.

—Sin embargo —terció la doctora Riley—, normalmente aconsejamos a los pacientes que se sometan a unas sesiones intensivas de asesoramiento para que podamos decidir si está lo bastante sana para superar una prueba tan dura. El embarazo ya es muy duro para una mujer sana. Si a eso sumamos las complicaciones a las que tú te enfrentas y... bueno, los riesgos aumentan exponencialmente.

Respiré hondo, tratando de llenar mis pulmones de aire.

—Por desgracia —siguió diciendo el doctor Hough—, no hubo ningún tipo de planificación contigo, Lailah. El universo tenía otros planes para ti y, a pesar de todos tus esfuerzos, estás embarazada. Ahora solo tenemos que decidir qué hacer a partir de aquí.

—Si hubiéramos venido a preguntar si podíamos ser padres, ¿nos habría dado su bendición? —pregunté.

Él frunció los labios y suspiró ruidosamente.

—No, no habría podido. Solo han pasado dos años desde la operación, Lailah, y con tu historial... Bueno, por eso te pusimos el diu.

Pero el diu había fallado.

—Pero ¿podría producirse un aborto espontáneo? —pregunté, con la sensación de que estábamos evitando mencionar una posibilidad muy real.

La doctora Riley asintió, y sus ojos se volvieron con rapidez a Lailah.

—Sí, tuve que retirar el diu y por eso la posibilidad de un aborto espontáneo es muy alta. Pero aun así no quise dejarlo dentro y arriesgarme a que hubiera una infección más adelante durante el embarazo.

Cuando ya nos hubiéramos empezado a sentir apegados al bebé. Las palabras flotaban en el aire aunque no las había pronunciado.

Tragué, tratando de deshacer un nudo que tenía en la garganta, pero el nudo no se fue. Nada de todo aquello se iría nunca.

—Háblenos de los riesgos —oí que decía la voz de Lailah abriéndose paso a través de la bruma de mis pensamientos oscuros.

—Hay un mayor riesgo de hipertensión, infección y, evidentemente, de rechazo.

El corazón casi se me para. Si el cuerpo de Lailah empezaba a rechazar el órgano trasplantado, no se podría hacer nada... no habría ninguna cura mágica, ninguna operación de última hora. Su vida se habría acabado.

Y la mía también.

El zumbido que notaba en los oídos era tan fuerte que casi parecía un tren fuera de control. Los dos médicos nos hablaron de las opciones con detalle, incluidas las pruebas genéticas y cuándo solicitarlas, mientras yo trataba de centrarme y de ver a través de las lágrimas que no dejaban de pugnar por salir.

No recuerdo gran cosa del trayecto de vuelta a casa, salvo que sentía la mano de Lailah apoyada con firmeza sobre la mía.

Y sus ojos... recuerdo su mirada vacía y distante. De haber tenido un espejo, imagino que habría visto la misma expresión en mis ojos.

En el momento en que la puerta del apartamento se cerró tras de mí, las piernas me cedieron. La poca fuerza que me quedaba se evaporó como una nube de polvo cuando apoyé la espalda contra el frío metal. Todas las emociones y todas las lágrimas que había conseguido contener desde que había entrado en el apartamento el día antes y encontré a Lailah con la imagen de la ecografía afloraron, como un pequeño volcán dormido que entra en erupción.

Y lloré, por la vida que quizá ya nunca tendríamos. Clamé al cielo por todo lo que nos estaban haciendo pasar, y sentí una terrible angustia, porque no dejaba de pensar si aquello no sería culpa mía.

Yo siempre había exigido que usáramos condones. *Pero, ¿los había comprobado cada vez? ¿Y si alguno se había roto? ¿Fui demasiado bruto con ella en nuestra noche de boda?*

¿Importaba aquello ahora?

—Jude —dijo una voz suave.

Miré y vi que Lailah me había tendido la mano con gesto vacilante. Cuando me tocó, parecía asustada, cohibida.

—No pasa nada —dijo con tono tranquilizador.

—¿Cómo coño no va a pasar nada? —espeté.

Comprendí mi error en cuanto vi que apartaba la mano.

—No quieres tener el bebé ¿verdad? —dijo.

Se rodeó la cintura con los brazos con gesto protector y se sentó en el sofá.

—¿No me dirás que lo estás considerando en serio? ¿Es que no has oído lo que nos ha dicho el médico? Los dos estábamos ahí —pregunté, y finalmente me levanté de mi patético lugar en el suelo.

—¿No lo ves, Jude? ¿No lo entiendes? Hemos concebido un hijo, a pesar de nuestros intentos por evitarlo. Es un regalo, Jude. Un regalo —susurró.

—¡Es una sentencia de muerte! —grité mientras me pasaba las manos con ira por el pelo.

—Eso no lo sabes —contestó ella, y sus ojos se llenaron de lágrimas.

—¿Y tú sí? ¿Qué pasará cuando tu cuerpo empiece a rechazar el corazón? No solo perderemos ese precioso regalo del que hablas, yo te perderé a ti —confesé atragantándome, con la voz ronca de gritar—. No puedo..., no lo permitiré.

Y lo dije con tanta determinación que mis palabras casi cortaban el aire.

—Creo que tendríamos que hablar de esto después —contestó limpiándose las lágrimas con la manga de su sudadera.

Por su actitud, supe que no pensaba decir más por el momento, y sinceramente, yo tampoco. Así no llegaríamos a ningún sitio..., gritando para ver quién podía más.

Era infantil y ridículo.

—Me iré a la oficina para que puedas estar sola. Volveré por la tarde. Quizá entonces podamos hablar. —*Cuando hayamos tenido tiempo para serenarnos*. No lo dije, pero la idea estaba implícita.

—De acuerdo —concedió ella.

Me incliné y la besé en la sien, cerrando los ojos, mientras le rozaba el pelo con la mano. Apenas hacía un mes, estábamos ebrios de felicidad, teníamos toda la vida por delante, como el primer día de la primavera. ¿Y ahora? Ahora no sentía nada, nada y todo al mismo tiempo, y no tenía ni idea de adónde nos llevaría todo aquello.

19

Huye

Lailah

Nunca habíamos discutido de aquella manera.

En todos los días y horas que habíamos pasado juntos, nunca había sentido tanta ira y frustración hacia él. Incluso cuando me dejó sin otra cosa que una nota cobarde y me hizo creer equivocadamente que no era capaz de afrontar mi negro futuro, no había sentido ni una décima parte de lo que sentía ahora..., me sentía herida, traicionada, decepcionada.

Tenía las emociones a flor de piel, y no me sentía capaz ni de ponerles nombre.

Sin él en casa pensé que podría aclararme las ideas, dar un paseo, o pasar un rato a solas para poner orden en todo lo que me estaba pasando por la cabeza.

Pero lo cierto es que me sentía perdida.

Durante la semana que pasamos en el paraíso cálido de las Seychelles, nos habíamos enamorado de los paseos por la playa al atardecer. Sonará como un cliché, pero cuando estás en un lugar así, es imposible no dejarse contagiar por el lado más romántico y exótico de la vida. Mientras caminábamos, Jude me señalaba conchas marinas en la orilla, y cogía las que le parecían interesantes. El último día, mientras el sol se ponía a nuestra espalda, había visto una concha perfecta entre la espuma de las olas.

—¿Cómo crees que ha podido llegar hasta aquí entera? —pregunté.

Jude se agachó para recogerla. Sus dedos se llenaron de arena mientras tocaban cada borde y cada surco.

—Yo creo que llegó con el agua, por sí sola, hasta que se encontró aquí —sugirió, y una sonrisa se dibujó en su rostro mientras me miraba.

—Bueno, a lo mejor su viaje no ha terminado todavía.

Y dejamos aquella bonita concha exactamente donde la encontramos, con la esperanza de que siguiera su viaje sin interferencias.

No se por qué, pero en aquel momento me descubrí pensando en aquello. ¿Dónde estaría ahora aquella concha? ¿Estaría sola en el ancho océano, flotando sin rumbo, hasta que algún día consiguiera volver a tocar tierra? ¿La habría encontrado alguna otra persona y se la habría llevado a casa como recuerdo, dando con ello fin a los días de viajera de la concha?

Sentía una extraña afinidad con aquella vieja concha marina. En muchos aspectos, mientras andaba arriba y abajo entre nuestra cocina y nuestra sala de estar, me sentía a la deriva, sentía que estaba flotando entre dos decisiones diferentes que podían cambiar mi vida para siempre.

La opción más sencilla era el aborto. Era lo que Jude quería, y lucharía por conseguir que se hiciera. Él siempre haría lo que hiciera falta por mantenerme con vida incluso si eso significaba...

Ni siquiera era capaz de formular aquella idea en mi pensamiento.

El corazón me dolía en el pecho.

Volví a la cocina, arrastrando los pies, mientras mis pensamientos resonaban en mi cabeza. Sería tan fácil decantarse en un sentido o en otro. Pero, decidiéramos lo que decidiéramos, ¿podríamos volver a lo que había sido nuestra vida en aquel atardecer en las islas?

Como si fuera una pantalla de proyección, mi mente avanzó... un año, dos, cinco... tratando de ver más allá de esta decisión tan trascendental.

¿Podré superar el duelo, la pérdida? ¿Podré perdonarle? ¿Podré decidir?

Por desgracia, mi nuevo corazón no venía con el don de ver el futuro, y mis esfuerzos resultaron inútiles. Gemí frustrada y decidí que un pequeño tentempié me iría bien. Abrí la nevera, miré qué había y se me revolvió el estómago.

—Oh, Dios —conseguí decir antes de volverme a toda prisa hacia la pica.

El desayuno, y seguramente todas las comidas de los pasados años, me salió por la boca mientras jadeaba y las lágrimas me corrían por el rostro. Me limpié enseguida con un trapo, con manos temblorosas. Tenía que eliminar el sabor acre que tenía en la boca antes de que me provocara otra oleada de arcadas, de modo que corrí hacia el baño a lavarme los dientes.

Después de cepillarme y hacer gárgaras con un enjuague bucal un par de veces, por fin me sentí algo mejor.

Levanté la vista y vi mi reflejo en el espejo.

Una gota de sudor me caía desde la sien, y tenía los ojos enrojecidos e hinchados de vomitar. También tenía mal color.

Me había visto con aquel aspecto muchas veces a lo largo de los años, pero esta vez no tenía nada que ver con mi corazón y sí todo con la nueva vida que se estaba formando en mi interior.

Me levanté la camiseta con mano inestable. Me toqué el vientre liso, y el calor de mi mano acunó el lugar donde nuestro hijo se estaba formando. Yo no sabía nada de niños. Nunca me había planteado ser madre... hasta ahora.

¿Realmente podía poner aquella vida antes que la mía propia? ¿Cómo lo haría para ser madre?

Y me di cuenta de que solo podía hacer una cosa.

Fui al dormitorio, me tiré en la cama y saqué el móvil.

Mi madre contestó al primer tono.

—¿Hola? —Y el saludo fue seguido por un—: No, cielo, no se te ocurra poner la boca ahí.

Arqueé las cejas con aire inquisitivo.

—Hola, mamá. ¿Es así como le hablas a Marcus cuando yo no estoy?

Ella se rio ante mi endeble intento por hacer una broma. Tenía la esperanza de que con aquello podría disimular la ansiedad de mi voz.

—No —replicó ella—. Esta noche tengo a Zander conmigo. Brian y Grace necesitaban salir.

—¿Y por casualidad no habrás sido tú la artífice de la cita? —pregunté, aunque ya conocía la respuesta.

—Puede que lo sugiriera. De hecho les insistí mucho. Esos dos necesitan tiempo para ellos solos.

—¿Y no sería también que tú necesitabas poder estar con Zander? —sugerí mientras la oía hacer cuchufletas por el auricular.

Mi estómago se sacudía por los nervios.

—Bueno, nunca he dicho que no a un hombre guapo —dijo con tono de broma.

Cerré los ojos y hundí la cabeza en la almohada mientras me los imaginaba a los dos en el balcón de su apartamento junto al mar. Marcus había vivido solo toda su vida, y había pasado años en un apartamento de alquiler cerca del hospital. Cuando mi madre y él se casaron, decidieron tirar la casa por la ventana y se compraron un bonito apartamento cerca de la playa, para que Marcus pudiera hacer surf cuando quisiera. Mi madre se sentaba en la terraza y lo veía desaparecer entre las olas tomándose un vaso de vino y leyendo. Podía imaginármela haciendo lo mismo con Zander... pero sin el vino. Allí aún era temprano.

—Bueno ¿qué te pasa? Se te oye algo apagada. No hubo ningún contratiempo con la visita al médico de ayer, ¿no? Me quedé muy preocupada cuando vi que no llamabas —dijo con tono más serio.

Yo respiré hondo y contesté.

—No, mamá. Todo está bien... solo estoy resfriada. No quise molestaros en vuestro vuelo de regreso a casa. Si te llamo ahora es por un motivo puramente egoísta. Tenía ganas de oír tu voz.

—Oh, qué bonito —dijo—. Y encima también podrás oír a Zander —susurró con tono afectuoso, y su voz bajó de tono cuando se puso a balbucearle cosas al bebé.

Por un momento no dije nada, me limité a escuchar cómo parloteaba con él.

Debía de ser la hora del almuerzo, porque mamá gritó:

—¡No se te ocurra escupirlo! —Se rio y luego dijo—: Niño travieso.

A pesar de mi estado de ánimo, no pude evitar sonreír al oír a mi madre interactuando con el hijo de Grace.

¿Sería su reacción la misma con un hijo mío? ¿O le pasaría como a Jude y no podría sentir más que miedo y pánico?

Le acababa de mentir a mi madre sobre mi salud y eso me hizo sentirme fatal. Me hizo sentirme privada de la felicidad y la dicha que hubiera debido sentir al decirle a mi esposo que estábamos esperando nuestro primer hijo. De la exquisita alegría de ver sus ojos llenos de orgullo cuando me cogiera en brazos, listo para seguir este nuevo camino en nuestra vida. Me sentía despojada de todas las llamadas que hubiéramos tenido que hacer juntos, pegados al teléfono, para decir a nuestros familiares y amigos que estábamos embarazados.

Así es como hubiera tenido que ser.

—Mamá —me mordí el labio para contener la emoción—, ¿cómo te sentiste cuando supiste que estabas embarazada de mí?

Al otro lado de la línea se hizo el silencio y me di cuenta de que mi pregunta podía parecer un poco extraña, por eso me apresuré a decir algo.

—Como tienes a Zander ahí, se me ha pasado por la cabeza y me he acordado del día que Grace me dijo que estaba embarazada.

—Bueno, no fue fácil —contestó.

—¿Y eso? —apremié.

—Estaba sola, era joven... tenía miedo. Tu padre... el hombre que donó el esperma —se corrigió— se echó atrás y me quedé sola frente al mundo.

No le gustaba referirse a él como mi padre. En realidad no le gustaba referirse a él en ningún término. Hablar de él era darle importancia y, en su opinión, no la merecía. Por lo poco que yo sabía de mi padre, estaba de acuerdo con ella.

—¿Cómo decidiste...?

—¿Tenerte?

—Sí —contesté.

—Seré sincera. No fue fácil. Y no envidio a quien tenga que enfrentarse a una decisión así. Todo el mundo tiene una opinión, a favor o en contra, pero en el fondo se trata de algo muy personal, y no juzgaría nunca a quien se vea en esa tesitura. Estuve dándole vueltas durante días hasta que finalmente lo entendí.

—¿El qué?

—La cantidad de veces que decía «yo» cada día. Todas las razones y argumentos que se me ocurrían para poner fin al embarazo se reducían siempre a mí, y cómo afectaría a mi vida. Y entonces me di cuenta de lo egoísta que sonaba aquello. Estaba jugando con la vida de un niño, una vida que yo había ayudado a crear, y todo por mí. Decidí que había pasado demasiado tiempo concentrándome en mí y que era hora de que empezara a poner el bienestar de otra persona por delante del mío.

Una sonrisa triste apareció en mi boca.

—Y no has dejado de hacerlo desde entonces.

—Fue la mejor decisión de mi vida —contestó ella.

—Gracias, mamá.

—¿Por qué? —preguntó mientras seguía haciendo arrumacos a Zander.

—Por quererme, por elegirme, y por decirme exactamente lo que necesitaba oír.

Y colgué antes de que tuviera ocasión de contestar.

Me levanté de un brinco de la cama, marqué otro número y empecé a hacer planes, planes que quizá harían peligrar el débil hilo del que pendía mi matrimonio.

Pero era hora de pensar más allá de mí o incluso de nosotros.

Necesitaba proteger a nuestro hijo.

Necesitaba ser madre.

20

Cruce de caminos

Jude

Tenía la sensación de haber estado mirando la pantalla vacía del ordenador durante horas.

Tras buscar en Google todo lo que se me ocurrió en un intento por entender todo lo que podía tener relación con el caso de Lailah, tenía más preguntas que respuestas.

Si los médicos siempre alertaban sobre el uso de Internet era por algo.

Un exceso de información podía ayudar, pero también podía convertir a la persona más optimista en un maníaco hipocondríaco.

En aquellos momentos, no sabía qué pensar.

Por Internet había encontrado casos similares al de Lailah. De personas que habían tenido hijos sanos y habían vivido para verlo. Pero también estaban las historias de terror, las que hacían que se me revolviera el estómago solo de pensarlo.

¿Cómo nos íbamos a arriesgar? ¿Cómo podíamos siquiera considerarlo?

Si Lailah quería ser madre, había opciones mucho más seguras para nosotros. Después de todo lo que habíamos pasado para llegar a donde estábamos, ¿de verdad podíamos ser tan descuidados con su salud?

En todo el tiempo que llevaba en el despacho no había sido capaz de hacer nada de provecho. De todos modos, había pasado el día encerrado, de modo que, aparte de mi secretaria, dudo que nadie supiera que estaba allí.

Eso me dio un poco de paz y silencio, y los pensamientos de mi cabeza resonaban con más fuerza.

Me levanté de mi mesa, estiré los brazos y el cuello y me acerqué a los grandes ventanales que miraban sobre la ciudad. Cuando me sentía estresado por el trabajo o necesitaba decidir sobre algo, normalmente lo conseguía así, siguiendo los pasos de mi padre.

Pero ese día lo de contar no me funcionó, así que me concentré en Lailah. Pensar en ella me permitía mantener la calma en medio de la tormenta, ella era la roca sobre la que apoyarme cuando algo me superaba. Y sin embargo hoy su rostro sonriente fue sustituido por las palabras bruscas y furiosas que habíamos cruzado, y la expresión dolida y traicionada que había visto en sus ojos cuando se sentó ante mí, haciéndose un ovillo para protegerse.

Me sentía amargo, inútil, y jodidamente desvalido.

¿Y si mi interferencia en su vida solo había servido para posponer lo inevitable? ¿Y si, al intervenir y pagar el trasplante había alterado el destino solo momentáneamente y ahora volvía para cumplirse? ¿Era aquello mi castigo... conseguir recuperarla para acabar perdiéndola de todos modos?

Estaba tan absorto en mis pensamientos que no me di cuenta de que la puerta se abría ni oí la voz de mi hermano hasta que estuvo a pocos metros de mi figura encorvada.

—Tienes un aspecto horrible —dijo escrutándome con sus ojos oscuros.

Mis ojos siguieron su mirada y, después de mirarme, asentí. Estaba totalmente de acuerdo.

Tenía la camisa arrugada, medio salida del pantalón, no me había afeitado y llevaba la camisa arremangada de un modo que, básicamente, decía: «Joder.»

—Me siento fatal —repliqué.

—¿Y qué pasa? —preguntó metiéndose las manos en los bolsillos, mientras se ponía a andar por el despacho—. ¿Peleas de recién casados?

—No empieces —le advertí sintiendo que la sangre me hervía.

—Oh, vamos, Jude, ¿no esperarías que todo fueran arcoíris y unicornios?

Lo miré con mala cara y vi que hacía una mueca.

—Lo esperabas. —Meneó la cabeza con incredulidad—. Esperaba más de ti, hermanito. El matrimonio es... bueno, es como comprar un coche nuevo. Lo sacas de la tienda, te lo llevas a dar una vuelta y piensas que la vida no podría ser mejor. Pero entonces, tu chica necesita un cambio de aceite o una rotación de las llantas y, de pronto, algo pierde, y todo se vuelven reparaciones y más reparaciones hasta que lo cambias por un nuevo modelo. O eso o mejor no compras. Ese es mi lema. Es más sencillo así.

Mis pies se movieron más deprisa que mis palabras y antes de darme cuenta lo tenía atrapado entre mi puño y la pared.

—¡No se te ocurra decir ni así de mi matrimonio! ¿Me has entendido?

Aunque tenía mi puño delante de la cara, Roman se limitó a sonreír.

—Estamos sensibles hoy ¿eh?

Lo mandé de un puñetazo al suelo, y sentí que el pecho me ardía y la vista se me nublaba.

—¿Te sientes mejor? —gritó, limpiándose un poco de sangre de la comisura de la boca—. ¿O necesitas más?

Se levantó y se quitó la chaqueta, y la arrojó a un lado. Extendió los brazos y dijo:

—Venga, Jude. Pégame. ¿Te sentirás mejor apalizando al idiota de tu hermano?

No sé por qué, pero de pronto Roman se convirtió en la causa de todos los problemas que tenía en mi vida. Nada me habría podido disuadir de la abrumadora necesidad de ponerle en su sitio por haber destruido todo lo que había trabajado tanto por conseguir.

Él mantuvo su posición mientras yo lo machacaba. Le di un último puñetazo y entonces me respondió. Noté un golpe en el costado cuando le estaba dando con el puño en el estómago. Me propinó unos cuantos buenos golpes, hasta que le hice una llave de cabeza. Él era rápido, pero yo era más fuerte... y estaba furioso.

Con un gruñido, lo aparté de un empujón. Los dos respirábamos jadeantes. Notaba un líquido caliente caerme sobre el labio, y al limpiármelo con la lengua noté el sabor a hierro de la sangre. Miré y vi a Roman frotándose el costado y renegando por lo bajo.

—Lailah está embarazada —dije en voz baja, mientras me dejaba caer en el suelo llevándome la mano a mis heridas.

Roman volvió la cabeza de golpe y nuestras miradas se encontraron.

Lo entendía. Quizá no le habíamos visto mucho, pero estaba al tanto de los riesgos y la importancia de aquello.

—¿Qué vais a hacer? —preguntó.

—No lo sé —contesté sinceramente.

—¿Lo sabe mamá?

Fue hasta la zona de descanso, cogió unos pañuelos de papel y me pasó uno.

Yo me lo apreté contra la boca y noté una leve punzada.

—No, por favor, no se lo digas..., al menos no todavía.

Él asintió en silencio.

—Vete a casa, Jude. No es aquí donde tienes que estar en estos momentos.

Abrí la boca para protestar, con un centenar de preguntas.

—Lo tengo todo controlado.

Lo miré con una mezcla de duda y sorpresa.

—Puedo ser muy adulto cuando quiero. Lárgate de aquí y vete con tu esposa. Todo seguirá aquí cuando vuelvas.

Me levanté del suelo, sintiendo que me dolían todos los músculos del cuerpo. Era Roman el que había acabado con la llave de cuello, pero desde luego no había caído sin oponer resistencia.

Rescaté la chaqueta del respaldo de la silla y me dirigí hacia la puerta, pero me detuve en seco.

—Gracias, Roman —dije.

Él asintió.

—Los dos sabemos que no lo hago por ti.

—Da igual, gracias de todos modos —repliqué antes de salir.

Desde que se conocieron, Roman había tenido debilidad por Lailah. Ella bromeaba y decía que era solo compañerismo, pero yo no estaba de acuerdo. Roman sentía la misma necesidad de protegerla que todos nosotros.

Y en aquellos momentos necesitaba toda la ayuda posible.

En cuanto entré en el apartamento noté lo silencioso que estaba.

Demasiado.

—Lailah —llamé.

Nada.

Miré a mi alrededor y reparé en la cocina impoluta y la sala de estar vacía. Me dirigí hacia la habitación y por el camino comprobé el despacho y las habitaciones de invitados.

Nada.

Empecé a notar una sensación de vértigo en el estómago.

Cuando entré por la puerta del dormitorio mis nervios no se aliviaron, porque no vi nada.

Lailah no estaba allí.

Saqué el móvil para comprobar si tenía mensajes, mensajes de texto, cualquier cosa que me ayudara a entender por qué no estaba en casa.

Tal vez solo había ido a dar un paseo, o a hacer un recado. Hoy tenía clase, pero había dicho que no iría. Quizá había cambiado de opinión.

Traté de contactar con ella por el móvil, pero enseguida pasó a buzón de voz.

Con una terrible sensación de frustración, fui al baño, abrí el grifo del lavabo y esperé a que el agua estuviera helada. Ahuequé las manos y me eché agua sobre la cara una y otra vez, hasta que sentí que me serenaba. Cogí una toalla limpia, me la llevé a la cara y respiré contra ella, despacio, tratando de racionalizar la situación, hasta que me di cuenta de lo vacío que estaba el mármol.

La toalla cayó al suelo.

Abrí el armarito de las medicinas y vi que todas sus cosas habían desaparecido. Me acerqué a la ducha. Su champú, su crema depilatoria y las demás cosas de Lailah no estaban.

Corrí al dormitorio y abrí las puertas del armario. Había docenas de perchas vacías. Algunas estaban en el suelo, como si hubiera recogido sus cosas a toda prisa para irse.

Me había dejado.

Oh, Dios, me había dejado.

Las manos me temblaban cuando marqué el número de Marcus.

Él me saludó con tono alegre.

—Eh, hola, G-man. ¿Cómo va?

—¿Dónde está? —pregunté sin más.

La voz de Marcus se volvió preocupada.

—¿Quién? ¿De qué estás hablando?

—Lailah. ¿Dónde demonios está, Marcus?

Silencio.

—¿Qué pasa, Jude? ¿Habéis discutido?

—Me ha dejado, y el primer sitio a donde iría es a casa de Molly —dije muy despacio, con voz tensa.

—Molly habló con ella esta mañana, pero no dijo nada de que Lailah fuera a venir. ¿Qué ha pasado, Jude?

—¿Ha hablado con Molly? —pregunté, sin hacer caso de su pregunta.

—Sí. Yo estaba haciendo surf, y creo que cuando llamó Molly estaba dando de comer a Zander. Lo hemos tenido en casa esta noche. Dijo que Lailah sonaba algo triste, pero que tuvieron una buena charla.

—¿Sabes de qué hablaron?

—De la maternidad, creo. Lailah le preguntó cómo fue para Molly ser madre soltera o algo así. En serio, Jude, me estás asustando. ¿Qué puede ser tan grave como para que te deje?

Mis ojos se abrieron llenos de pánico y hablé casi a gritos.

—¿Me llamarás si se pone en contacto con vosotros?

—Jude, ¿quieres hacer el favor de decirme qué pasa? —suplicó.

—No puedo. Todavía no.

—De acuerdo, hijo —dijo con tono derrotado—. Te avisaré si sabemos algo. ¿Necesitas alguna cosa? —ofreció con voz cordial y firme.

—Solo a mi esposa —contesté.

Nos despedimos y prometí llamar por la mañana si había novedades.

Pronto volvió a hacerse el silencio en el apartamento. Miré a mi alrededor, y me sentí atrapado en los metros de aquel espacio inmenso. Sin ella allí, de pronto las paredes se me antojaban inmensas y ominosas, más altas y más oscuras, como una pesadilla hecha realidad.

Tenía que encontrarla.

Vi cómo el sol descendía por el horizonte, sin moverme. Me sentía paralizado por mi inutilidad, allí, sentado en el borde de la cama, esperando que Lailah volviera. *¿Dónde estaba? Si no se presentaba en California, ¿cómo lo haría para encontrarla?*

Hacia las ocho de la noche, mi móvil por fin vibró. Lo cogí y vi que había un mensaje de Marcus.

Esta aquí, era lo único que decía.

Ya no tenía porqué seguir en espera, y me puse en movimiento. Metí toda la ropa que pude en una maleta mientras reservaba un billete por teléfono.

A lo largo de los años, había oído muchas veces que en todo matrimonio, incluso en los buenos, llegaba un momento en que tenías que luchar por la persona que amabas o acabar en tablas y darlo por perdido.

Es decir, huías o luchabas por tu matrimonio.

Yo sabía que algún día Lailah y yo pasaríamos por aquello, pero no esperaba que fuera solo un mes después de haber pronunciado nuestros votos.

Cuando terminé de hacer la maleta y cerré el apartamento con llave, tenía muy claro el camino que iba a seguir, que siempre seguiría.

Lucharía, por Lailah siempre lucharía.

21

Un mar de emociones

Lailah

Menos de dos días.

Dos días de citas con el médico, discusiones y decisiones apresuradas.

Dos días deseando que las cosas volvieran a ser como antes.

Aunque había tomado la decisión de irme, mi corazón seguía sintiendo la pérdida. Aún tendía el brazo buscando a Jude en la oscuridad y gritaba su nombre en las horas oscuras de la madrugada. Tenía la esperanza de que pudiéramos reparar el daño. Que con el tiempo Jude empezara a ver las cosas de otro modo y acabara por asimilar la idea de ser padre.

Si no, tendría que dejarme marchar.

Mis ojos se cerraron con fuerza mientras oía las olas romper muy cerca. Me arrebujé en el jersey y me recosté contra la tumbona que había en la terraza para admirar las estrellas que tanto había añorado porque las luces de la ciudad no me dejaban verlas. El apartamento estaba tranquilo esa noche. Después de mi aparición por sorpresa y la crisis inicial, mis padres me ayudaron a instalarme y me cedieron la habitación que quedaba más cerca del mar. Desde la cama podía oír el sonido tranquilizador de las olas y sentir el calor del sol en su recorrido por el cielo.

Mi madre me tuvo abrazada mientras yo le contaba entre lágrimas todo lo que había pasado. De pronto entendió la llamada que le había hecho por la mañana; me abrazó con fuerza sin dejar de acariciarme el pelo y me dijo que todo iría bien... aunque las dos sabíamos que no era así.

Ya habíamos pasado por muchas dificultades en la vida.

Después de eso, Marcus apareció y quiso conocer todos los detalles desde el punto de vista médico. Hasta que pudiera solicitar que le transfirieran mi historial al día siguiente, lo único que tenía era lo que yo le había contado, y por desgracia no era mucho.

—Te buscaremos al mejor obstetra de la ciudad —prometió—. Todo se arreglará.

Yo asentí, y le di las gracias por su bondad.

—Eh, ¿quieres que pidamos una pizza o algo? ¿Quieres ver una película? —se ofreció.

Había apoyado la cabeza con aire informal contra el marco de la puerta y su cuerpo bronceado estaba vuelto hacia mí.

—No, estoy bien. ¿Por qué no salís vosotros? No tenéis que quedaros aquí todo el tiempo por mí.

Marcus debió de entender que necesitaba estar sola, porque asintió.

—Muy bien, niña. Te traeré algo.

—Suena perfecto.

Y ahora estábamos solas las olas y yo.

—Pensé que habías dicho que lo de sentarse a contemplar las olas era lo mío —dijo una voz profunda en la oscuridad.

Cuando me volví, vi a Jude entre las sombras, con una maleta en una mano y la llave de reserva que mi madre tenía escondida en una rana de cerámica en la otra.

—He pensado que estaría bien probar —contesté muy tranquila, tragándome el nudo que se me había formado en la garganta al verle.

Me puse en pie, sin dejar de toquetearme las mangas del jersey, y nuestros ojos se encontraron. Parecía más alto y más imponente cuando soltó su bolsa y avanzó hacia mí.

—¿En la otra punta del país? ¿No sabes que también tenemos un océano en la Costa Este?

—Necesitaba espacio —repliqué con suavidad.

Jude salvó la distancia que nos separaba. Estaba tan cerca que podía sentir su aliento furioso contra mi cuello.

—Yo no quiero espacio, Lailah.

Su boca se cernió sobre la mía, incendiando cada terminación nerviosa, hasta que sentí que toda yo ardía por él. Me aferré a su cuerpo y lo atraje hacia mí. Cada palabra y cada emoción que había sentido los últimos dos días estalló cuando lo toqué.

Quería que Jude sintiera mi dolor, mi indignación, mi sufrimiento. Quería que entendiera lo mucho que me había hecho sufrir al negarme su apoyo y comportarse como si tuviera derecho a decidir por mí.

Se trataba de mi vida... la mía, no de la suya.

Le empujé para que se apartara y vi que sus ojos se abrían con desmesura por la sorpresa y llameaban.

—¿Estás furiosa? —preguntó, y el resplandor de la luna realzaba la expresión intensa de su rostro—. Me alegro, yo también lo estoy.

Me cogió por la cintura y me echó sobre su hombro. Le golpeé la espalda, pero él se limitó a reír mientras cargaba conmigo por el apartamento.

Cuando vio mis cosas en la habitación del fondo, me dejó sobre la cama y cerró la puerta. Lo observé en silencio, totalmente perpleja, mientras se quitaba la ropa, prenda por prenda. No me miró a los ojos en ningún momento. Era como si yo fuera un premio que acababa de ganar.

Se inclinó y me quitó lentamente el jersey.

—Siempre decías que lo querías todo de mí, ¿no?

Levanté confusa la mirada, hasta que vi su sonrisa torcida.

—Bueno, pues creo que hoy tu deseo se hará realidad —dijo con un deje de tristeza.

Quería detenerle, quería decirle que no teníamos que hacer eso esa noche, pero antes de que pudiera su boca volvía a estar sobre la mía, y me perdí en la sensación de tener su cuerpo contra el mío. Toda la ropa desapareció hasta que quedamos piel con piel, y me zambullí en la calidez y el calor de Jude.

—No más barreras —susurró—. No más fronteras. Solo tú y yo, y el mar de emociones que nos separa.

Grité cuando su cuerpo reclamó el mío y entró con rapidez, y por primera vez lo sentí dentro de mí sin nada que se interpusiera entre nosotros.

—Mierda —renegó por lo bajo, apoyando la cabeza contra el hueco de mi cuello, mientras su corazón latía a toda velocidad contra mi pecho.

—Jude —le dije suavemente.

Él contestó empujando con fuerza y haciendo que mi cuerpo se sacudiera.

—Jude, mírame.

Finalmente, sus ojos se encontraron con los míos, y en ellos vi sufrimiento y anhelo, amor y tristeza, y esperanza, y todo ello mezclado con mucho miedo.

Jude se quedó muy quieto, mientras yo le retiraba el pelo que le caía sobre la cara. Acuné su mejilla en mi mano y le besé el mentón, la mandíbula, la comisura del labio. Finalmente le hice bajar sobre mí, y nuestros cuerpos y nuestras bocas. Nuestras lágrimas se fundieron mientras nuestras almas se reencontraban, recordándonos el vínculo irrompible con el que nos habíamos unido.

El amor era eterno.

El amor no tenía fin, y sería el amor el que nos ayudaría a superar la tormenta y nos permitiría llegar al otro lado... fuera cual fuese.

A la mañana siguiente me desperté sola y desorientada.

Mis manos lo buscaron en las sábanas, pero no encontraron nada. Cuando entreabrí los ojos, escruté la habitación tratando de recordar dónde estaba... como haría cualquiera que llega a un sitio nuevo. Y entonces, el recuerdo de la noche pasada me asaltó.

Me incorporé de golpe, y miré a mi alrededor buscando algo, lo que fuera, que me confirmara que no había sido un sueño.

Encontré su camisa y su corbata en el borde de la cama... una clara señal de que Jude estaba allí, en alguna parte.

Me levanté de la cama, y cogí unos pantalones y una sudadera, y salí al pasillo para ir a buscar un café y algo de comer. Me encontré a mamá ante la encimera, leyendo el periódico, mordisqueando un panecillo y dando sorbos a su té.

—Hola —conseguí decir, y me costó mantener los ojos abiertos lo bastante para encontrar una taza.

—He visto que tu marido llegó anoche —dijo estoicamente.

—Sí —contesté—. ¿Sabes dónde está?

—Ha salido a correr —fue lo único que dijo.

Me mordí el labio y respiré hondo.

—¿Hablasteis?

—No, pero lo haremos —contesté sin darle más información, mientras terminaba de untar la mantequilla en la tostada y cogía mi café.

—Cafeína, cielo —declaró mi madre deteniéndome en mi camino al patio.

—¿Cómo?

—Las embarazadas no deberían tomar cafeína.

Miré mi taza humeante de café, porque de pronto recordé quién era ahora.

Ya no era Lailah, la joven con un defecto de corazón. Era Lailah, la futura mamá.

Las prioridades habían cambiado. Era un bonito cambio de ritmo, incluso si eso significaba renunciar a mi taza matinal de café.

—Vale —dije tendiéndole la taza, y volví hacia la nevera para coger la botella de zumo de naranja.

Cuando me senté en la tumbona en el patio, llegué justo a tiempo para ver el final del maratón de Jude. Tenía la camiseta metida por la parte de atrás de los pantalones cortos y, cuando corría, cada fibra de músculo se movía con él.

Seguía pareciendo el dios griego del que me había enamorado en los pasillos del hospital.

Todas las mujeres se volvían a mirarle cuando pasaba, pero él tenía la vista fija en el frente. Finalmente, giró a la derecha y redujo para limitarse a caminar. Sus ojos se posaron en la casa y me vio. Su mirada se volvió más intensa y no se separó de mí mientras subía desde la playa, hasta que desapareció por debajo del balcón.

Diez minutos después, la puerta del balcón se abrió y lo vi instalarse en una silla a mi lado, envuelto en una nube de olor a jabón y pelo recién lavado.

—Tenemos que hablar —sentenció antes de volverse hacia las olas, que rompían en calma, una tras otra, como las manecillas de un reloj.

—No puedo hacer lo que me pides, Jude —contesté con suavidad, y bajé la vista a mis manos temblorosas, a mis dedos, que no dejaban de toquetear la alianza.

—Lo entiendo.

—Tú... ¿qué has dicho? —pregunté con expresión confusa, y lo miré.

—Me lo dejaste muy claro al marcharte.

—Lo... lo siento.

—Mira —dijo, pasándose las manos por el pelo mientras se inclinaba hacia delante—. No puedo tomar esta decisión por ti. Ahora lo entiendo.

Pero tampoco puedo quedarme al margen viendo cómo te arriesgas a perderlo todo. Después de todo lo que hemos pasado, al menos tenía que decirlo.

Suspiré frustrada.

—¿Y eso a dónde nos lleva?

—A que sigamos juntos, Lailah. ¿Aún no lo has entendido? La respuesta siempre será que nos enfrentemos a lo que sea juntos. Ya hemos intentado vivir separados. Y no funciona.

—Y ¿qué quieres que haga? —pregunté con lágrimas en los ojos.

—¡Que luches, maldita sea! —contestó vociferando—. Si vamos a hacer esto, necesito que me prometas que no te rendirás. Que lucharás hasta tu último aliento. Haz todo lo que te digan los médicos... sin excepción. Toma todas las precauciones y prométeme que no te rendirás.

Jude se levantó de su asiento y se arrodilló ante mí, y me enjugó las lágrimas de las mejillas.

—Porque te necesito..., ayer, ahora, mañana. Siempre te necesitaré. Y si vamos a ser padres, no puedo hacer esto solo. Tú eres la mejor parte de esta unión, y nuestro hijo te necesitará.

Las lágrimas caían por mi rostro.

—Has dicho nuestro hijo.

—Sí, lo he dicho. Suena tan extraño.

—No sé qué decir —dije atragantándome.

—Di que lucharás por nuestra familia.

Asentí con ímpetu y me arrojé a sus brazos.

—Lucharé. Seremos una familia. Lo prometo.

Y, mientras me abrazaba, recé en silencio al cielo para que me diera fuerzas.

No quería romper aquella promesa.

22

Calma de California

Jude

—Por el momento, todo perfecto —dijo la doctora Garcia muy animada—. Quiero volver a verte en dos semanas. Pero creo que eres toda una luchadora. Asegúrate de seguir bebiendo mucha agua, toma tus vitaminas prenatales, no dejes tu medicación y llama si tienes alguna duda o si hay algún cambio. Oh, y la enfermera te dará hora para la próxima ecografía.

—Gracias —dijo Lailah.

Yo me acerqué para estrecharle la mano. Aquella era nuestra tercera cita en un mes. La mayoría de embarazadas no ven a su médico hasta la sexta semana de embarazo, pero como el embarazo de Lailah se consideraba de alto riesgo y el riesgo de aborto era alto, nos habían dado la tarjeta de cliente habitual y teníamos que ir con mucha más frecuencia. Estábamos convencidos de que el hecho de no saber supondría un menor estrés, por eso habíamos decidido no hacer pruebas genéticas aún, y también porque Lailah creía que aquello no cambiaría nada.

Yo no estaba tan seguro.

De momento, todo iba bien, pero aún faltaba la ecografía, y hasta que la tuviéramos, no sería capaz de respirar tranquilo.

—Jude ¿me puedes pasar mis zapatos? —me preguntó Lailah mientras se ponía el jersey y cogía su bolso.

La ayudé a ponerse sus bailarinas y la cogí de la mano para ayudarla a bajar de la camilla. La enfermera nos estaba esperando, y la seguimos por el pasillo hasta otra zona de la consulta.

La primera vez que estuvimos allí, había expresado mi preocupación porque no estaba en el hospital. Lailah se rio y dijo que lo teníamos al lado.

—Sí, pero este sitio no forma parte del hospital. ¿Y si algo va mal y hay que ingresarte? ¿Cuánto tardaríamos? —pregunté.

—Marcus dijo que es una de las mejores obstetras. Estoy en buenas manos.

Yo refunfuñé pero cedí, porque tenía que reconocer que en la familia solo había un médico, y no era yo.

Habíamos decidido quedarnos en California indefinidamente.

En aquellos momentos necesitábamos calma y serenidad. Y eso no lo teníamos en Nueva York.

Pensé que a Roman le iba a estallar la cabeza cuando le llamé y le dije que me iba a tomar un año sabático, pero se había tomado todo el asunto sorprendentemente bien.

Me ofrecí para estar disponible a través de videoconferencia y en caso de emergencias, pero él se había limitado a decir:

—Está todo controlado —y ya está.

Esperaba que la empresa aún estuviera allí cuando regresara al año siguiente.

Esperaba que hubiera muchas cosas a las que regresar al año siguiente. Lailah y yo habíamos decidido mantener los pensamientos negativos a raya, conscientes de que no tenía sentido darle siempre vueltas a lo que podía pasar, y en vez de eso nos concentrábamos en el presente. Pero a veces se me hacía muy duro.

Cada vez que la veía, me quedaba mirándola, tratando de memorizar la expresión de sus ojos bajo el sol de California.

Cada vez que la tocaba, mi mano se demoraba un momento de más, en un intento por grabar en mi piel la sensación de su cuerpo reaccionando al mío.

Un millar de vidas junto a Lailah no habrían sido suficientes para mí. Eso era cierto. Pero por ahora me conformaba con la que tenía.

La enfermera terminó con nuestro rápido recorrido por la consulta antes de dejarnos en la sala de espera de ecografías. Delante de nosotros había una mujer y su marido esperando. El vientre de ella estaba abultado por el embarazo, y él lo tocaba con ternura y hablaba entre susurros. Cuando la enfermera los llamó, Lailah me miró, con un halo de miedo enturbiando sus ojos azules normalmente alegres.

Un guiño y un codazo amistoso en su hombro me hicieron merecedor de una pequeña sonrisa, y entonces recostó la cabeza contra mí.

—¿Harás eso? —me preguntó con aire soñador.

—¿El qué?

—Frotarme el vientre.

—Solo si me dejas untarlo de chocolate y lamerlo después —dije muy serio.

Ella volvió la cabeza bruscamente y me miró tratando de no sonreír.

—Estás loco.

—Me dejarás hacerlo, ¿no?

Antes de que pudiera contestar, la llamaron por su nombre, pero vi que ponía los ojos en blanco, y oí el bonito sonido de su risa mientras avanzábamos por el pasillo.

Misión cumplida.

Google y yo habíamos hecho muy buenas migas en el último mes, y yo había aprendido un montón de cosas sobre el embarazo, incluida la importancia de minimizar el estrés para la madre.

Era un concepto muy simple: madre feliz, bebé feliz. En mi mundo, eso lo significaba todo.

Nos llevaron a una sala con un material que solo había visto en las películas. Le pidieron a Lailah que se desnudara y le dieron una bata. Nos concedieron unos minutos de intimidad para que Lailah pudiera quitarse el vestido y el jersey y ponerse con rapidez la bata de hospital.

—Estoy sexy, ¿a que sí? —y giró una vez antes de anudarse los lazos de arriba.

—Olvidas que me enamoré de ti en un hospital.

—Sí. —Sonrió y se sentó en la camilla de exploración—. Pero ni siquiera entonces llevaba las espantosas batas de hospital.

Yo sonreí, porque recordaba el aprecio que tenía por los pantalones de yoga en aquella época.

—No, pero no me habría importado si las hubieras llevado. Era inútil. Me atrapaste desde el primer momento.

—Y tú a mí.

Estuvimos charlando de nimiedades hasta que la técnica volvió para hacer la ecografía. Se me puso el corazón en la boca cuando vi cómo ayudaba a Lailah a apoyar las piernas en los estribos y la hacía recostarse con suavidad. Me había mentalizado sobre los métodos que se utilizan en las primeras ecografías, pero nada hubiera podido prepararme para el enorme instrumento que sacó aquella mujer.

Lailah tuvo que contener la risa cuando me vio la cara, pero no dije nada, y preferí quedarme a su lado para ofrecerle mi apoyo moral.

—Esto quizá te molestará un poco —le advirtió la mujer cuando su mano desapareció bajo la bata de Lailah.

Ella pestañeó, y yo la tomé de la mano. El dolor debió de durar solo un instante, porque enseguida se relajó y sus ojos no se apartaban del diminuto monitor que había junto a la técnica.

—Ahí tenéis a vuestro pequeño —dijo sonriendo, y señaló un pequeño punto con forma de cacahuete que había en el centro.

Sentí que me quedaba sin aire.

—¿Es tu primera ecografía? —preguntó mirando a Lailah.

Ella estaba concentrada en la pantalla.

—Oh, um... no. Me hicieron una rápida a las cuatro semanas. Mi embarazo fue un poco inesperado, y querían confirmarlo.

—Bueno, imagino que siendo a las cuatro semanas no oíste el latido del corazón del bebé.

Los dos nos volvimos a mirarla con los ojos muy abiertos.

—¿Podemos? —preguntó Lailah.

—Por supuesto. Dejad que... —dejó de hablar en mitad de la frase y se puso a introducir datos en el teclado.

A los pocos momentos, la habitación se llenó con un sonido acuoso.

Los dos nos quedamos maravillados, escuchando aquel latido fuerte y rápido, mientras la técnica seguía con su trabajo. Lailah me apretó la mano, mirándome, y los ojos se le llenaron de lágrimas..., lágrimas de felicidad.

En aquel momento mi vida se partió en dos. Mientras miraba al monitor y escuchaba el sonido de mi hijo no nacido, supe que Lailah no sería la única persona por la que daría mi vida.

Ahora eran dos.

Y tenía que salvarlas a las dos.

—¿Un poco más a la izquierda, tal vez? —sugirió ella.

Yo volví la cabeza bruscamente para mirarla por encima del hombro con mala cara.

—Es exactamente donde estaba antes —dije empujando la gran fotografía enmarcada un poco más arriba en la pared.

Después de semanas de espera, por fin estábamos en nuestra propia casa.

Molly y Marcus habían sido unos anfitriones estupendos, y nos habían cuidado mejor de lo que hubiera podido desear, pero éramos unos recién casados.

Necesitábamos espacio, y tiempo para estar a solas.

No había costado mucho encontrar el sitio. Sabíamos que queríamos estar cerca de la playa. Después de nuestros viajes por el mundo, habíamos descubierto que las olas tenían un cierto atractivo para ambos, y no se me ocurría un lugar mejor para Lailah que uno que le permitiera escuchar el sonido tranquilo y relajante del mar.

Y acabamos alquilando una casa ante el mar no muy lejos de donde vivían Molly y Marcus. Era grande y alegre, y tenía montones de ventanas, con lo que todas las habitaciones tenían una vista del bonito exterior.

—No es verdad. Ahora está perfecto —contestó ella.

Ladeó la cabeza para admirar el retrato que había estado sujetando contra la pared durante lo que parecía una eternidad.

—¿Estás segura? —dije sosteniendo el clavo—. Última oportunidad.

—Segurísima.

Hice una pequeña marca en la pared, dejé el cuadro encima del sofá modular sobre el que estaba y puse el clavo en posición.

—¡Espera! —exclamó.

Di un gruñido.

—Puede que un pelín a la derecha.

La miré por encima del hombro. Lailah estaba sentada con las piernas cruzadas en una silla, con una mantita sobre el regazo, y no pude evitar reírme.

Dios, era adorable.

—Tienes suerte de que te quiera.

—Lo sé —dijo, y se encogió de hombros.

Desplacé el clavo muy levemente y lo clavé en la pared antes de que Lailah tuviera tiempo de volver a cambiar de idea. Mientras colgaba aquella fotografía de los dos, riendo y mirándonos a los ojos durante nuestro primer baile, no pude evitar la sensación que invadió mi estómago. Era una mezcla de nostalgia por aquel recuerdo y un cierto pánico ante la posibilidad de que días como aquel estuvieran contados.

Sé positivo, me recordé.

—¡Queda perfecto! —exclamó.

—¡Y solo he tardado cuarenta y cinco minutos! —contesté con sarcasmo.

Ella arqueó las cejas y se llevó su taza humeante de té a los labios.

—Pórtate bien o te haré colgar todos los otros.

—¿Me vas a conceder un descanso? ¿Qué clase de descanso? —pregunté avanzando hacia ella con una sonrisa de suficiencia.

—Vamos a tener compañía —replicó ella riendo.

—Vaya, no era la respuesta que esperaba.

—Es agradable saber que me sigues considerando sexi —comentó, y se levantó para llevar su taza ahora vacía a la cocina.

—Guau. Espera. —Lailah se detuvo en seco—. ¿Por qué no te iba a encontrar sexi?

—No sé. —Se encogió de hombros y bajó la vista a sus gastados pantalones de yoga y su camiseta—. Es que... últimamente no tengo muy buen aspecto, y me paso la mayor parte del tiempo con náuseas o vomitando. Me siento como si hubiéramos vuelto a lo de antes... ya sabes, antes de...

Le sujeté el rostro entre las manos, mirándola a los ojos, para retener toda su atención.

—Entiendo que todo esto forma parte del embarazo, los problemas con los cambios físicos, pero créeme, Lailah, no podrías parecerme más hermosa aunque quisieras. Nada podrá cambiar eso... ni ahora ni de dentro de seis meses, cuando estés más redonda que una mesa camilla. Yo solo te veo a ti.

Los ojos se le llenaron de lágrimas y supe que le había llegado al alma.

—¿Crees que me pondré como una mesa camilla?

—Si de mí depende, sí. —Sonreí, y oí que llamaban al timbre de la puerta—. No me has dicho quién venía.

Ella corrió a abrir. La puerta se abrió y oí el agudo chillido de Grace.

—No importa —dije para mis adentros.

—Sé que esto no es permanente, pero ¿hace falta que te diga lo encantada que estoy sabiendo que puedo verte cada vez que quiera? ¡Es increíble!

Las miré mientras se abrazaban riendo tontamente como colegialas. Lailah ayudó a Grace a pasar. Con Zander y con aquella enorme bolsa a cuestas, la bolsa con las cosas del bebé, daba la sensación de que sus piernecitas le iban a fallar de un momento a otro.

—Eh, ¿por qué no me quedo yo con Zander mientras tú le enseñas la casa a Grace? —me ofrecí.

Las dos me miraron con los ojos muy abiertos.

—¿Qué? —pregunté.

—Bueno, es que… nunca te habías ofrecido a cogerlo —confesó Grace.

—Seguro que sí.

Las dos me miraron con cara inexpresiva.

—¿Ni una vez?

Las dos menearon la cabeza a la vez.

—Bueno, vale. Siempre hay una primera vez para todo. Me refiero que… tan difícil no será.

Lailah y Grace se miraron con una sonrisa de connivencia y vi que Grace dejaba la bolsa con las cosas del bebé en el suelo.

—¡Todo tuyo! —exclamó guiñándole un ojo a Lailah—. Vamos a hacer ese larguísimo recorrido por la casa.

Mis manos rodearon aquel cuerpecito rollizo cuando me lo pusieron en los brazos. Zander ya había cumplido un año, sería fácil. Ya no era tan frágil. Caramba, el crío ya casi era un adulto.

Lo sostuve a una distancia de un brazo y los dos nos miramos.

—Hola —dije.

El niño arqueó las cejas, y por su mirada supe que él sabía perfectamente que no tenía ni idea de lo que hacía.

Ya me había calado.

Mierda, estoy jodido.

No tenía ni idea de qué hacer con él, así que decidí que daríamos nuestro propio paseo. Me lo acerqué con torpeza, y noté su mano regordeta aferrarse a mi brazo tatuado.

—¿Te gusta eso?

Sus ojos miraban con atención la tinta negra mientras sus deditos se movían sobre mi piel. Finalmente, levantó la vista y me obsequió con una parrafada de balbuceos incoherentes.

Yo me reí.

—¿Ah, sí? Te gusta la tinta, ¿eh? Pues nos guardaremos ese detalle para nosotros, que somos hombres. No quiero que tu madre piense que ya te he corrompido.

Abrí el pestillo de la puerta corredera con mi mano libre y salí a la amplia terraza, sintiendo la brisa cálida de principios de la primavera en nuestro rostro. El dedo de Zander señaló al agua y dio unas palmas con alegría.

—A mí también me gusta.

Lo observé mientras él contemplaba la vista, moviendo sus grandes ojos azules de izquierda a derecha. Su rostro se iluminó cuando vio un perro jugando en el agua con su dueño. Le acaricié la piel suave de la cara, mientras aspiraba su olor a limpio.

Nunca me había parado a pensar seriamente en la posibilidad de ser padre.

Cuando estábamos Megan y yo, siempre había sido algo que haríamos más adelante, en el futuro. Se suponía que teníamos toda la vida por delante, de modo que la idea de tener niños nunca surgió entre nosotros. Supongo que era algo que los dos esperábamos que aparecería algún día de forma espontánea.

Cuando Lailah entró en mi vida..., bueno, ella era lo único que necesitaba. No sentí que estuviera perdiendo nada o renunciando a nada. Cuando estaba con ella me sentía completo. Pero ahora había más y no acababa de hacerme a la idea de que tal vez merecía tenerlo todo.

Por eso no podía sacudirme la inquietud que flotaba por mi mente.

¿Cuándo se desmoronaría todo aquello a mi alrededor como un castillo de naipes?

¿Podría sostener a mi hijo así, en brazos, algún día? ¿Podría acunarlo contra mi pecho mientras contemplábamos el océano y oíamos a su madre charlando con los invitados?

Dios, esperaba que sí.

El sol empezó a bajar por el horizonte y los dos seguimos relajados en la terraza. Mirábamos a los surfistas mientras Zander me hablaba de las muchas aventuras que había tenido en su corta vida... o al menos eso es lo que yo supuse. Me tocó la cara y rio.

—¡Guau, este sitio es genial! —anunció Grace cuando salió a la terraza con Lailah.

Las dos llevaban una bebida en la mano y se sentaron. Lailah me ofreció un refresco.

—Bueno ¿cómo te ha ido con Zander? —preguntó antes de dar un sorbo a su agua mientras se recostaba en el asiento.

—Genial —dije—. Este crío me adora.

—Oh, vamos, se ha portado bien contigo porque te ha visto que eres un novato escrito en la cara —replicó Grace.

—No, estamos genial —y le dediqué un guiño, mientras abría mi lata de refresco.

Zander lo miró con recelo y se pasó la lengua por los labios cuando di mi primer trago.

—Vale —dijo Grace a secas.

Vi que la mano del niño se movía un milisegundo antes de que el refresco nos salpicara a los dos. Las dos mujeres trataron de contener la risa, y Zander se echó a llorar ante la sensación repentina de estar mojado por un líquido frío.

A mí tampoco me hizo mucha gracia.

—¡Eh, pequeño! —canturreó Grace—. ¡No pasa nada!

Las manos del pequeño se cogieron a las de su madre, y así fue como abandonó al hombre malo que había olvidado una regla no escrita relacionada con las latas de refresco y los bebés.

Por lo visto, tenías que vigilarlos a los dos como un halcón, porque de lo contrario podía pasar lo que me había pasado a mí.

—Voy a cambiarme —anuncié poniéndome en pie mientras veía la coca-cola gotearme en los tejanos y los zapatos.

Me fui al dormitorio a coger un nuevo par de pantalones acompañado por el sonido de mis zapatos mojados. Mientras revolvía los cajones tratando de entender cómo estaba organizado todo, encontré un sobre escondido bajo un cajón lleno de jerséis de Lailah. Lo saqué con curiosidad y descubrí las fotos de la ecografía que la técnica le había hecho. Además, debajo estaba la imagen solitaria de la primera ecografía. Las coloqué lado a lado, sorprendido al ver lo mucho que había crecido nuestro pequeño cacahuete en solo cuatro semanas. En la primera imagen no se veía básicamente nada... solo un círculo negro que mostraba el lugar donde después habría un bebé. Cuatro semanas después, el avance era evidente.

Aquello me inquietaba. Tenía la esperanza de que, en las sucesivas visitas, vería cómo nuestro hijo seguía creciendo en el vientre de Lailah. Hacía un mes había defendido el aborto y en cambio ahora estaba mirando una ecografía totalmente maravillado. Ella lo había logrado. Lailah me había llenado de esperanza y solo esperaba que todo fuera tal y como ella lo imaginaba.

Volví a dejar las fotos en su escondite, y por un momento me pregunté por qué estaban escondidas. Me puse unos vaqueros limpios y fui a reunirme con los demás en la terraza a tiempo para oír a Grace decir que nos había traído un regalo.

—Bueno, en realidad es para Lailah —confesó.

—Trataré de no sentirme ofendido —bromeé.

—¿Por qué nos traes regalos? —preguntó Lailah mientras hacía botar a un Zander ahora feliz sobre su rodilla.

Él también llevaba ropa limpia y su humor había mejorado mucho.

—Es una especie de regalo por la casa nueva... —dijo, y sacó un paquete plano y cuadrado de la enorme bolsa que había traído.

—Eh, Mary Poppins, si escarbas lo bastante ahí, ¿podrías sacar también una lámpara? —pregunté sonriendo.

—Muy gracioso —replicó—. Pienso apuntarme todas esas bromitas para poder recordártelas cuando seas tú el que lleva una bolsa enorme con las cosas del bebé de aquí a un año.

Meneé la cabeza y me volví para darle el paquete a Lailah, que nos sonrió a los dos vacilante.

—¿Qué es? —pregunté.

—No sé, no sé —se apresuró a contestar—. ¡Vamos a verlo!

Retiró un trozo de papel de regalo lo suficiente para despertar el interés de Zander, y el pequeño se encargó de quitar el resto. Debajo, los dos descubrieron un bonito libro infantil, con una portada embellecida a mano con tejidos y colores suaves.

—Oh, Grace —suspiró Lailah apreciativamente—. Es precioso.

—¿De verdad? Lo he hecho yo. Quería que tuvieras algo especial. —Se inclinó hacia delante y abrió el libro, que Lailah tenía en el regazo—. Me he asegurado de incluir sitios donde podías colgar fotos de la fiesta de embarazo y las invitaciones. Hasta hay espacio para anotar recuerdos especiales que tengas del embarazo... como la primera vez que notas una patada, o un movimiento o tu primer par de prendas premamá.

—Gracias —dijo Lailah de corazón.

—De nada. Estoy impaciente por conocer a vuestro pequeño Cavanaugh.

Con una sonrisa emocionada que no se reflejó en sus ojos, Lailah contestó:

—Nosotros también.

Poco más tarde, despedimos a Grace y Zander y nos sentamos a cenar lo que habíamos pedido del local de comida para llevar de la esquina. Mientras le pasaba a Lailah un plato de ensalada y pizza, listo para empezar con la película que habíamos elegido, me volví hacia ella.

—¿Puedo preguntarte una cosa? —le dije.

Ella asintió y se volvió hacia mí en el sofá, donde estaba acurrucada.

—¿Por qué has puesto las imágenes de la ecografía en un cajón?

Lailah bajó la mirada y se mordió con preocupación el labio inferior.

—Me da demasiado miedo celebrarlo —confesó—. Aún es pronto. ¿Y si pasa algo?

Le cogí su plato, y los dejé los dos en la mesita de café, delante. Tomé su mano en mi mano y ella se acurrucó en mis brazos.

—Sabes que podría pasar algo en cualquier momento —le recordé.

Ella se limitó a asentir.

—Pero ¿sabes otra cosa?

Nuestras miradas se encontraron.

—A todo el mundo le puede pasar. Desde luego, nuestras circunstancias son únicas, pero seguimos siendo como cualquier otra pareja... somos dos personas que se están preparando para el mayor desafío de sus vidas. ¿Crees que nadie más tiene miedo de que algo vaya mal?

—Pero, es que...

—Lo sé, da miedo. Pero si no nos concentramos en lo bueno, lo malo nos consumirá. No escondas esas fotografías, ángel mío. Enmárcalas. Ponlas en algún sitio bien visible para que recuerdes exactamente por qué hacemos esto. Llena ese libro infantil con cada recuerdo que tengas, para que cuando esto termine y estemos aquí sentados con nuestro pequeño monstruito, esperando que nos derrame el café o el refresco, podamos recordar cada pequeño detalle y sepamos que valió la pena.

Ella me sonrió de corazón.

—¿Crees que será niño?

—Puede.

Sonreí con expresión traviesa.

—Zebe.

—¡No! —exclamó Lailah con una risa, y meneó la cabeza.

—¿Billy Bob?

Las risas se volvieron histéricas cuando la tumbé en el sofá debajo de mí.

—¿No te gustan mis nombres?

—Los odio. Prueba con otros.

—¿No podríamos hacer un juego?

—Tú y tus juegos. ¿Qué has pensado?

—Cada nombre bueno, es una prenda de ropa.

—Hecho.

A los dos minutos ya la había desnudado.

23

Vamos a Disneylandia

Lailah

—Levanta.

Jude me dio un codazo.

Mis ojos se abrieron pestañeando.

—No.

Puse mala cara y me eché las sábanas por encima de la cabeza para protestar.

—Por favor —dijo, y metió las manos por debajo de las sábanas para acercarme a su lado.

Abrí los ojos y me concentré en su sonrisa radiante.

—No quiero.

Él se rio, con la frente apoyada contra la mía, y deslizó sus dedos furtivamente por mi estómago.

—Soy una estudiante universitaria. Se supone que no nos levantamos hasta medio día. Es una regla.

—Ángel.

—¿Sí?

—Te has tomado un año de descanso, ¿recuerdas?

—Oh —dije y me dejé caer de nuevo contra la almohada.

—¡Eso significa que es hora de levantarse! —exclamó dándome una palmada en el culo.

Lancé un chillido cuando me quitó la colcha de la cama, y me dejó tapada únicamente con las sábanas.

—¿Para qué tenemos que levantarnos? Tampoco es que ninguno de los dos tenga ningún trabajo que hacer.

—Yo tengo un trabajo. Pero está muy lejos —me recordó con una sonrisa.

Una punzada de remordimiento trató de atacar mi estómago, porque sabía que se había tomado un año entero libre en la empresa por mí, pero lo aparté. Yo me había tomado un año libre en los estudios. Los dos habíamos tenido que hacer ajustes por aquello.

Teníamos que hacerlos.

—Eso no contesta a mi pregunta —dije, y me incorporé para desperezarme.

—Vamos a salir.

—¿Fuera? Eres muy ambiguo. ¿No podrías concretar un poco?

—Nos vamos a Disneylandia.

Eso sí despertó mi interés.

—¿Cómo?

—Disneylandia —repitió—. El lugar más feliz de la tierra. ¿Mickey? ¿Minnie? ¿Te suenan de algo?

—¡Ya sé lo que son, tonto! Lo que no entiendo es por qué de pronto has decidido que tenemos que ir a Disneylandia en... —dije mientras miraba a mi alrededor, tratando de recordar qué día era.

¡Martes! ¡Era martes!

—En un martes cualquiera —terminé de decir.

Él sonrió mientras terminaba de ponerse los zapatos y vino a sentarse a mi lado en la cama, porque vio que yo seguía sin dejar mi rincón calentito entre las sábanas.

—Como bien has dicho, ninguno de los dos tiene ni trabajo ni clases. Y hay un límite a las películas que mi cerebro puede soportar. Por muy adorable que sea esta casa, me está empezando a entrar claustrofobia, Lailah. Tenemos que salir, y mientras la doctora siga confirmando que todo va bien, creo que es lo mejor que podemos hacer.

Lo miré con recelo.

—Esto no tendrá nada que ver con mi lista de Algún Día, ¿verdad?

Su mirada se suavizó.

—¿Recuerdas lo triste que estabas el último día de nuestra luna de miel? ¿Las ganas que tenías de que pudiéramos disfrutar de más tiempo para estar solos?

Asentí.

—Bueno, pues ahora lo tendremos. Quizá no será lo mismo, pero seguirá siendo tiempo juntos. Y he pensado que si se nos ha concedido todo este tiempo para poder estar juntos, sin que a mí me llamen para ir a ninguna reunión y tú no tengas que estudiar para ningún examen, tendríamos que aprovecharlo al máximo.

—¿Y lo vas a aprovechar llevándome a Disneylandia?

—Lo aprovecharé cumpliendo tantos puntos de tu lista como sea posible —replicó él.

Porque quién sabe el tiempo que nos queda.

No lo dijo, pero las palabras estaban suspendidas en el aire entre nosotros. Ninguno de los dos quería reconocer lo que podría pasar si el embarazo no iba bien, pero Jude sabía que la posibilidad estaba ahí y que lo mejor que podíamos hacer era aprovechar al máximo el tiempo que tuviéramos.

—Disneylandia —dije—. Pero yo quiero las orejas de Minnie.

Su sonrisa se hizo más amplia.

—Trato hecho.

Había vivido casi toda mi vida en el sur de California y nunca había ido a Disneylandia.

No sabía que fuera tan grande.

Había gente por todas partes, y sin embargo según dijeron había poca gente porque estábamos entre semana y por la época del año.

No me gustaría ver este sitio en verano.

—¿Qué quieres hacer primero? —pregunté mientras miraba entusiasmada a mi alrededor como una niña.

—Es tu día, pero antes que nada tenemos que ir a un sitio. Vamos —dijo y me arrastró hacia una hilera de tiendas.

Me reí cuando vi que se detenía ante El Sombrerero Loco.

—¿Vamos a buscar mis orejas de Minnie? —pregunté.

—Sí, venga, entremos —dijo tomándome de la mano.

Entramos y nos dirijimos a las numerosas hileras de orejas entre las que podía escoger.

—Vale, guau. No sabía que esto sería tan difícil.

—Creo que tendrías que elegir las que llevan lentejuelas —dijo una vocecita conocida.

Me di la vuelta y vi a una jovencita sonriéndome. Sus ojos se abrieron por la emoción en cuanto me vio, y me abrazó rodeándome por la cintura.

—¡Abigail! —exclamé—. ¡Oh, señor! ¿Cómo es que estás aquí? ¿Por qué? ¿No tendrías que estar estudiando?

—Hoy los profesores tenían jornada de formación, y además tengo un abono para toda la temporada. Y... alguien mencionó que tal vez hoy estarías por aquí —dijo y sonrió.

Al mirar vi que la madre de Abigail estaba allí al lado, charlando con Jude. La saludé con un gesto de la mano y con la boca formé la palabra «Gracias».

Ella asintió, con una sonrisa en los labios.

—No me puedo creer que estés aquí —dije abrazándola con fuerza.

—¿No es genial? ¡Un día entero juntas! No me puedo creer que nunca hayas venido a Disneylandia. Te llevaré a todas partes y voy a hacer que te montes en todo.

Jude carraspeó un poco para atraer nuestra atención y se incorporó a la conversación.

—No sé si es muy prudente que se monte en todo —sugirió.

—Oh, claro. —La jovencita se ruborizó y clavó su mirada en mi pecho—. Entonces en casi todo —rectificó.

Para los de fuera, aún seguía pareciendo la misma de siempre. Pero después de casi tres meses, cuando me miraba en el espejo, yo ya empezaba a notar los cambios, el diminuto bulto que empezaba a formarse. Apoyé la palma en mi vientre, con la esperanza de que mi pequeño supiera que estaba ahí, preocupándome por él.

Le sonreí a Abigail.

—¿Quieres elegir orejas conmigo?

—¡Claro! —contestó entusiasmada—. Deja que me despida de mi madre.

Y se fue a darle un abrazo y un beso a su madre.

—¿Nos reunimos aquí a las cinco? —concretó la madre con Jude.

Él asintió, y cruzaron algunas palabras más antes de que la madre se fuera.

—Ha sido un detalle muy bonito que hagas esto —le dije en voz baja a Jude mientras Abigail buscaba entre los sombreros.

—Sabía que la echabas de menos.

Con una sonrisa en los labios, vi que Abigail elegía unas orejas con una corona de princesa. Me reí.

—Y la echaba de menos... mucho.

Al final, Abigail acabó con unas orejas con lentejuelas y, tras mucho insistirle, Jude y yo salimos de la tienda con unas orejas a juego de marido y mujer.

Habíamos recibido la máxima distinción Disney.

Abigail iba a Disneylandia casi desde que aprendió a andar, de modo que conocía muy bien el parque. Paseamos por Main Street como si tuviéramos un guía privado, entrando y saliendo de todas aquellas tiendas con productos Disney.

—¿A dónde quieres ir primero? —preguntó Abigail feliz, tomándome de la mano.

—¿Qué tal si decides tú? —sugerí, porque no tenía ni idea de por dónde empezar.

—Vale —y nos arrastró a los dos hacia la izquierda, entre montones de personas que andaban haciendo fotografías del castillo de Cenicienta.

Seguimos moviéndonos por el parque, y pasamos ante las atracciones de Crucero por la Jungla y la de Indiana Jones.

—Esta es mi atracción favorita del parque —anunció Abigail cuando llegamos a la entrada de la atracción de Piratas del Caribe.

Sus ojos se desviaron a Jude.

—Pero hay una parte que quizá sea un poco rápida. ¿Crees que puede montar?

Él sonrió y, tras coger mi mano, se la llevó a los labios.

—Sí, creo que puede montar.

Avanzamos con rapidez en la cola, y en unos diez minutos, los tres ya estábamos subidos en el bote. Instalamos a Abigail en el medio, y Jude pasó el brazo por la espalda de las dos.

—¿Crees que esto contará como montaña rusa? Así podría tachar de mi lista el número 10.

El guía empujó la palanca para hacer bajar el barco a las aguas oscuras.

—Es tu lista —dijo Jude encogiéndose de hombros.

—Bien —respondí—. Entonces... diez, visto.

Abigail señaló a la derecha, donde había varias personas comiendo bajo unas luces parpadeantes.

—Es el Blue Bayou —me explicó—. Mi madre me trajo por mi cumpleaños cuando cumplí los diez años. Nos sentamos junto al agua y estuvimos viendo pasar a la gente flotando. Y yo saludaba —y lanzó una risita tonta mientras hacía eso, saludar a la gente que estaba comiendo.

Pasamos ante el restaurante, y luego la atmósfera del barco se tornó sombría.

La música se volvió tensa y Abigail me cogió del brazo.

—¿Estás lista?

—¿Lista para q...?

Chillé, porque de pronto el barco se lanzó por una empinada pendiente y se adentró en unas cuevas. La risa de Abigail resonaba en mis oídos, y cuando dejé de chillar yo también me puse a reír.

—¡Oh, Dios! Ha sido fantástico —comenté, y miré a Jude.

Él me miraba con una expresión feliz y tierna. Incluso con aquellas ridículas orejas de Micky Mouse, seguía siendo el hombre más sexi del mundo.

De hecho, puede que las orejas le hicieran aún más sexi.

Entendía perfectamente por qué la atracción de Piratas del Caribe, o Piratas a secas, como decía Abigail, era su favorita de todos los tiempos. Lo tenía todo... emoción, canciones pegadizas, piratas que bailaban e incluso sobresaltos.

No tenía muy claro si podría llevarnos a otra atracción que superara aquella, pero lo hizo. Fuimos de Piratas a la Mansión Encantada y, de nuevo, acabé riendo como una loca todo el tiempo. Incluso Qué pequeño es el mundo me cautivó... hasta que me descubrí cantando el tema cuatro horas después.

Realmente costaba quitarse aquella canción de la cabeza.

Después de montar en varias atracciones, decidimos que era hora de comer e hicimos un descanso.

—Bueno, háblame de ti —dije—. ¿Qué has estado haciendo? ¿Aún escribes? ¿Lees? ¿O los chicos te tienen ocupada todo el tiempo?

Ella lanzó una risita y puso los ojos en blanco.

—Aún escribo. No podría dejar de hacerlo. Es algo de lo que mi abuelo está muy orgulloso. Siempre alardea de mí ante sus amigos escritores, dice que he heredado su talento o algo así —dijo, y se encogió de hombros.

—Debe de considerar que eres muy buena.

—Lo hago porque me gusta, no porque espere los elogios de nadie.

—¿No es la mejor razón para hacerlo todo? ¿Que te guste?

Ella asintió, balanceando los pies en el asiento.

—Sí, es cierto. ¿Y qué me dices de ti? ¿Sigues escribiendo en tu diario?

Pensé en cuando estaba en el hospital y Abigail venía a visitarme. En aquella época me esforzaba por llevar un diario. En cierto modo, era mi compañero inseparable. Cuando estabas en el hospital, sin saber nunca si te quedabas o te ibas, era difícil hacer amigos. Y aquel diario era el lugar al que podía volverme siempre que necesitaba purgar mis emociones. Pero una vez conseguí salir, supongo que ya no lo necesitaba tanto.

—No, ya no escribo mucho —respondí.

—Quizá tendrías que volver a empezar —me sugirió.

Me llevé la mano al vientre y extendí los dedos sobre mi diminuto bebé.

—Sí, quizá sí.

Aquel bebé nos había llevado a Jude y a mí de vuelta a casa, al lugar donde empezó todo. Habíamos vuelto a contactar con viejos amigos y familiares, y quizá ya era hora de que conectara de nuevo con esa otra parte de mí que tan desesperadamente había tratado de dejar atrás cuando salí del hospital hacía dos años.

Quizá aún podía aprender otras cosas de aquella jovencita ingenua que había confesado todos sus pensamientos a un diario.

24

Sandy

Jude

—Por Dios, Lailah... lo que quieras menos eso. Por favor —supliqué.

Me sonrió desde el sofá. Tenía una ligera manta de chinilla sobre el vientre redondeado, y miraba su vieja y desgastada libreta, donde había escrito los ciento cuarenta y tres sueños y deseos de su lista de Algún Día.

—Me dijiste que eligiera el que quisiera —me recordó—. Y elijo este.

Su dedo dio unos toquecitos en la página, poniendo con ello fin a la existencia tranquila que conocía.

Gemí.

—¿Un perrito? ¿De verdad quieres adoptar un perrito... ahora? ¿No podemos hacer algo más fácil, como recoger hojas en el jardín?

Ella me miró con expresión incrédula y se rio.

—Para empezar, estamos en California... en primavera. ¿Ves hojas por algún sitio, genio?

Esbocé una mueca en respuesta a su sarcasmo.

—Y en segundo lugar, no veo qué tiene de malo este momento. Así podremos practicar para cuando llegue el bebé.

Lailah se encogió de hombros y se puso la mano sobre el vientre. Había pasado al segundo trimestre sin mayores contratiempos.

El cuarto mes ya estaba bastante avanzado, y el embarazo iba bien... demasiado bien.

Eso me inquietaba, me ponía nervioso.

—¿Quieres practicar tus habilidades para la maternidad con un cachorro? No es lo mismo —argumenté, aunque sabía que era inútil.

—Bueno, los dos son muy pequeños y necesitan cuidados y amor constantes. Y he pensado que un perro me haría compañía mientras estés fuera la semana que viene —añadió.

Estúpida reunión anual del consejo.

Roman había dicho que no hacía falta que fuera, pero el sentimiento de culpa, unido a mis reservas sobre la capacidad de mi hermano para ocuparse de todo, me impulsaron a reservar un vuelo y dejar a mi esposa embarazada..., algo que había jurado que no haría.

—Vale, ponte los zapatos. Vamos a buscarte un perro —dije refunfuñando.

Ella se levantó de un salto, chillando y riendo.

—Estoy segura de que te gustará tanto como a mí. Tú espera. En cuanto veas a todos esos cachorritos tan monos, se te caerá la baba.

La miré de soslayo con cara escéptica mientras ella se iba al dormitorio a por unos zapatos. Cogí su diario del sofá y fui pasando páginas, mirando todos los deseos que habíamos ido tachando en los pasados dos años. Cada tachón traía consigo una oleada de recuerdos: el día que visitamos el Museo Metropolitano de Arte, la tarde que pasamos remando en el lago de Central Park. Sonreí cuando vi los que había tachado más recientemente, porque en las últimas semanas nos habíamos vuelto a centrar en la lista. Mis dedos se movieron de una línea a otra, recordando cada momento que habíamos compartido.

Era como volver a leer nuestra historia de amor.

72. ~~Que me partan el corazón.~~

Esa era una de las que más dolían, porque sabía que yo era la razón de que estuviera tachada. Pero no me arrepentía. Si no me hubiera ido, Lailah no estaría donde estaba ahora.

Llevar a mi hijo en mi vientre.

Enfrentarme casi con seguridad a la muerte... otra vez.

—¿Estás listo? —preguntó Lailah, y me sobresalté.

—¿Cómo? Oh, sí, vamos —contesté recuperándome enseguida.

La cogí de la mano y fuimos a buscar el coche a la rampa de acceso, sintiendo la vivificante brisa del mar agitarnos el cabello. Aspiré con fuerza y dejé que el olor del agua y el aire llenara mis pulmones. El olor del mar era algo que había añorado mucho en Nueva York. Y ahora que podía salir al balcón sin más y tenerlo siempre que quería, deseaba no tener que irme nunca de allí. Me encantaba lo que hacía, trabajar para la empresa que llevaba el nombre de mi familia, pero cuanto más me alejaba de la ciudad, menos ganas tenía de volver.

Cuando subimos al coche, me di cuenta de que no sabía a dónde íbamos.

—Bueno ¿y dónde consigue uno un cachorro? —pregunté mirándola para que me orientara.

Ella se echó a reír y se cubrió la boca con la mano en un intento por contenerse.

—Desde luego, se nota que vienes de familia rica.

—¿Cómo? ¿Dónde tenemos que ir, al centro comercial? ¿A Petco? No tengo ni idea.

Levanté las manos en un gesto de disculpa.

—Podríamos ir a montones de sitios. Pero hay refugios para animales en todas partes. Por Internet he encontrado uno que tiene muy buen aspecto, y en estos momentos tienen un montón de animales entre los que elegir.

—Vale, tú me indicas —le dije saliendo marcha atrás de la rampa.

Ella empezó a darme indicaciones.

El sitio no estaba muy lejos, puede que a unos veinte minutos con tráfico intenso. Aparcamos cerca de la entrada y, cuando íbamos hacia la puerta, me detuve.

Me volví hacia ella.

—Seguro que vas a adoptar el cachorro con el aspecto más lastimoso y desvalido que haya ¿verdad? —le pregunté.

—¿Por qué dices eso?

—Porque tienes debilidad por las criaturas desvalidas.

—Tú no eras ninguna criatura desvalida —dijo ella llevándose las manos a las caderas con actitud desafiante.

—Yo no era nada.

Ella me apoyó la mano en la mejilla.

—Las apariencias engañan. Y eras mucho más de lo que hubiera podido imaginar... incluso sin el apellido Cavanaugh.

La besé en la frente y enlacé mis dedos con los suyos.

—Vamos. Busquemos un cachorro.

Yo tenía razón.

Después de una hora de deliberación, Lailah se decidió por una pequeña bola tímida y astrosa que parecía perdida entre tanto pelo.

—¿No es la cosa más mona del mundo? —preguntó con ternura en el coche, con el animal en el regazo.

El perro iba acurrucado entre sus brazos, y su naricita asomaba apenas sobre el hueco del brazo.

—Tiene un aire simplón —repliqué.

—Es adorable.

Me reí.

—Vale. Lo reconozco, es mono... a su manera. ¿Se podrá peinar? —pregunté, señalando los mechones de pelo que salían flotando en todas direcciones.

—Creo que necesita un baño. Y puede que una visita al peluquero. No sé. A mí me parece perfecto así —dijo con afecto.

Paramos en la tienda de animales de la zona y compramos todo lo que nos recomendaron y más. Al poco, en el carro de la compra teníamos juguetes, champús, premios, comida, e incluso una cama.

—Tenemos que hacerle una chapa identificativa para el collar —dije señalando la máquina grabadora que había a la entrada de la misma tienda.

—¡Oh, claro! —contestó Lailah entusiasmada, sujetando a su nuevo amigo contra su pecho.

—Cielo...

—¿Sí?

—Primero tienes que buscarle un nombre.

Ella abrió los ojos exageradamente y se detuvo en mitad del pasillo.

—Oh, supongo que sí. Bueno, um... ¿cómo crees que tendríamos que llamarle? Siempre pareces tener montones de nombres buenos en la cabeza —replicó con una sonrisa traviesa.

Sí, fue una buena noche.

—¿*Harry*? —sugerí mirando su mata de pelo rebelde.

Lailah arrugó la cara y meneó la cabeza.

—No, eso no.

Sostuvo el perro en alto y observó su pequeña cara. El cachorrillo la miró con aquellos ojitos y Lailah rio.

—Tendríamos que ponerte el nombre de algún perro famoso de un libro o algo por el estilo.

—¿Hay perros famosos en los libros? —pregunté apoyándome contra el carrito. *Aquello nos iba a llevar un buen rato.*

—¡Por supuesto! *Bull's Eye* de *Oliver Twist*. *Toto* de *El mago de Oz*, incluso *Clifford* de... de *Clifford*.

—¿Quieres llamarlo *Clifford*? —pregunté mirando a aquel pequeño perro, porque no se parecía en nada al perro rojo gigante de la historia.

—Pues no, pero algo parecido.

Miré a aquella especie de perro-mopa, tratando de imaginarlo como el héroe de alguna historia clásica.

—¿*Sandy*? —sugerí—. No es exactamente de un libro, pero sé que te encanta el musical, y parece una versión en pequeño del original. Y después de todo somos neoyorquinos.

—¡Es perfecto! —exclamó—. ¡Tiene pinta de *Sandy*!

Le grabamos su chapa y *Sandy* se convirtió en su nombre oficialmente. Lo metí todo en el maletero del coche, y puse los ojos en blanco cuando vi la cantidad de cosas que se necesitaban para un perro de tres kilos. No quería ni pensar en lo que tendríamos que comprar para el bebé.

Sentí un nudo en el estómago, porque me di cuenta de que ninguno de los dos se había parado a pensar en aquello.

No habíamos hablado de su cuartito, ni habíamos pensado en sus muebles, ni habíamos hecho una lista de cosas para él.

Nada.

Como equipo, habíamos decidido que lo íbamos a celebrar todo, cada ecografía, cada chequeo médico exitoso, y lo habíamos hecho. Junto al sofá teníamos enmarcada con orgullo la última ecografía, pero era como si no fuéramos capaces de ir más allá.

Hablábamos de ser padres todo el tiempo. Bromeábamos sobre la falta de sueño y las noches en vela, y sin embargo ninguno de los dos se estaba preparando para ello.

¿A qué teníamos tanto miedo?

Desperté oyendo el sonido distante de un llanto.

—Lailah, el bebé está despierto —susurré volviéndome para tocarla en la cama.

Pero ella no estaba.

Aparté las sábanas y avancé por el pasillo oscuro, hasta que vi la franja de luz que salía desde la puerta. La empujé con la mano y entré, atraído por el sonido apremiante del llanto que venía de dentro.

La luna arrojaba cierto resplandor sobre la cuna y formaba casi un halo angelical en torno a sus cabellos claros.

—¿Qué pasa? —pregunté, y me agaché para cogerlo en brazos.

Mis dedos acariciaron sus diminutos rizos mientras él me observaba con sus ojos azules. Me puse a andar ante la ventana, meciéndolo en mis brazos, como había hecho cientos de veces, observando las olas oscuras que rompían en la orilla a lo lejos.

Unos minutos después, el bebé se había tranquilizado y los párpados parecían pesarle.

—¿Quieres ver a mamá antes de dormir? —pregunté pegándolo a mi pecho, pensando si Lailah no estaría picando algo en la cocina, pero no la encontré. La sala de estar también estaba vacía.

Sentí que el corazón se me encogía cuando comprobé la terraza y vi que tampoco estaba allí. Mis pies volvieron a llevarme pasillo abajo, y comprobé cada habitación, hasta que me encontré de nuevo a los pies de la cama, donde todo había empezado.

El marco plateado de una fotografía me llamó la atención y me acerqué a la mesita. Cogí la foto y cuando la miré, los ojos se me llenaron de lágrimas, era la última fotografía de Lailah.

—Se ha ido —dije entre lágrimas—. Se ha ido.

—¿Señor? —dijo alguien devolviéndome a la realidad—. Señor, estamos a punto de aterrizar.

Miré a mi alrededor tratando de recordar dónde estaba y sentí que el corazón me golpeaba con fuerza en el pecho. El rugido del motor resonaba en mis oídos, y las ruedas empezaron a descender.

Solo ha sido un sueño.

Lailah estaba viva, canté en mi mente. Lailah está bien.

Las pesadillas habían empezado hacía unas semanas, como resultado del exceso de estrés. Hasta ahora, Lailah no se había dado cuenta de que a veces me levantaba de la cama en mitad de la noche para salir a respirar a la terraza. Y yo no le había querido decir nada.

Seguía pensando que cuanto menos estrés hubiera en su vida mejor. Y de momento funcionaba.

Miré por la ventanilla mientras el avión descendía sobre Nueva York. Habían pasado menos de dos meses desde mi última visita, cuando fui brevemente para recoger algunas cosas para nuestra nueva casa, pero parecía que habían pasado siglos. Comparada con Nueva York, California parecía un nuevo mundo, y aunque me había criado allí, la vida sosegada de la playa me resultaba cada vez más atractiva. Por desgracia, mi trabajo estaba en Nueva York. No sabía cómo cambiar eso. No podía pedir que una empresa entera se reubicara solo porque a mí me gustaba la playa.

Respiré hondo tratando de relajarme mientras el piloto aterrizaba. En unos minutos, las ayudantes de vuelo abrieron las puertas y me encontré caminando por el aeropuerto en dirección a la fila de taxis que esperaban en la entrada. Evidentemente, mi hermano se me había adelantado y, cuando iba a recoger el equipaje, vi a un hombre con traje y corbata sosteniendo un cartel con mi nombre.

Meneé la cabeza y le saludé.

—¿No está esto un poco por debajo de tu nivel? —pregunté sonriendo, porque por una vez me alegraba de verle.

Roman esbozó una mueca antes de bajar el cartel.

Bienvenido a casa, cabrón, decía.

—No, en realidad esto entra más dentro de lo que me gusta.

Nos estrechamos la mano y nos dirigimos hacia la entrada. El coche negro que siempre tenía a su disposición estaba aparcado fuera, y puse mi equipaje de mano en el maletero sin molestar al chófer. Mi hermano abrazaba sin tapujos la vida de rico, mientras que yo normalmente solo me dejaba llevar cuando quería mimar a mi esposa.

—Y bien ¿por qué has venido a recogerme? —pregunté cuando nos instalamos en la parte de atrás.

Roman abrió una mininevera y sacó una botella de agua para mí y otra para él.

—Bueno, hace tiempo que estás fuera. He pensado que estaría bien que te pusiera un poco al día antes de la reunión.

Guardé silencio un instante, mientras asimilaba aquello.

—Te dije que podía comportarme como un adulto cuando quería —me recordó.

—Lo sé —contesté—. Pero me cuesta hacerme a la idea.

Sus ojos severos me miraron sin pestañear.

—Gracias —dije, sin saber qué más podía decir.

A modo de respuesta, él me dedicó una simple inclinación de cabeza y se lanzó de lleno al tema de los negocios, y cuando hablaba movía la boca tan deprisa que me costaba seguirle.

Yo me limité a escuchar, haciendo algún pequeño comentario aquí y allí, pero en general, mi hermano había hecho un trabajo extraordinario preparando la reunión anual de la empresa. Estaba impresionado.

Esta impresión se acentuó cuando la reunión empezó y pude verle en acción. Realmente se había implicado mucho, como dijo que haría, y había revisado todos los detalles hasta tenerlo todo bien atado. No hubo que concretar nada, no hubo cabos sueltos. Roman habló ante el consejo con seguridad y compostura y, por primera vez, se me ocurrió que realmente él podría con todo.

No estaba ciego. Yo sabía que aquel potencial no había aparecido sin más. Había estado siempre ahí... mucho antes de que me fuera a California.

Pero... ¿por qué lo demostraba ahora?

Si en el pasado ya era así de capaz, ¿por qué había acudido a mí años atrás para que volviera? ¿Por qué dejar que cayera en la ruina? ¿Por qué mantenerse en un segundo plano y dejar que fuera yo quien llevara el espectáculo mientras él hacía de figurante cuando estaba claro que podía dirigir la empresa junto a mí?

Mi hermano era un enigma para mí, y no acertaba a entenderle.

Terminamos la reunión anual con una nota alta, estrechando manos, entusiasmados con el año que teníamos por delante. Todos me desearon lo mejor con el embarazo de Lailah, porque sabían que era un embarazo de riesgo. Yo di las gracias a todo el mundo y prometí tenerles informados de las novedades. Cuando todos hubieron salido de la sala, me volví hacia Roman, que se estaba aflojando la corbata y se dejó caer sobre un asiento de cuero, agotado.

—Lo has hecho muy bien —admití.

—Lo sé —repuso él con una sonrisa antes de dar un buen trago a la botella de agua que tenía delante.

—¿Por qué...? —empecé a decir.

Él me interrumpió.

—No, creo que ya he tenido demasiadas conversaciones de adulto por un día. Es hora de relajarse un poco. —Se puso en pie y pasó de largo, pero se detuvo antes de llegar a la puerta—. Me alegro de verte, Jude. Sé bueno con Lailah —dijo, y desapareció por la esquina.

—¡Te he echado tanto de menos! —Mi madre se echó a llorar en cuanto la puerta se abrió—. ¡Pasa, pasa!

—Me va a costar un poco si no me sueltas —le dije, mientras me sujetaba con fuerza con su pequeño cuerpo.

Yo también la abracé y sonreí.

—Lo siento —rio ella—. Solo te tocaba para asegurarme de que de verdad estás aquí.

—Tampoco hace tanto.

Ella reculó y me miró de arriba abajo.

—Parece una eternidad. ¡Y mira qué bronceado!

Me encogí de hombros.

—El clima de California. Es incomparable, mamá... tendrías que probarlo alguna vez.

—Bueno, no sé si podría soportar un bronceado como ese a estas alturas, pero el calor me sentaría muy bien, desde luego. Y me encantaría ver a mi nuera. Dime, ¿cómo está?

Me cogió el abrigo, y fuimos a la cocina a buscar algo de beber. La casa parecía grande y vacía ahora que solo estaba mamá. Cuando yo era pequeño, siempre había risas y gente trabajando por todas partes. Nunca había una habitación que estuviera vacía. Ahora todo se veía frío y desolado. No me gustaba la idea de que mi madre pasara lo que le quedaba de vida allí, aislada del resto del mundo. Yo la entendía. Aquella era la casa de nuestra familia y había que conservarla, pero desde luego, podía hacerse de otro modo.

—Está estupenda, salvo por algunos problemas digestivos —contesté—. Será una madre excelente.

—Pareces sorprendido.

—La verdad, lo estoy.

—¿Por qué? —preguntó cogiendo una coca-cola de la nevera... la clásica, en botella.

Cuando era pequeño siempre me había encantado beber coca-cola, y cuando venía a visitar a mi madre siempre tenía alguna guardada para mí.

—¿Estás esperando que caiga la hoz? —preguntó, aunque ya conocía la respuesta.

—Sí. Sé que suena mal, pero no dejo de pensar que va a pasar algo malo. He pasado horas investigando por Internet. No sé, sé que algo malo tiene que pasar, ¿no? Por eso ando siempre esperando, conteniendo la respiración, esperando que ese algo pase.

—¿Y qué piensa Lailah de todo esto? —preguntó mientras abría el refrigerador para sacar una olla de comida que había preparado para la cena.

La observé mientras retiraba la lámina de plástico con que la había cubierto y la metía en el horno. Verla ocupándose de tareas domésticas me seguía resultando tan extraño. No había aprendido a ocuparse de sí misma hasta que mi padre se puso enfermo, en sus últimos años. Verlas a ella y a Molly preparando la cena de Navidad fue como ver un espejismo. Y no porque no la creyera capaz de cocinar, simplemente porque nunca antes la había visto.

—No lo sé. Tengo la sensación de que nos limitamos a rozar la superficie en nuestras conversaciones. Ninguno de los dos quiere pensar demasiado a fondo en el futuro... tenemos demasiado miedo de las posibilidades y los «y si». Yo trato de ser positivo, de que todo sea lo más relajado posible para ella y el bebé... pero aquí dentro... —me señalé la sien— es una pesadilla continua. No puedo evitarlo. Me despierto, cubierto de sudor, temblando, noche tras noche. No puedo dejar de pensar en todo lo que podría ir mal. Dios, mamá, podría perderla. Podría perderlos a los dos.

Todas las emociones que había contenido durante meses brotaron de repente.

Mi madre corrió hacia mí, olvidándose por completo de la cena, y me abrazó. Yo dejé salir cada preocupación, cada miedo, en las lágrimas que derramé sobre su hombro mientras me abrazaba.

Sus lágrimas se mezclaron con las mías.

—Oh, cariño. No los vas a perder. Están ligados a ti para siempre... en esta vida o en la siguiente. Pero te puedo decir una cosa sobre esa joven con la que te has casado. Es una luchadora, Jude. Puede parecer poca cosa, pero su corazón es diez veces más grande que el de la mayoría. Luchará a muerte por esa vida que tanto ha luchado por conseguir.

Yo asentí, porque sabía que tenía razón.

Lailah era una luchadora, fuerte y dispuesta a defender su terreno ante cualquier enemigo... incluso ante la muerte.

—Tienes razón, mamá. No la valoro lo suficiente. Y estoy sacando conclusiones precipitadas. Ya casi estamos en el quinto mes y los médicos solo nos han dado buenas noticias. Es que no puedo evitar preocuparme.

Meneé la cabeza contra su hombro.

—Es normal —dijo para tranquilizarme—. Cuando estaba embarazada de ti, tu padre insistía en que le llamara al despacho tres veces al día para que supiera que todo iba bien.

—¿Y lo hacías?

—No. —Rio—. Pero se volvió muy pesado y empezó a pedir a los miembros del servicio que lo llamaran sin que yo lo supiera. —Sus ojos se pusieron vidriosos y bajó la vista al suelo—. Él siempre iba un paso por delante de mí.

—Te quería más que a nada en el mundo.

—Lo sé —contestó mi madre sonriendo—. Vamos a preparar la cena.

Se enjugó las lágrimas con rapidez y se acercó a la nevera para sacar los ingredientes que necesitaba para preparar una ensalada.

Y yo fui corriendo a ayudarla. Al poco, los dos estábamos troceando verduras y arrojándolas en un cuenco cuando mi teléfono sonó.

Me sequé las manos en un trapo, me saqué el móvil del bolsillo y vi que el número que aparecía en la pantalla era el de Molly.

—¿Hola? —contesté con un nudo en el estómago.

—Jude, tienes que venir a casa.

Su voz sonaba seria, preocupada, asustada.

—¿Molly? ¿Qué pasa?

—Es Lailah. Está en el hospital.

El teléfono se me cayó de las manos.

La guadaña había caído y todos mis miedos volvieron para acosarme.

25

Hagamos un trato

Lailah

Querido diario:

Eh, viejo amigo.

He pasado mucho tiempo sin hablar. Sin escribir. Bueno, lo que sea, el caso es que ha pasado mucho, mucho tiempo.

Supongo que no tengo porqué sentirme mal. No eres real. Pero siempre estabas ahí cuando te necesitaba.

Fuiste un amigo cuando no tenía amigos. Un oyente amable cuando necesitaba desahogar mi alma angustiada.

Sí, me siento mal... por haberte abandonado.

Conforme la vida avanzaba y el mundo se extendía mucho más allá del pequeño ámbito del hospital, supongo que acabé olvidando esa especie de amistad inmensa que había aparecido en las páginas de este diario... y las muchas que había escrito antes.

Mucho antes de que llegaran los budines y los comodines, tú eras mi roca, el único consuelo que conocía al margen de la familia. Tú me ayudaste a mantenerme entera cuando lo único que quería era dejarme caer.

En todos los años que pasé en el hospital, vi marcharse a muchas enfermeras y pacientes, que prometían escribir y mantener el contacto, y nunca albergué ningún resentimiento cuando las cartas dejaban de llegar. Yo sabía que la vida era mejor más allá de estos muros, o al menos eso esperaba. Tenía que serlo. Porque si no ¿para qué estaba luchando?

Y resulta que es eso y mucho más.

El amor, la risa, la pasión, la frustración, y la libertad de experimentar mil emociones en un minuto.

El mayor consuelo y fortaleza de mi vida.

Ahora sé por qué lucho, y nunca me he sentido más asustada, que es la razón por la que me dirijo a ti... mi primer confidente y amigo. Porque, por mucho que adoro a mi esposo y a mi familia, nunca podría contarles lo aterrada que me siento, la forma en que mis miedos han ido un paso más allá esta noche y se han convertido en algo real.

Me he permitido soñar, tener esperanza, planificar.

Mientras el avión de Jude aterrizaba en Nueva York, yo me estaba tomando una taza de té de hierbas en la terraza, relajada, con los pies en alto, pensando en lo agradable que era sentir el sol en mi piel.

Había conseguido llegar a la mitad del segundo trimestre sin ningún problema.

La vida era buena.

Decidí que un pequeño paseo me sentaría bien. Cogí la correa de Sandy y salí para ir a la playa. El perro se puso a dar brincos en cuanto vio que tocaba la correa. Ni siquiera la había cogido, pero el animal sabía que íbamos a salir.

Dimos un largo y relajado paseo por la playa, y fuimos saludando a la gente que corría, y a los niños que jugaban felices en la arena. Cuando volvíamos hacia casa, me detuve ante el buzón para recoger el correo.

Y entonces lo vi, un catálogo con productos para bebé.

De alguna manera, la gente que enviaba aquello había intuido la inminente llegada de nuestro bebé antes de que se me notara apenas con mis vaqueros premamá.

¿Cómo lo sabían?

Me quedé mirando el catálogo, como si dentro hubiera criptonita y ácido de batería, y Sandy y yo entramos en la casa. Lo dejé sobre la encimera, le di unas golosinas y agua a Sandy y yo me puse algo de picar, pero no dejaba de mirar aquel catálogo por el rabillo del ojo.

Y entonces juro que lo vi moverse.

Me aferré al mármol, sacudiendo ligeramente la cabeza, tratando de sacudirme las telas de araña y los murciélagos..., de verdad, estaba empezando a asustarme.

A aquellas alturas, estaba convencida de que se me estaba yendo la cabeza.

Quizá ya se me ha ido. Soy una mujer adulta escribiendo en un diario.

Bueno, yo sigo.

El catálogo no dejó de mirarme mientras comía, hasta que me rendí.

Lo cogí de la encimera y decidí que echaría un vistazo.

No podía haber nada malo en mirar lo que había en el mundo de los bebés ¿no?

Así que lo abrí, solo un poquito, y enseguida me atrapó.

De pronto me encontré en la puerta del dormitorio vacío que hay junto al nuestro, midiendo mentalmente las paredes para calcular el tamaño de la cuna, mirando las ventanas para ver qué cortinas quedarían mejor e incluso decidiendo el color de la pintura.

Había pasado de cero a cien en un instante, y lo cierto es que me sentía bien.

No entendía por qué aquello me había parecido tan temible.

Me llevé la mano a mi pequeño vientre abultado, y el pequeño movimiento al que ya me había acostumbrado se hizo notar. Sonreí, pensando en la primera vez que lo había notado.

Todo aquello era real, y estaba pasando.

Jude y yo lo habíamos estado haciendo todo como de puntillas durante el embarazo, temerosos de todo lo que podía venir con él. Los dos nos pusimos una sonrisa en la boca y seguimos adelante, pero yo sabía que en realidad ninguno estaba dando ese primer paso que tanto nos asustaba.

La habitación vacía del bebé lo demostraba.

Éramos dos personas que patinaban sobre un estanque helado, esperando a que el hielo se rompiera. Si nos aventurábamos demasiado hacia el centro, el hielo cedería y caeríamos a las aguas heladas.

En ese momento, decidí que sería yo quien daría ese primer paso valiente.

Por desgracia, la madre naturaleza tenía otros planes.

Estaba tan entusiasmada haciendo planes que no me fijé en los síntomas, el mareo, la visión borrosa.

Ahora, cuando vuelvo la vista atrás, sé que tendría que haberlo hecho, pero cuando me concentro en una tarea, sobre todo si hay de por medio una tarjeta de crédito y pedidos online, tiendo a dejar todo lo demás de lado.

Finalmente tuve que admitir que me pasaba algo raro cuando me levanté y me dio un mareo.

Llamé a mi madre y... bueno, el resto es historia.

Y aquí estamos.

A veces, siento como si la vida fuera un escenario gigante. Y cuando pienso que estoy a punto de conseguir ese número que me lanzará al estrellato, llega alguien por detrás con uno de esos ganchos gigantes que se usan en los escenarios y me saca de allí.

—¿Lailah?

Jude entró en la habitación con expresión preocupada.

Tenía cara de haber estado despierto toda la noche, y a juzgar por el estado de su ropa y la hora tan temprana, seguramente era así.

—¿Estás bien? He venido en cuanto he podido —dijo con tono apresurado.

Se acercó a mi lado. Yo tenía ganas de llorar, de derramar hasta la última lágrima que mi cuerpo fuera capaz de producir, pero no lo hice.

No podía.

Cuando vi su preocupación, aquella necesidad suya de que todo fuera bien, tuve que tragarme mis miedos, mantenerlos a raya, retenerlos hasta que hubiera una ocasión mejor.

—Estoy bien —respondí—. Tengo la tensión alta, nada más. Enseguida me darán de alta.

Él no parecía convencido.

—Lo juro, estoy bien.

Y levanté la manos en un gesto defensivo.

—No tendría que haberme ido.

—No hubiera cambiado nada. El médico que estaba de guardia ha dicho que es normal que las embarazadas tengan la tensión alta. ¿Lo ves? Estoy bien —animé.

—No volveré a ausentarme —replicó él sin hacer caso de mis comentarios.

—Bien —dije—. Me encanta tenerte conmigo —y le apoyé las palmas en las mejillas.

Él cerró los ojos.

—Siento no haber estado aquí.

—Pero estás ahora —le recordé—. Justo a tiempo para sacarme de aquí.

—Es verdad. Volvamos a casa.

—Ahora te escucho.

—Creo que cuando dijiste que habías comprado algunas cosillas mientras he estado fuera te quedaste corta —comentó Jude mientras entraba en casa la que sería la décima caja en dos días.

Yo le dediqué una sonrisa inocente.

—Puede.

—Ni siquiera recuerdas lo que has comprado ¿verdad? —preguntó, mirando la etiqueta del envío con expresión inquisitiva.

—Oh, sí —respondí—. Por supuesto.

—Bueno, entonces ¿me echas una mano?

Levanté la vista del libro que estaba leyendo.

—¿Ahora?

—Sí. ¿Por qué no?

Sentí un hormigueo de entusiasmo y nerviosismo al seguirlo por el pasillo. Había pedido todas las cosas que había en aquellas cajas una noche de la semana anterior, con la intención de avanzar en el embarazo. No más esperas, no más esconderse de nuestros miedos.

Y entonces acabé en el hospital y, de pronto, volvía a estar detrás de la misma línea, tratando de convencerme a mí misma de que estaba bien decidir sobre el color de las paredes y los posibles nombres para el bebé. Dentro de cuatro meses, el bebé que llevaba en mi vientre sería una realidad.

No era solo una fantasía que yo estaba tratando de convertir en realidad. Aquello estaba pasando.

Y la tenaz luchadora en la que me había convertido después de años y años de luchar con un corazón enfermo tenía que estar a la altura y entenderlo.

Puse un pie vacilante en la habitación vacía, y reparé en las muchas cajas que estaban pulcramente amontonadas en los rincones.

—Bueno ¿por dónde empezamos? —pregunté mirando a lado y lado y retorciéndome las manos.

—¿Por qué no te sientas mientras yo miro qué tenemos?

—Podría ayudarte a...

—No —me interrumpió.

—¿Ni siquiera un poquito?

—Lo siento, pero no. —Jude meneó la cabeza—. Tú sentadita, Lailah.

Hice pucheros y me senté en el suelo.

—¿Cómo se supone que te voy a ayudar sentada?

Él dio un paso al frente y se inclinó para besarme en la boca.

—Bueno, si te sientas ahí me ayudarás porque eres un regalo para la vista.

Ladeé la cabeza y le miré con expresión divertida.

—Y... —hizo una pausa—. Puedes dirigirme con esos adorables brazos que tienes. Dime dónde quieres que ponga cada cosa. Estoy a tu disposición. Pero no te levantes. De hecho...

Salió corriendo y volvió con dos sillas de la cocina. Me ayudó a levantarme y me instaló en una y, tras poner la otra silla delante, me hizo poner los pies encima.

—¿Lo ves? Es más cómodo.

Yo puse lo ojos en blanco.

Con ayuda de un cúter, Jude empezó a sacar cosas.

Vale, puede que sí se me hubieran olvidado algunas de las cosas que había encargado. Eso de poder formalizar la compra con un solo clic tendría que estar prohibido.

—Vaya, parece que voy a tener que montar una cuna y lo que sea que tenemos ahí —dijo señalando la gran caja del rincón.

—Es una mecedora —le expliqué.

—¿Eso?

—Sí, una mecedora, pero más ligera. Y está tapizada.

—¿La tumbona para bebés? —preguntó, y sonrió al mirar la foto que aparecía en un lado.

—Se supone que les relaja.

—Tiene buen aspecto —dijo animándome con dulzura, y se subió las mangas para ponerse con el contenido de la caja—. Haremos esto primero. Así tendrás un lugar más adecuado donde sentarte.

Yo me reí como una tonta mientras lo veía sacar un millón de piezas, sin quejarse en ningún momento y decir que podíamos haber pagado a alguien para que lo hiciera o haber ido a una tienda de muebles donde todo viene ya montado. Era como un rito de iniciación, algo que todos los padres debían hacer antes del nacimiento de sus hijos. Por primera vez durante mi embarazo, me sentí normal, absolutamente normal y humana. Era como si el miedo y la ansiedad por lo que pudiera ir mal se hubieran quedado en la puerta. Aquel era nuestro lugar seguro, un lugar donde la vida se planificaba, no se temía.

Más tarde pedí una pizza y puse música en mi móvil, y nos sentamos a comer, riendo, tratando de adivinar qué lado de la pieza A encajaba en la pieza B. Unas dos horas después, teníamos una mecedora.

—¡Eh, mira eso! Funciona —exclamé cuando me senté en ella.

Se movía sin necesidad de hacer ningún esfuerzo, y cuando apoyé los pies sobre la otomana a juego, traté de imaginarme allí, por las noches, con el bebé en brazos, meciéndolo y meciéndolo.

Cerré los ojos cuando la imagen se formó en mi cabeza.

Ojos azules al principio, pero conforme creciera, se volverían verdes, de un verde suave, como los de su padre.

También tendría su compasión, el mismo gran corazón que su padre.

Mis ojos se abrieron de golpe cuando una gota de miedo se abrió paso en mi alma.

Dios ¿y si heredaba mi corazón? Un corazón pequeño, roto y defectuoso.

Bum, bum.

¿Qué había sido eso?

Me llevé la mano al estómago.

—¿Lailah? ¿Qué tienes?

Traté de localizar la sensación, desplazando la mano con rapidez, como si estuviera buscando la señal de un teléfono móvil.

—Creo... no, no creo, sé —dije riendo— que el bebé me acaba de dar una patada.

—¿Diferente de las que habías notado hasta ahora?

—Oh, sí —contesté—. Esta no ha sido suave. Ha sido muy consistente. Él, si es que realmente es niño, está haciendo notar su presencia.

Jude corrió a mi lado, se arrodilló y me miró con una intensa expresión de asombro en los ojos. Le cogí la mano y juntos tocamos mi vientre, esperando a que llegara otra patada.

—¿En qué pensabas cuando ha pasado? —preguntó Jude deslizando los dedos con ternura sobre mi vientre.

—En el aspecto que tendría, el color de sus ojos... ¡oh! ¡Ahí está!

Levanté la vista y supe que él también lo había notado. Puede que no tan fuerte como yo, pero definitivamente había notado movimiento.

Su mano se curvó sobre mi vientre y se inclinó para acercarse más.

—Es fuerte. Nuestro hombrecito está fuerte y sano.

Los ojos se me llenaron de lágrimas mientras lo veía mirando con admiración mi vientre.

Sí, nuestro hijo era fuerte. Me asustaba tanto la idea de pasarle mis genes defectuosos, y en aquel momento, nos estaba diciendo que estaba allí, y que estaba luchando.

Lo único que yo tenía que hacer era ser lo bastante fuerte para luchar a su lado.

—Bueno ¿te atreves a hacer una apuesta? —le desafié.

Íbamos por el largo pasillo balanceando nuestras manos unidas.

Acabábamos de salir de una nueva cita con la doctora... veintiséis semanas. Gracias a la medicación y a un marido sobreprotector, me habían vuelto a decir que estaba totalmente sana. Aún no me lo podía creer.

Ya casi estábamos. Un par de meses más y conoceríamos a nuestro bebé.

Jude me oprimió la mano cuando íbamos hacia la sala de ecografías.

—¿Una apuesta? —preguntó con curiosidad.

—Bueno, hemos decidido que hoy sería el día, así que he pensado que antes de entrar ahí y saber si lo que tú te obstinas en decir que es un bebé tiene de hecho un...

—¿Un pene?

—¡Jude! —espeté mirando a mi alrededor con las mejillas arreboladas. Él se rio.

—¿Prefieres que diga si tiene pilila?

—Oh, señor. Qué infantil eres.

—Eres tú la que se ha asustado cuando he dicho pene —me recordó, y se aseguró de decir la palabra lo bastante alta para que todos los que había alrededor la oyeran.

Meneé la cabeza, tratando de no hacer caso.

—Volviendo a la apuesta.

—Bien. ¿Qué consigo si gano? —preguntó al tiempo que me abría la puerta de cristal que daba a la pequeña sala de espera.

Hoy estaba vacía, lo que significaba que seguramente nos llamarían enseguida. Ya me habían hecho varias ecografías, porque el mío era un embarazo de alto riesgo. Podíamos haber conocido el sexo del bebé hacía semanas, pero yo había preferido esperar y enterarme por las mismas fechas que las otras mujeres. La espera hacía que todo pareciera más normal, y para mí la normalidad valía su peso en oro.

Aunque a mi esposo aquello no le preocupaba lo más mínimo. Él estaba convencido de que sería niño. Y no había manera de convencerlo de lo contrario.

Y ahora estaba esperando la prueba en candelillas.

—¿Quién dice que vas a ganar? —contraataqué, y me senté cerca de la puerta.

—¡Tú misma hablas muchas veces como si fuera un niño! —exclamó él cruzando los brazos con aire triunfal.

—Pero solo porque tú lo haces. Y porque no me gusta la idea de hablar de nuestro bebé como si fuera algo neutro. No está bien.

—¿Y por qué no hablar como si fuera una niña?

—¡Estás cambiando de tema! —espeté sintiéndome frustrada.

Él resopló con fuerza.

Engreído.

—Vale. Si es niño me dejarás volver a pintar su cuartito de azul y poner jerséis de rugby.

Yo lo miré entrecerrando los ojos. Jude sabía que detestaba todo lo que tuviera que ver con los deportes.

—¿Bolas de béisbol?

Le dediqué una mirada inexpresiva.

—Um, ¿olas... surfistas?

—Mejor. Si quieres, ve a la ciudad y trae una tabla de surf para ponerla en el techo si te apetece. Pero nada de jerséis... nunca.

—De acuerdo... hecho.

—¿Y si es niña? —preguntó sin apenas prestar atención.

Está tan seguro el hombre.

—Yo elijo el nombre.

Jude levantó la vista.

—Pero a mí se me da muy bien elegir nombres —me recordó con una sonrisa traviesa.

—Ah, sí, ya me acuerdo. Pero esas son mis condiciones. ¿Por qué estás tan seguro de que es chico? —pregunté frotándome el vientre.

La puerta se abrió y dijeron mi nombre.

Los dos nos pusimos en pie y Jude me cogió de la mano.

Mientras seguíamos a la técnica por el pasillo, noté el aliento caliente de Jude contra mi oreja cuando se inclinó para decirme:

—Apuesta aceptada.

Sonreí, con el estómago revolucionado por la expectación, y nos hicieron pasar a la pequeña salita que tantas veces había visitado en los pasados meses. Por fortuna, las ecografías eran cada vez menos invasivas. Ya no tenía que cambiarme de ropa.

La técnica me ayudó a subir a la camilla. Me levanté la camisa y ella me colocó unas toallas blancas por encima y por debajo. Me extendieron una gelatina cálida sobre la barriga y al poco en la pantalla apareció la imagen de nuestro diminuto bebé.

—¿Queremos conocer su sexo? —preguntó la técnica mientras trabajaba sobre el teclado, comprobando datos e introduciendo información.

—Sí —contestamos al unísono.

—De acuerdo, veremos qué podemos hacer —dijo ella.

La mujer siguió con lo suyo, desplazando el aparato sobre mi vientre. Y, después de haber estado tantas veces en aquella posición, ahora resultaba fácil ver la progresión del bebé. La primera vez me había resultado difícil pensar que había ningún cambio. Mi vientre estaba liso y plano. Pero ahora había pruebas. Cualquiera que me mirara podía ver que llevaba en mi interior una preciosa carga y en cuestión de segundos iba a saber si aquel diminuto aficionado a las patadas que tanto había llegado a amar era niño o niña.

Cada imagen que nos mostraba la técnica nos daba una perspectiva diferente. Lo que veíamos ya no era una pequeña semilla de lima, sino más bien un pegote con forma de bebé. La mujer señaló pies y piernas, brazos, cabeza. Estaba claro como el agua, pero yo solo veía contornos.

—Muy bien ¿estáis listos? Voy a ver si puedo ver algo entre las piernas.

Jude me dedicó una mirada fugaz, y su labio se curvó con gesto divertido.

—Bueno... —la mujer se quedó meditando unos momentos.

Nosotros esperábamos impacientes.

—¡O lo que estoy viendo es un niño desafortunado o es que tenéis una niña!

—¿Una niña? —preguntó Jude perplejo.

—¿Una niña? ¿De verdad? —dije repitiendo la palabra en voz baja y tensa.

Volví a mirar la imagen... el vientre redondeado, los dos brazos perfectos y la bonita cabeza.

Por supuesto que era una niña.

Jude me miró, con los ojos arrasados en lágrimas, y con los labios formó la palabra «ángel».

Me apretó la mano y se la llevó a los labios y la besó con suavidad en el centro.

—Me parece que te debo un nombre.

—Meara —dije yo sin más.

Él dejó que la palabra quedara suspendida entre nosotros y sonrió.

—Es bonito.

—Me suena haberlo visto por algún lado cuando estuvimos en Irlanda. Puede que fuera una camarera, pero el caso es que la semana pasada lo busqué en nuestro libro de nombres porque no podía dejar de pensar en él.

La enfermera terminó su trabajo y prometió mandarle los datos a la doctora. Después de limpiarme la gelatina del vientre y ponerme bien la camisa, miré a Jude.

—¿Y qué significa? —preguntó—. El nombre.

—Mar. Significa mar. Me pareció perfecto.

Jude me ayudó a bajar de la camilla y me abrazó.

—Lo es, perfecto y bonito, como tú.

Mis ojos lo miraron sonrientes.

—De todos modos, seguro que me harás volver a pintar el cuartito del bebé —comentó, porque sabía lo que le esperaba.

—Bueno, una niña se merece algo más que un simple cuarto amarillo —dije con una risa mientras me encogía de hombros.

—Esclavista.

—Oh, bueno. Ya que hablamos del tema, también habría que cambiar esas cortinas. No sé en qué estaría pensando cuando las elegí...

Durante todo el camino a casa, mientras yo redecoraba el cuartito que acabábamos de decorar, Jude no dejó de reír por lo bajo.

Pero no importaba, porque la pequeña estaba sana. Meara estaba sana y la vida era perfecta

26

Tic tac... bum

Jude

El viento era cada vez más cálido, la primavera dio paso al verano, y mientras, nosotros cada vez nos sentíamos más a gusto con aquella nueva vida tan tranquila en la costa de California. Atrás quedaban las noches luminosas de la ciudad, sustituidas ahora por atardeceres ociosos y acogedores en la terraza, contemplando la puesta de sol una tarde tras otra.

Los dos sabíamos que aquello era solo temporal, que tendríamos que volver a una vida llena de cosas... más responsabilidad, más cosas que hacer y más que poner por parte de los dos.

Pero por el momento, nos limitábamos a disfrutar el uno del otro.

Ya no se trataba de compensar el tiempo perdido o de disfrutar el máximo posible antes del día del juicio final. Solo queríamos vivir el presente, disfrutar del momento.

El hecho de ver a Meara por primera vez en aquella ecografía, de ponerle un nombre después de semanas viendo imágenes granulosas en la pantalla, había hecho que algo cambiara en nosotros.

Íbamos a tener una hija y, sí, podían pasar miles de cosas antes de que el día llegara. Pero ¿de verdad queríamos mirar atrás y tener que lamentar todos los momentos que habíamos desperdiciado preocupándonos? No, seguro que querríamos saber que habíamos aprovechado al máximo nuestro tiempo.

Y eso era exactamente lo que habíamos hecho en los últimos meses. Habíamos echado el freno y habíamos decidido recordar, reviviendo el estilo de vida que tanto nos gustó en nuestra luna de miel, antes de que todo empezara..., días ociosos en la playa, largas noches abrazados junto al fuego. Eran unos momentos que de otro modo jamás habríamos podido vivir, y los disfrutábamos empapándonos hasta tal punto del otro que no había ni principio ni final. Era una «luna de bebé» interminable, como decía nuestra familia.

Pero, se llamara como se llamara, funcionaba. Yo había notado un importante cambio en Lailah. Su nivel de estrés era mucho menor. Su presión sanguínea estaba mejor y, por el momento, todo parecía ir bien.

Y fue bien, hasta ayer por la noche.

Justo cuando había empezado a pensar que podíamos llegar al otro extremo sin complicaciones, el suelo se hundió bajo mis pies.

Siempre habíamos sabido que la posibilidad de que algo fuera mal estaba ahí.

Aunque nunca habría esperado aquello.

No sé por qué, pero me había despertado.

Tal vez ya lo sabía. De alguna forma, en lo más profundo de mi ser, sabía que aquella noche todo podía cambiar. Nuestra luna de miel extendida se había acabado y, al igual que un carrete de fotografías al rebobinarse, nuestra vida se estaba reiniciando.

Fuera cual fuese el motivo, desperté y vi que Lailah estaba muy agitada. Estaba profundamente dormida, sus ojos se movían con rapidez, y a través de la ventana la luz de la luna arrojaba una sombra sobre su rostro torturado.

—Lailah —susurré con ternura, acariciando la piel de su mejilla.

Se notaba caliente y sudada.

—Lailah —repetí con un tono algo más apremiante.

Sus ojos se abrieron ligeramente.

—No me encuentro bien —dijo llevándose la mano al vientre.

—¿Cuándo te has mirado la presión sanguínea por última vez? —pregunté, sintiendo que mi cuerpo entraba en modo acelerado.

Desde su visita a urgencias en la primavera, se había estado medicando para controlar la presión sanguínea. Y la comprobaba una o dos veces al día, solo para estar segura.

—¿Antes de acostarme..., antes de cenar? —contestó ella algo lenta—. Tengo que ir al lavabo.

Me levanté enseguida y la cogí de la mano mientras ella bajaba los pies por el lado de la cama. Cuando se levantó, por sus ojos vi que se estaba mareando, como si el mundo se hubiera ladeado sobre su eje.

—¿Lailah?

—Creo que tendríamos que ir al hospital —declaró con voz clara y pausada llevándose la mano al pecho.

Fue lo de la voz calmada lo que me hizo sentir escalofríos.

Ni siquiera me molesté en contestar. Me puse en marcha enseguida. Corrí al armario y el vestidor y saqué ropa, todo lo que pude encontrar, vaqueros y una camiseta para mí y pantalones de yoga y una sudadera para ella. Busqué los zapatos y, tres minutos después, salíamos por la puerta, dejando en casa a un cachorro triste y confundido.

—No le pasará nada —le prometí a Lailah mientras conducía a toda velocidad por la autopista en dirección al hospital—. Llamaré a tu madre y a Grace en cuanto te asignen una habitación para que se ocupen de él.

—Vale —contestó ella en voz baja.

La cogí de la mano.

Entré a toda velocidad en el aparcamiento, paré ante la entrada de urgencias y la ayudé a bajar. Por suerte, la llevaron inmediatamente a partos y dejaron el papeleo hasta que todo se hubiera calmado. En aquellos momentos no habría podido recordar ni mi nombre, y menos ponerme a rellenar los papeles del seguro.

Una enfermera la ayudó a desvestirse y la tumbaron en una cama, donde la conectaron a un monitor fetal. El sonido acuoso al que me había acostumbrado por las visitas a la doctora y las ecografías llenó el aire. Observé a la mujer mientras anotaba cifras, y luego salió de la habitación y volvió enseguida con la médico de guardia.

Lailah y yo nos miramos nerviosos, y nos cogimos de la mano para darnos apoyo.

—Hola, soy la doctora Truman. ¿Qué tenemos aquí esta noche?

Lailah le explicó brevemente que se había despertado desorientada, con sensación de ardor en el pecho. Cuanto más hablaba, más nervioso me ponía yo. La doctora movía la cabeza arriba y abajo, como si estuviera encajando las piezas de un rompecabezas en su mente. Era evidente que ya sabía de qué se trataba, y los detalles que Lailah le estaba dando solo servían para confirmarlo.

—¿Cómo se siente ahora? —preguntó la doctora.

—Peor. Como si me estuviera saliendo de mi piel. La cabeza me retumba y tengo ganas de vomitar.

—Bueno, teniendo en cuenta cómo tiene la presión no me sorprende. —Entrecerró los ojos—. ¿Qué le parecería parir esta noche?

Vi que el pánico aparecía en la cara de Lailah.

—Pero si solo estoy de treinta y una semanas. Aún me falta. —Las palabras le salieron atropelladas de la boca—. No salgo de cuentas hasta octubre. ¡Y aún no estamos en octubre!

Las lágrimas se desbordaron en sus ojos mientras yo trataba de reconfortarla, aunque mi propio corazón latía a una velocidad que me costaba controlar.

Preeclampsia. Puede que peor.

La doctora lo estaba edulcorando todo, tratando de minimizar el estrés para Lailah, pero yo sabía que eso era a lo que nos enfrentábamos. De otro modo no se hubieran arriesgado a provocar un parto prematuro.

—Es pronto, pero ahora mismo lo que importa es su salud y la de la pequeña, y esta es la mejor opción.

—¿No puedo hacer reposo? ¿Aumentar la dosis del medicamento que tomo para reducir la presión sanguínea?

Se lo veía en la mirada. Estaba tratando de agarrarse a un clavo ardiendo. Ella sabía lo mismo que yo que era inútil, pero la idea de ver a nuestra hija en la UCI le daba pánico.

—Lailah —dije tranquilo, apartando un cabello rebelde de su rostro—. Creo que la doctora tiene razón. Tenemos que hacer lo que sea mejor para Meara.

El hecho de oírme pronunciar su nombre pareció calmarla al instante, la ayudó a reordenar sus prioridades y canalizar su energía. Asintió en silencio y me oprimió la mano mientras las lágrimas le rodaban por el rostro.

—De acuerdo —concedió.

—Estupendo, iré a comunicarlo en la sala de partos y estaré de vuelta enseguida —dijo la doctora Truman, y salió de la habitación.

El silencio se hizo entre nosotros y Lailah miró por la ventana. Lo único que se oía era el zumbido de las máquinas, el monitor fetal de Meara y los sollozos contenidos de Lailah.

—Todo irá bien —dije para animarla, sujetándola por el mentón.

La hice volver su atención de nuevo hacia mí y me miró con sus ojos azul cristal. Las dudas, la preocupación y el estrés pesaban sobre su alma.

—¿Cómo lo sabes? —preguntó en voz baja.

—Sinceramente —dejé escapar el aire y bajé la vista al suelo—, no lo sé, Lailah. Pero no veo ninguna otra opción. Porque esto —dije llevando su mano a mi corazón—, nosotros, no puedo perderlo. Por eso tiene que ir bien. ¿No?

Nuestras miradas volvieron a cruzarse y me abrazó.

—Sí —lloró.

Nos abrazamos, buscando la sensación de unión tan intensa que sentíamos cuando nos abrazábamos. Siempre me sentía completo cuando la tenía en mis brazos.

De pronto, mientras estaba en sus brazos y había empezado a sentir que todo se arreglaría y que podíamos superar cualquier cosa, empezaron a oírse unas alarmas y las enfermeras entraron y nos separaron. Yo me quedé allí, pasmado, aterrado. Me quedé mirando a mi mujer mientras desplazaban cables y tubos intravenosos y preparaban la camilla para el traslado.

—¿Qué está pasando? —grité.

Lailah miraba con los ojos muy abiertos por el miedo.

—Hay estrés fetal. Tenemos que ir a la sala de partos ya.

Lailah se volvió hacia mí con expresión de terror, y mientras no dejaba de llegar gente. Yo meneé la cabeza, porque sabía lo que iba a decir antes de que las palabras salieran de su boca.

—Meara primero, Jude —gritó antes de que le pusieran una mascarilla de oxígeno—. ¡Meara está primero!

Yo meneé la cabeza, negándome a aceptar aquello.

—¡La presión sanguínea está subiendo!

¡No, no, no!

Nada de aquello estaba pasando.

Corrieron por el pasillo empujando la camilla, y yo corrí junto a ella. Lailah no dejó de mirarme, en silencio, esperando una respuesta. Pero no podía hacer aquello, no lo haría. Nadie, ni siquiera ella, podía obligarme a elegir entre las dos.

Lailah siempre estaría primero para mí.

Siempre.

Y sin embargo, solo tuvo que decir una palabra y me tuvo de rodillas.

—Por favor —dijo a través de la mascarilla, mientras las lágrimas bañaban su rostro.

No fui capaz de pronunciar las palabras. Dolía demasiado. ¿De verdad podía acceder y anteponer la vida del bebé a la suya?

Asentí, rezando para no tener que tomar aquella decisión, y vi que Lailah se relajaba visiblemente. Me tendió la mano, pero ya no tuve ocasión de tomarla.

—Señor, lo siento. No puede entrar —dijo un enfermero cerrándome el paso.

Y Lailah desapareció. Vi que la camilla desaparecía tras una esquina, y me pregunté si aquella sería la última vez que la vería... con vida.

La sangre me hervía en las venas.

—¿Qué quiere decir? —escupí.

—No puede entrar en la sala de operaciones —dijo el hombre sin más.

—Soy el marido, el padre, ¿por qué no puedo estar con ella durante el parto? —exigí.

—En una situación normal podría —me explicó él con calma, como si delante tuviera a un niño travieso—. Pero en los partos de urgencia como este no se permite entrar a nadie, porque se aplica anestesia general.

—¿La van a dormir?

—Es lo más rápido —explicó con expresión oscura y reservada.

La forma más rápida de asegurar la supervivencia de las dos.

Lailah no tendría ningún recuerdo de aquellos preciosos primeros minutos... el primer llanto, cómo cortaban el cordón umbilical. Ninguno de los dos lo tendría.

Y mientras esperaba noticias junto a la entrada de la sala de operaciones, recé, recé a quien quisiera oírme.

Porque necesitaba un milagro, y rápido.

27

Luces fuera

Lailah

—¡No he podido despedirme! —grité estirando el cuello en un intento por ver a Jude.

Pero había desaparecido, había quedado tras las puertas dobles que ahora nos separaban.

—No hay tiempo, cielo —contestó la enfermera.

Y me quedé allí tumbada, observando presa del pánico mientras todos se movían a mi alrededor.

La doctora Truman apareció sobre mí, con una sonrisa compasiva en el rostro.

—Ahora te vamos a administrar la anestesia, ¿de acuerdo?

—¿No voy a estar despierta? —exclamé mientras notaba un chorro de gas por la mascarilla que me cubría el rostro.

—Lo siento, cielo. Pronto se habrá acabado —dijo una enfermera que apareció a mi lado—. ¿Ya sabes qué es? —dijo, y me apartó con delicadeza el pelo.

—Una niña —repuse yo, sintiendo ya que los ojos se me cerraban.

A mi alrededor todo empezó a desvanecerse, las luces se apagaban.

—¿Y cómo se llama?

—Meara —contesté con voz débil.

—Bien. Pues sueña con Meara. Y cuando despiertes todo habrá acabado y serás madre —dijo con suavidad justo antes de que mis ojos quedaran sellados y el mundo desapareciera.

Bip, bip, bip.

Mis oídos captaron aquel familiar sonido antes de que mis párpados se entornaran. Había pasado años despertando con aquel particular pitido, y supe dónde estaba sin necesidad de verlo.

—Está despierta —dijo mi madre.

La habitación del hospital quedó enfocada.

Unas paredes muy blancas me rodeaban, y el zumbido de los aparatos médicos se oía a mi alrededor.

Volvía a estar en el hospital, en el mundo que había dejado atrás.

Los recuerdos se agolpaban en mi mente y el dolor empezó a materializarse en cada terminación nerviosa de mi cuerpo.

Recordaba haber acudido a toda prisa al hospital, alarmas, mi llanto cuando le supliqué a Jude que pusiera la seguridad del bebé por delante de la mía. Y luego nada.

—¿Dónde está? —pregunté, con la voz rota, sintiendo las palabras secas y roncas en mi garganta.

Marcus y mi madre se acercaron, con expresión tierna y cálida.

Su silencio hizo que me estremeciera.

—No —respondí meneando la cabeza—. No...

—Está en la UCI neonatal —dijo Marcus al fin.

Me quedé paralizada.

—¿Está viva?

Mi madre asintió, y una lágrima resbaló por su mejilla.

—Sí, pero aún no está fuera de peligro, Lailah. Sus pulmones... bueno, de momento no respira por sí misma.

—Pero —el labio me temblaba—. La doctora dijo que era la única posibilidad. Dijo que... —no pude terminar la frase y mi voz se perdió en el aire.

Mi madre me oprimió la mano y Marcus me frotó el hombro.

—Nunca se sabe lo que puede pasar cuando un bebé nace prematuro —terció Marcus—. Estaba azul cuando la sacaron, lo que significa que le faltaba oxígeno, y por su tamaño y su edad aún no tiene los pulmones plenamente desarrollados. Ahora mismo tendríamos que dar gracias porque aún esté viva.

Traté de acomodarme en la cama, y sentí una punzada intensa de dolor recorrerme todo el cuerpo.

—Tenemos suerte de que las dos lo estéis —añadió.

—¿Qué quieres decir?

—¿Has oído hablar de un tipo de complicación durante el parto llamado síndrome de HELLP?

Hice que no con la cabeza.

—Bueno, cuando llegaste, por los síntomas, la doctora Truman pensó que se trataba de preeclampsia, que es la razón por la que te trasladó a la sección C enseguida. Pero cuando Meara empezó a mostrar estrés fetal y vio que la presión no dejaba de subirte, supo que nos enfrentábamos a algo más grave. —Me miró con ojos nebulosos—. Podías haber muerto, Lailah.

—Pero sigo aquí —repliqué tomando con cuidado su mano.

Él se desmoronó y lloró abrazado a mí. Mi madre lo abrazó a él y su brazo me rozó el pelo.

—Estoy aquí —dije, porque sabía que necesitaban oír las palabras tanto como necesitaban tocar mi pelo o sentir las lágrimas que me caían por las mejillas.

Aquellas dos personas casi me habían visto morir una docena de veces en los últimos veintiséis años. Pero no por eso resultaba más fácil, y el miedo y la preocupación nunca desaparecían.

—Estoy bien —les recordé—. Pero Meara nos necesita, a todos.

Levanté la vista justo en el momento en que la puerta se abría. Era como si hubiera conjurado su presencia. Su pelo estaba revuelto y desordenado, igual que su ropa. Pero nada de aquello importó cuando nuestras miradas se encontraron y me di cuenta de que seguía viva.

Y él también.

Ahora solo nos faltaba una pieza en nuestro pequeño nuevo rompecabezas.

—Voy a la UCI neonatal a ver si hay novedades —dijo Marcus recomponiéndose.

Mi madre se fue tras él. Cuando salían, tocó brevemente el hombro de Jude, y al poco estábamos solos.

—Hubiera querido estar aquí cuando despertaras.

—Estás ahora.

Dio un paso al frente, levantó la mano y dejó una taza de budín sobre la bandeja de metal que tenía junto a la cama.

—Tenía que hacer un recado importante.

Aquel gesto tan sencillo hizo que las compuertas se abrieran y sentí que me desmoronaba. Todas las emociones que había mantenido ocultas durante el pasado año, todos mis miedos, los posibles escenarios que había imaginado y que no me incluían a mí de pronto afloraron a la superficie, como una presa muy vieja que cede durante un huracán muy fuerte.

No pude seguir conteniendo todo aquello.

Me eché a llorar y al momento Jude me tenía en sus brazos, mientras la abrumadora sensación de que todo se desmoronaba a mi alrededor caía con cada pequeña gota al suelo. Cuando noté las mejillas mojadas de Jude contra las mías, supe que también él se había estado conteniendo.

Nos habíamos convertido en expertos en aquel juego. Habíamos estado moviéndonos alrededor del miedo y la terrible realidad de lo que pudiera pasar sin ser en ningún momento conscientes de lo que podía costarnos aquel silencio. Estaba convencida de que lo había hecho bien, y me había prometido vivir cada momento, pero en realidad lo que había hecho era enterrar mis dudas cada vez más abajo, hasta tal punto que el solo hecho de pararme a pensar en lo que estaba por llegar casi me hace atragantarme.

Ahora que casi se había acabado, que aún estaba allí, que seguía respirando y aferrándome al hombre al que amaba, no tenía palabras.

Solo una.

—Meara —dije.

Nuestros ojos se encontraron, mis ojos y los ojos de Jude, enrojecidos e hinchados por la falta de sueño.

—Es muy guapa, Lailah. Preciosa.

De nuevo sentí que las lágrimas se desbordaban, pero estas eran unas lágrimas muy distintas, eran lágrimas de felicidad, de agradecimiento.

—¿La has visto?

Él asintió.

—Solo un momento. Es muy pequeña, pesa como un kilo trescientos. Pero es perfecta... y es nuestra.

—Quiero verla.

—Lo harás, en cuanto la enfermera lo autorice, lo prometo.

Su mano me tocó el brazo con ternura y mis ojos se volvieron hacia la taza solitaria de natillas que Jude había dejado en la bandeja.

—¿Necesito autorización para comer eso? —pregunté.

Una pequeña sonrisa curvó la comisura de sus labios.

—No si tu intención es compartirla.

Se sacó dos cucharillas del bolsillo y me entregó una.

—Trato hecho —concedí, mientras él retiraba la tapa de la taza.

Algunas cosas nunca cambian.

Nos habíamos lavado bien las manos. Respiré hondo cuando la enfermera empujó la silla de ruedas donde yo estaba y entramos.

Iba a ver a mi hija... por primera vez.

No importaba si me había perdido su primer llanto cuando la doctora la sacó de mi interior. No importaba que las circunstancias nos hubieran separado hasta ese momento.

Ahora estaba allí.

La sala estaba en silencio y una sensación de paz me asaltó en cuanto cruzamos el umbral. Había visto las UCIs neonatales en la tele, pero nunca había estado en una. Las enfermeras y los otros padres me saludaron con un gesto de la cabeza, dándome la bienvenida a aquel club al que ahora yo también pertenecía. De pronto había algo que me unía de manera inesperada a otras personas.

Una madre estaba sentada en una mecedora de madera, abrazando con fuerza a un diminuto bebé contra su pecho. Miraba con cara de adoración a su pequeño, y acariciaba la suave piel de su rostro mientras le cantaba en voz queda. En comparación con los que estaban en las incubadoras, era grande, aunque seguía pareciendo muy frágil.

Había otros, bebés y familias que me impresionaron más allá de lo que podría expresar con palabras. No sabía qué nos íbamos a encontrar, pero sabía que no era nada comparado con algunas de las cosas que vi mientras pasábamos ante las incubadoras de la unidad. Mi corazón estaba con todas aquellas criaturas. Jude caminaba detrás, mientras la enfermera seguía empujando mi silla, y su brazo me rodeaba con firmeza el hombro cuando por fin llegamos al rincón donde Meara estaba esperando.

Lo primero que noté fueron los cables.

Había tantos cables y tantos tubos... en sus brazos y sus piernas, metidos por su nariz, sujetos con cinta a sus pies. Al principio me pareció horrible. Pero por experiencia, yo sabía que a veces el camino a la recuperación no era bonito y también sabía que sin él Meara no estaría allí.

Ni yo tampoco.

Lo segundo que noté fue su rostro, su carita de querubín.

Jude se equivocaba. No era solo bonita. Era despampanante... una combinación perfecta de nosotros dos. Mientras sentía que los ojos se me llenaban de lágrimas, estiré los brazos y mis manos tocaron el plástico que nos separaba.

Diez deditos diminutos en sus pies. Diez deditos perfectos en sus manos.

De alguna forma, habíamos conseguido hacer realidad un imposible.

Una enfermera se acercó para recibirnos y nos habló con voz tranquila y suave.

—¿Le gustaría tocarla?

—¿Puedo? —pregunté, sin dejar de mirar a Meara.

La pequeña estaba tumbada sobre la espalda, con la cabeza vuelta a un lado. Sus manitas estaban en alto. Verla así, en aquella postura tan típica de bebé, me hizo sentir la esperanza de que, más allá de los tubos y los cables que la envolvían en aquel momento, la vería fuera de allí, más grande, más sana, en mis brazos.

Aquella pequeña ni siquiera tenía que existir. Lo habíamos hecho todo para evitar que eso pasara. Pero ninguna forma de control de natalidad había podido impedir que Meara hiciera su aparición. Había llegado al mundo pisando fuerte, como un gran cometa que cayó sobre nuestras vidas, y ahora ya no se iría.

No, era una luchadora.

Había luchado por tener un lugar en el mundo y ahora lucharía por conservarlo.

La enfermera me ayudó a incorporarme ligeramente en la silla de ruedas y me explicó lo que tenía que hacer. Yo estaba muy nerviosa. Tenía mucho miedo de hacer daño a mi hija o ponerla nerviosa. Necesitaba tanto tocarla, reconfortarla, sentir que realmente estaba ahí. Aquella aficionada a las patadas a la que había aguantado durante meses estaba viva. Yo no estaba consciente cuando llegó, y de pronto, me asaltó el temor a hacer algo mal.

Podía notar la presencia tranquilizadora de Jude detrás de mí, dándome apoyo.

—A los bebés prematuros les ayuda mucho que los toquen constante-mente —explicó la enfermera—. Aún no se la puede coger en brazos, pero si le pone una mano cálida sobre el vientre, la pequeña sabrá que está aquí, que los dos están aquí —añadió mirando a Jude—. Y créanme, eso hará maravillas.

Yo asentí, un tanto vacilante, pero llena de esperanza. Si el contacto conmigo podía ayudar a su recuperación, pasaría allí todas las horas del día si hacía falta. Metí mi mano temblorosa en los agujeros de plástico de la incubadora y la busqué.

En el instante en que mis dedos tocaron la piel suave de su vientre, los ojos se me llenaron de lágrimas.

Mi pequeña.

Cada minuto de mi vida, cada segundo que había pasado en aquel hospital, había valido la pena porque había llevado a aquel precioso mo-mento en el tiempo. Sentía la mano de Jude apoyada con firmeza en mi hombro. Con mi mano libre, toqué su mano y me aferré a sus dedos.

Ahora..., ahora mi vida estaba completa.

28

Megan

Jude

El ascensor hizo *ding* y esperé un instante antes de bajar.

En los últimos días, mientras Lailah se recuperaba, yo me había dedicado a hacer mis rondas. Iba a buscar las natillas a la cafetería e intercambiaba chistes con el personal. Hasta me había pasado por Recursos Humanos para saludar a Margaret, que de alguna forma había conseguido pasar de los trajes de lana a un atuendo más moderno. Cuando la vi en una fotografía enmarcada que tenía en su mesa en brazos de un hombre sonriente, supuse que los vestidos de punto quedaron aparcados cuando el anillo de diamantes se materializó en su dedo.

Bien por ella.

Había visitado al personal de cardiología y hasta me había pasado a saludar a algunos de los empleados de urgencias a los que conocía de la época en que yo trabajé en el hospital antes de cambiar de departamento.

Ahora solo me quedaba un lugar por visitar.

Caminé por el conocido pasillo, mirando a derecha e izquierda, mientras los recuerdos me asaltaban. No llevaban consigo la misma presión que en el pasado, pero aún me dolía el pecho por la pérdida. Por mucho que avanzara en mi vida, una parte de mí siempre la recordaría..., siempre la añoraría.

Por eso tenía que hacer aquel viaje, en aquel momento, y pasar unos minutos a solas con Megan.

Ya hacía mucho que había dejado de preguntarme por qué pasó lo que pasó, por qué la vida de Megan se acabó tan bruscamente y Lailah apareció. Había dejado de preguntarme cómo habría sido mi vida si Megan y yo no hubiéramos ido a aquella fiesta y yo no hubiera jugado a aquel estúpido juego y la hubiera dejado conducir a ella.

En la vida no hay lugar para el remordimiento. Se trata de aprender de los errores cuando el polvo se asienta alrededor de tus pies.

Miré el banco de madera, que ahora llevaba la placa de bronce que yo había hecho instalar años antes.

La vida: siempre sigue.

Dejé escapar una sonrisa, y me instalé en aquel banco donde me había sentado miles de veces.

Mis ojos se posaron en la puerta cerrada detrás de la que Megan dio su último aliento, detrás de la que yo pensé que mi vida se acababa.

Fue allí donde me había autoimpuesto mi pena de prisión. Poco sabía yo entonces que aquello sería el camino a mi salvación.

—Eh, Megan —susurré mientras bajaba la vista a mis manos cruzadas—. Sé que hace tiempo que no paso por aquí. —Dejé escapar un profundo suspiro—. Pero no me he olvidado... de nosotros, de este lugar.

Una enfermera llegó caminando con premura por el pasillo y pasó de largo saludándome con una inclinación de cabeza. Volví a concentrarme en mis pensamientos mientras sus pasos resonaban por la sala. Volví a mirar hacia la puerta.

—Tengo una esposa... una hija —dije—. Se llama Meara. Tiene cuatro días de vida y es increíblemente bonita.

Sentí que la voz se me quebraba y mis palabras pesaban con fuerza contra mi pecho.

—En cuanto la vi, supe que la adoraba. Fue un amor instantáneo, fiero, sorprendente. Quiero serlo todo para ella..., su protector, su mejor amigo, su confidente. Quiero ser su héroe, la persona a quien se vuelve cuando se siente herida y el nombre que grite en mitad de la noche. Sentí todo esto y mucho más solo con mirarla. Nunca imaginé que la paternidad pudiera ser así.

Mi mano tocó la suave madera del banco, siguiendo el diseño del grano, como había hecho tantas y tantas veces.

—¿Crees que nuestros padres sintieron lo mismo cuando nos vieron? —pregunté al silencio, sin esperar ninguna respuesta.

Esperaba que sí. Volví la vista atrás sobre los momentos finales que había vivido en aquel pasillo..., las discusiones entre el padre de Megan y yo, el dolor de su mirada.

Sí, en su mundo, no había una alegría más grande que Megan.

Y la había perdido.

Hubo un tiempo en mi vida en que me había cerrado al mundo que me rodeaba, aterrado ante la posibilidad de querer a otra persona. Después de perder a Megan, no podía soportar la idea de volver a salir ahí solo y exponerme a volver a quedar reducido a cenizas.

Pero ahora lo sabía. El amor y la vida son riesgos. Si te cierras a ellos, nunca sabrás lo que podría estar esperándote del otro lado.

Entré en la UCI neonatal y vi a Lailah enseguida, acunando a Meara por primera vez contra su pecho con la mirada llena de ternura y calidez.

Según había dicho la enfermera, al contacto piel con piel ellas lo llamaban cuidado de canguro. No había mantas ni ropa de por medio. El bebé se metía bajo la ropa de la madre y quedaban piel con piel. Eso permitía que el bebé conservara el calor y estrechara vínculos con la madre.

Para Lailah parecía como si fuera la experiencia más maravillosa del mundo. Yo me moría por hacer lo mismo, pero sabía que a su debido tiempo también tendría mi oportunidad. Por el momento, tendría que conformarme con ver a mi esposa y mi hija juntas por primera vez.

Di gracias a Dios por los muchos milagros que había permitido para que aquello fuera posible. El hecho de que permitieran que Lailah cogiera en brazos a Meara significaba que estaba haciendo grandes progresos. Yo sabía que su estancia en el hospital aún no se había acabado, pero aquel pequeño paso significaba mucho más de lo que habríamos podido expresar con palabras.

Los padres celebran cada momento decisivo en las vidas de sus hijos, y nosotros estábamos al comienzo de la vida de nuestra pequeña.

—¿No es maravilloso, Jude? —dijo Lailah cuando vio que me acercaba.

—Una de las cosas más maravillosas que he visto —contesté sinceramente, y me arrodillé ante ella.

—No esperaba que me dejaran cogerla con el ventilador, pero la enfermera me lo ha propuesto y... —su voz se quebró.

—Eres la mejor.

Lailah la tuvo en brazos unos minutos más, disfrutando de aquellos momentos especiales, hasta que la enfermera volvió a colocarla en la cuna térmica. Nos despedimos. Cada vez nos resultaba más difícil hacerlo, sobre todo ahora que estaban a punto de darle el alta a Lailah.

Se suponía que las mamás se iban del hospital con sus bebés.

Yo sabía que en cuanto saliéramos del hospital y llegáramos a casa sin Meara las cosas iban a ponerse feas.

Y por una vez no tenía ni idea de cómo arreglar aquello.

Lailah no dijo ni una palabra durante todo el camino.

Cada vez que yo abría la boca para decir algo que la animara, algo que la reconfortara, las palabras se me atragantaban y de mis labios no salía nada más que aire.

Me sentía como un auténtico fracaso, como si estuviera traicionando la sólida alianza de amor y seguridad que llevaba en mi mano izquierda.

Quería reconfortarla, ahuyentar sus miedos y sus dudas, como había hecho en el pasado, pero esta vez mis propios miedos me desbordaban.

El dolor físico que había sentido al salir del hospital sin Meara me consumía, me carcomía, hasta que cada paso se convirtió en un terreno de arenas movedizas..., me resultaba imposible avanzar.

Esta vez no sabía cómo ser fuerte por Lailah, porque nada de aquello parecía estar bien.

Tenía tantas cosas por las que estar agradecido. Cuando llegamos al hospital hacía menos de una semana, no sabía qué esperar. ¿Llegaría mi primera hija a dar su primer aliento? ¿Volvería a ver con vida a mi esposa?

Y sin embargo, de algún modo, los tres seguíamos allí pero no acabábamos de estar juntos.

En el fondo, yo sabía que acabaríamos teniendo nuestro día y podríamos hacer todas las fotos que quisiéramos cuando la pequeña Meara se graduara de la UCI neonatal y saliera al mundo real, pero de momento solo éramos los dos padres los que volvíamos a una casa vacía.

Cuando entré con el coche en la rampa, vi que había un coche que conocía aparcado junto a la acera. Mis ojos escrutaron la calle y vi que había otro, y otro más. La calle parecía llena de coches de nuestros amigos y familiares. Miré a la casa y me di cuenta de que las luces estaban encendidas, no se veía oscura y sombría.

—¿Has invitado a alguien? —pregunté volviéndome hacia Lailah.

Ella aún no se había fijado.

Levantó los ojos hacia la casa con aire confuso.

—No —repuso.

Los dos bajamos enseguida del vehículo, y la curiosidad nos distrajo momentáneamente de nuestra tristeza. Fuimos hasta la puerta, vimos que no estaba cerrada y entramos con paso vacilante.

—¡Sorpresa! —gritaron todos cuando *Sandy* se levantó de un brinco para venir a saludarnos.

—¿Qué demonios...? —dijo Lailah con voz entrecortada mientras daba unas palmaditas a su perro peludo y trataba de entender qué era todo aquello.

La sujeté con fuerza y traté de calmar al perro. Los dos nos tomamos un momento para mirar a nuestro alrededor. Grace, Brian y el pequeño Zander estaban junto a la cocina. Marcus y Molly estaban sentados a la mesa de la cocina junto a mi madre. Y para rematar el grupo, estaban Nash y Abigail, que estaban en el sofá, sonriéndonos.

—No queríamos que os sintierais solos —dijo Molly.

—Y hemos pensado que a lo mejor necesitabais unas cosillas —añadió Grace entusiasmada.

—Pero ya me hicisteis una fiesta de celebración del embarazo —protestó Lailah—. Además... —miró a su alrededor, y era evidente que la ausencia de nuestro pequeño bebé le pesaba en el corazón.

Grace se adelantó y la tomó de la mano.

—Ya sabemos que tienes pañales y un sacaleches y todo lo que puedas necesitar cuando Meara venga a casa... y vendrá, Lailah, muy pronto.

Lailah asintió y con un hondo suspiro llenó sus pulmones de aire, mientras yo me acercaba para rodearle la cintura con el brazo.

—Pero he pensado que podías necesitar otras cosas... para esto. —Grace señaló el corazón de Lailah—. Para que los días se te hagan más llevaderos.

Grace la cogió de la mano y la llevó a un sitio libre que quedaba en el sofá, y *Sandy* la siguió y se sentó a su lado con gesto protector. Grace me indicó que me sentara junto a Lailah, de modo que me senté a sus pies, en el suelo.

—Todos hemos traído algo. Esperamos que te guste.

Mi madre se acercó la primera y le ofreció una sencilla canasta de regalo decorada de rosa. Se la entregué a Lailah para que la abriera. Dentro había un surtido de productos de baño y lociones, junto a una especie de kit artístico.

—Recuerdo que a veces me sentía... bueno, digamos que no era del todo yo —explicó mi madre señalando el gel de baño—. He pensado que esto te ayudaría a relajarte cuando no estés en el hospital. No siempre es fácil recuperarse cuando das a luz, y mimarse un poco nunca viene mal.

—¿Y esto? —pregunté señalando el pequeño kit artístico.

—Tengo una amiga cuya nieta estuvo en la UCI neonatal el año pasado. Me dijo que su hija había hecho una pequeña etiqueta para la incubadora. La ayudó a sentirlo un poco más como su casa y no como un hospital, creo. He pensado que podrías probar.

—Gracias, mamá —dije oprimiendo la mano de Lailah.

Dejé la cesta en el suelo en preparación para el regalo de Grace.

—Ya sabéis lo mucho que me gustan los recortes, los álbumes de fotos y esas cosas. Bueno, pues he pensado que esto os tendría ocupados, si lo vais reuniendo todo, y os permitiría poner un toque personal en la habitación de la pequeña. —Grace se acercó y nos tendió un gran marco—. Es un cuadro de recuerdos. Aquí podéis poner cualquier cosa que os recuerde a ella... anuncios, brazaletes de hospital, fotos. Cuando sea mayor, podrá mirarlo y verá lo mucho que la habéis querido desde el principio.

—Me encanta —replicó Lailah, deslizando los dedos lentamente por el borde del marco—. Quedará perfecto en su habitación.

Oí que respiraba hondo detrás de mí, tratando desesperadamente de controlar sus emociones. Yo era consciente de su lucha. Porque yo mismo estaba librando la misma batalla en mi interior. Con cada regalo, sentía que el nudo que tenía en la garganta se hacía más y más grande.

Nosotros pensábamos que volvíamos a una casa vacía y oscura, y en vez de eso la habíamos encontrado llena de calidez y amor, los de nuestra familia.

Nunca les podría compensar por aquello.

—Ahora nosotros —dijo Molly dando un paso al frente.

Su regalo venía metido en una gran caja rosa, con papel de seda a juego en el interior.

Y yo, que siempre había sido de los que disfrutan más viendo cómo los demás abren regalos que abriéndolos yo, se lo entregué a Lailah y vi cómo arrojaba el papel de seda rosa al suelo.

Reí por lo bajo cuando vi la cara de terror y asombro de Lailah mientras sacaba varios ovillos de lana.

—¿Qué se supone que tengo que hacer con esto? —preguntó mirando aquella lana rosa como si estuviera ardiendo.

—Vas a aprender a hacer punto —dijo su madre sin más.

—¿Ah, sí?

—Sí.

—¿Tengo elección?

Lailah miró la lana con desdén.

—Bueno, claro que la tienes. Pero creo que puede ser un buen hobby para ti. Es fácil de aprender y te mantiene ocupada la mente, y cuando termines, tendrás una bonita mantita para tener calentita a Meara.

Vi que la expresión de Lailah se suavizaba ligeramente mientras miraba aquellas piezas con curiosidad.

—Vale, pero me tendrás que enseñar.

—Por supuesto —repuso Molly con una cálida sonrisa.

Lailah dejó la lana a un lado y yo traté de no reírme. Sinceramente, no se me ocurría un mejor regalo viniendo de su madre. Era considerado y amoroso, y permitiría que Lailah tuviera algo que hacer mientras Meara no estuviera con nosotros.

Una voz profunda se oyó entre las risas.

—Creo que me toca a mí —dijo Nash.

Apenas si había tenido tiempo de saludar a mi viejo amigo desde que entramos. Me entristecía pensar que no había tenido casi ocasión de verle en los últimos meses, por eso verle allí en aquel momento significaba tanto para mí.

—No tenías porqué hacerlo —dije, cogiéndole la sencilla bolsa marrón de las manos con gratitud.

—Lo sé, pero quería hacerlo.

Eché un vistazo en el interior y vi un tarro de cristal con tapa de rosca. Vacío. Lo saqué y lo miré esperando una pista.

—Vuelve a mirar —me apremió.

Mis ojos volvieron al interior de la bolsa y allí, debajo de donde antes estaba el tarro, había un taco cuadrado de papel. Seguía sin entender el significado de aquel regalo y volví a mirarle.

—Aquí —dijo señalando el tarro— es donde pondréis todas vuestras esperanzas, una por cada día que Meara no esté aquí. —Su voz se volvió pastosa por la emoción—. Y cuando por fin venga, lo sellaréis y lo guardaréis para cuando sea mayor y lo necesite.

—Qué bonito —susurró Lailah, que aún no conocía el romanticismo desaforado que destilaba Nash Taylor.

Se había ganado el corazón de media América con su increíble talento para convertir las palabras en chocolate con un movimiento de la mano. Su paso por el hospital la última vez parecía haberle amansado un tanto, y no había hecho ni un solo comentario inapropiado desde que llegamos.

—¡Me toca! Quería ser la última y ya me toca.

Abigail se levantó de un salto del sofá y le entregó a Lailah un paquete de regalo que parecía un libro.

Sus ojos se encontraron, y por su expresión vi que aquello tenía un significado especial para Abigail. Abigail observó cada movimiento mientras Lailah retiraba el papel de regalo y por fin dejaba al descubierto el cuero rosa de debajo.

Lailah lo volvió en sus manos y miró a Abigail.

—Es un diario. La última vez que hablamos mencionaste que habías vuelto a escribir en tu antiguo diario, y he pensado que te iría bien tener uno nuevo, uno más bonito. También he pensado que mientras la pequeña está en el hospital, podrías hacerle una lista.

—¿Una lista?

—Como la tuya —explicó Abigail—. Una lista de Algún Día. No sería como la tuya porque ella es un bebé, pero quizá puedas poner cosas que con el tiempo podrías hacer. He pensado que estaría bien si hubiera cosas que pudierais marcar enseguida, como dar un paseo por la playa, o cambiarle su primer pañal en su cuarto. Ya sabes, ese tipo de cosas.

Me levanté del suelo y me senté junto a Lailah en el sofá, porque los ojos se le estaban llenando de lágrimas.

—Gracias, Abigail —dijo llorando, y extendió los brazos hacia la joven—. No hubiera podido pedir un regalo mejor.

Se abrazaron con fuerza y luego todos hicimos nuestra ronda, abrazándonos unos a otros. Después, pedimos la cena y la casa se llenó de risas.

No hubo lágrimas de tristeza ni gritos de pérdida, solo el sonido de la esperanza y la perspectiva de las cosas increíbles que estaban por llegar.

29

La nueva normalidad

Lailah

Me encantaba sentarme en la terraza por la mañana temprano antes de que el resto del mundo despertara.

Todo estaba tranquilo, saturado con la posibilidad de todo lo nuevo, y el aire se pegaba a mi piel, haciendo que mi humeante taza de café me supiera mucho mejor. Cada mañana que pasaba allí, viendo cómo el sol se elevaba sobre el mar, era como una bendición.

Cada día era una bendición.

No sabía si llegaría un día en mi vida en que dejaría de sentir aquello.

¿Quería que eso pasara?

¿De verdad quería fundirme con el resto de la existencia, y perder la admiración por la vida y las cosas que pasaban?

No, no quería.

Me encantaba mi vida y me gustaba tener esa capacidad de maravillarme por todo. Siempre sería esa joven a quien le gustaba tomar un taxi porque le resultaba emocionante y que nunca dejaba de mirar al mar porque era demasiado bonito para apartar la mirada.

Siempre sería esa mujer que había sobrevivido.

La puerta corredera se abrió a mi espalda y sonreí, porque ya sabía quién era.

—Mira quién ha vuelto a despertarnos esta mañana —dijo Jude con ese tono que había adoptado desde la primera vez que la tuvo en brazos.

La voz de papá, como yo la llamaba. No era ni de lejos tan sexi como la voz que usaba en el dormitorio, pero cada vez que la oía se me ponía la piel de gallina.

Los miré, miré a mi preciosa familia.

Pasara lo que pasara, siempre les pertenecería.

Yo era la mujer de Jude y la madre de Meara..., no podía ser mejor.

Tener que ver a un hijo tuyo en la UCI neonatal era algo para lo que era imposible prepararse. Era algo que no podías explicar a menos que hubieras pasado por ello. Aquel primer día, cuando volvimos del hospital sin Meara, habíamos buscado en Google toda la información que pudimos, tratando de asegurarnos de que estábamos al tanto de todo lo que podía necesitar, en equipamiento y medicación. Habíamos estado en contacto con los médicos las veinticuatro horas del día y habíamos planificado nuestros horarios siempre en función de los de ella. Y sin embargo, nada hubiera podido prepararnos para los terribles días de espera hasta que pudimos traerla a casa.

Nuestra familia nos ayudó en muchos sentidos. Preparaban comidas, e incluso vinieron a ayudarnos a limpiar, pero nada de aquello hizo que Meara volviera antes. Solo el tiempo y la paciencia podían hacer eso.

Y al final acabamos buscando a gente como nosotros, gente que todavía estaba esperando o que por fin había podido llevar a casa a su bebé. Entablar amistad con padres de bebés prematuros seguramente fue lo mejor que habíamos hecho nunca. Nos abrió a todo un mundo de apoyo y nos permitió encontrar gente con quien hablar. Eran personas que nos entendían muy bien, porque habían pasado por lo mismo que nosotros.

Cuarenta y un días. Ese fue el tiempo que Meara pasó en la UCI neonatal. Cuarenta y un días antes de poder tener nuestra celebración y llevar a nuestra hija a casa.

Fue un día que nunca olvidaría.

No creo que durmiera ni un segundo aquella noche. Me quedé tumbada, observándola en su cuna junto a la cama, maravillada y aterrada al mismo tiempo. Temiendo que dejara de respirar y tuviéramos que volver a toda prisa al hospital.

Pero no sucedió nada, y ahora, dos meses después, seguía perfectamente sana.

Y nos estábamos preparando para despedirnos de nuestra casa en California.

Nuestro año en la playa llegaba a su fin.

—¿En qué piensas? —preguntó Jude instalándose con Meara en el *chaise longue* que tenía a mi lado.

Me volví para besarlos a los dos. A Meara le di un fugaz beso en la punta de la nariz y a Jude le dediqué un beso más extenso.

—Cuánto voy a añorar esta vista —confesé apoyando la cabeza en su hombro.

Meara descansaba contra su pecho, y sus dedos trataron de coger un mechón de mi pelo.

—Yo también —dijo Jude con un suspiro.

—Pero no me importa volver a Nueva York —dije tratando de animarnos un poco.

—Cuando crezca un poco, podemos llevar a Meara a nuestros restaurantes favoritos.

No contesté, y traté de imaginar nuestra nueva vida en nuestro antiguo hogar. Habíamos sido muy felices en la ciudad. Podíamos volver a serlo. Solo teníamos que hacer algunos ajustes. Muchas personas creaban familias en las grandes ciudades. Nosotros también lo haríamos.

—Oye, sé que aún tenemos que recoger algunas cosas, pero esta mañana quería llevarte a un sitio. ¿Crees que podrías arreglarte enseguida? —preguntó, y entonces añadió—: Luego pongo el desayuno.

—Vale, pero solo porque me vas a dar de comer —dije con una sonrisa.

Corrí por el pasillo, me di una ducha rápida y me puse un par de vaqueros y una blusa. Me recogí el pelo en un moño informal y, en cuestión de minutos, estaba lista. Jude ya estaba agitando las llaves junto a la puerta, y ya había instalado a Meara en la sillita para bebés del coche.

—¿Hay alguna posibilidad de que pasemos por Dunkin Donuts? —supliqué, frotándome el estómago, que no dejaba de rugirme.

—Lo siento, no. Tenemos una cita. Y si no salimos ya, vamos a llegar tarde.

—Vaya, podías habérmelo dicho antes —protesté.

Salimos y nos metimos en el coche a toda prisa. Evidentemente, con un bebé, por muy deprisa que quieras ir las cosas siempre van más despacio. Había que preparar la bolsa con sus cosas, llenar biberones... era un proceso largo y lento.

Tras asegurar la silla de Meara, estábamos listos.

—Bueno, ¿alguna pista de adónde vamos? —pregunté mirándole mientras él conducía.

—No —dijo, y se limitó a reír.

No tardamos mucho en llegar a nuestro destino, y mientras mis ojos escrutaban el edificio, empecé a recelar.

—¿Qué hacemos aquí? —pregunté, y saqué un pie del coche.

—Si esperas un momento te lo explicaré todo.

Saqué a Meara de su sillín y la sostuve contra mi pecho. Detestaba estar atada a esa cosa y, cuando el coche no se movía, no dejaba de agitarse para que la soltaran. Cuando me moví, enseguida reparé en la imponente vista del océano. Una vista interminable, porque no había ninguna otra casa alrededor.

Me volví y vi que Jude se acercaba acompañado de un hombre ataviado con sombrero y chaleco.

—Lailah, este es Jim Duncan. Es el responsable de este proyecto, nuestro proyecto.

Mis ojos se volvieron con rapidez al edificio.

—¿Nuestro?

Jude asintió con una amplia sonrisa.

—Sí, nuestro.

—¿Es una inversión? —dije, tratando de entender qué estaba pasando.

En nuestra casa, por todas partes había cajas que iban a viajar a Nueva York al final de la semana. Nos íbamos a Nueva York. Eso es lo que Jude había dicho.

—No vamos a volver a Nueva York... nunca.

—¿No?

—No —dijo, y se rio.

—No lo entiendo.

Miró a Jim y entre ellos vi una cierta complicidad. Jim asintió. Jude me tomó de la mano y avanzamos por el camino de piedra que llevaba a la entrada. Aún no se había acondicionado el jardín, pero por lo demás todo parecía acabado. Una inmensa puerta de estilo español nos dio la bienvenida. Entramos en la casa. Por la parte de atrás, toda la pared estaba formada por un gran ventanal, lo que permitía una vista panorámica de la playa de arena que había fuera.

El resto de la casa conservaba el aire español. Tonos rústicos de naranja y amarillo, diferentes marrones en la cocina y la sala de estar. Aún no había muebles, pero resultaba acogedor.

—No podía permitir que nos fuéramos —dijo por fin, volviéndose hacia mí en lo que sería nuestra sala de estar.

—Pero ¿y la empresa? ¿Y tu trabajo?

Él sonrió.

—Esa es la segunda parada del día. Vamos a abrir una sucursal en la Costa Oeste. Parecía un buen momento para expandirse y algunos inversores buscaban un cambio de escenario. Cuando lo sugerí al consejo, les pareció estupendo. A Roman no tanto, pero ya se acostumbrará a la idea. Una vez me dijo que podía comportarse como un adulto cuando quería, así que ahora tendrá que estar a la altura... de forma permanente. —Se encogió de hombros—. Y bueno, aquí estamos.

Extendió los brazos.

—¿No tenemos que irnos?

Jude se rio y me acercó a su lado.

—Bueno, sí, pero no a la otra punta del país. Y no tenemos que alejarnos de esto —dijo señalando al océano.

Miré a mi alrededor, a la increíble casa que Jude había hecho construir, y volví a mirarle.

—Es increíble.

—Tú también.

Aún había un millón de cajas por todas partes, pero por fin estábamos en nuestro hogar.

Nuestro *hogar*..., la palabra sonaba tan bien.

Durante el pasado año, me había encariñado mucho con la casa que habíamos alquilado junto a la playa, pero siempre hubo una parte de mí que sabía que aquello no era permanente. No era nuestra. Solo era una solución temporal, y pensaba que con el tiempo acabaríamos volviendo a Nueva York, por eso no me había permitido apegarme demasiado a ella.

Pero allí, entre aquellas paredes, por fin podría encontrar la paz.

Esa noche, cuando me senté en la mecedora con Meara en los brazos y suspiré mientras ella mamaba, supe que estaba en casa.

Amamantar a mi bebé me tranquilizaba.

No podía recordar ninguna época de mi vida, salvo quizá las largas horas de silencio que había pasado en el hospital, en la que me hubiera podido permitir sentarme tranquilamente y pensar. Aquellos momentos especiales con Meara me habían permitido disponer de un tiempo que necesitaba para procesar todo lo que había pasado ese último año... y antes.

Yo pensaba que cuando conocí a Jude había empezado a madurar, había empezado a pasar de la ingenua jovencita a la mujer en la que había de convertirme. Cuando me fui con él a Nueva York, estaba convencida de que el proceso había acabado. Después de todo, fue un gesto muy atrevido.

Pero lo cierto es que desde ese día no había dejado de avanzar. Quizá nunca dejaría de hacerlo.

Mientras mi mano acariciaba los delicados cabellos de Meara, sonreí, pensando en lo aburrida que me había parecido siempre la vida en aquella triste habitación de hospital.

Poco podía saber lo que me esperaba.

Cuando mi madre y yo pasábamos en coche junto a personas que estaban en una esquina de la calle, con sus panecillos y sus cafés en la mano, yo siempre pensaba en lo glamurosas que parecían sus vidas, lo normal que sería llegar tarde al trabajo o cruzar la calle. Y envidiaba a aquellas personas, envidiaba sus vidas normales.

Cuando por fin tuve ocasión de hacer aquellas cosas, todos aquellos actos cotidianos me parecieron glamurosos porque nada en mi vida sería nunca normal.

No importaba cuántas líneas tachara en mi lista de Algún Día, nunca me sentiría como los demás.

Y ya no quería hacerlo.

La vida era algo extraordinario, y no había nada normal en eso.

Epílogo

Dieciocho años después...

Meara

—¡Meara! El abuelo está aquí con la camioneta lista para cargar —gritó mamá desde abajo.

—Vale. Solo tardo un minuto. Bajo enseguida.

Me levanté de la cama y miré a mi alrededor, y me di cuenta de lo vacío que parecía todo. En realidad eran los pequeños detalles... las zapatillas que no estaban a los pies de la cama, la colección de maquillaje que solía tener en el tocador, y la omnipresente canasta para la ropa sucia que había conseguido quitar de allí.

Todo había desaparecido, lo que me recordó algo obvio.

Hoy me iba a la universidad.

Cierto, UCLA estaba aquí al lado, pero vivir en una residencia estudiantil no era lo mismo que tener a mis padres pasillo abajo, e iba a compartir el baño con una planta entera, incluidos los chicos.

Traté de no pensar en ese importante detalle más de lo necesario.

Podría haber ido a donde quisiera. Tenía unas notas excelentes y con la puntuación que había obtenido en las pruebas de acceso a la universidad, podía elegir entre las mejores: Stanford, la Universidad de Nueva York, incluso Chicago, pero cuando llegó el momento definitivo, supe que no podía estar lejos de casa.

Era y sería siempre una persona hogareña.

Pero claro, habiendo crecido en la bonita costa de California, ¿quién podía reprochármelo?

Y con unos padres como los míos, tampoco era tan raro que quisiera estar lo más cerca posible de casa. Algunos de mis amigos tenían unos padres que no dejaban de vigilarles y se lo tomaban todo demasiado a la tremenda. En cambio otros los veían tan poco que casi parecía como si no existieran. Pero los míos..., bueno, mis padres eran increíbles. Siempre estaban ahí cuando los necesitaba pero también sabían cuándo necesitaba mi propio espacio para crecer y evolucionar como persona.

Caminé por mi cuarto, mirando las fotografías de las paredes.

Aquel cuarto contenía tantos recuerdos, desde mi primer cumpleaños hasta mi graduación. En mi vestidor había una fotografía enmarcada de cuando conocimos a mi hermano Ian, era adoptado. Yo estaba tan entusiasmada por poder tener por fin un hermano que me había pasado el día corriendo por los pasillos, dando palmas y cantando. Yo tenía dos años y cuando Ian llegó a casa me di cuenta de que no era tan pequeño como esperaba. Supongo que mi mente se imaginaba que sería como una muñeca a la que podría ponerle vestiditos y no un bebé de seis meses que lloraba y se hacía pipí a todas horas. No me causó muy buena impresión. Pero me acostumbré, y con el tiempo acabó por gustarme. Vale, le quería. Era un hermano estupendo y completaba la familia. Quién iba a decir que aquella fábrica de pipís iba a ser un regalo.

Mis ojos se desplazaron por la hilera de fotografías y reparé en una de Ian conmigo, con nuestro tío Roman y su mujer, tenía varios años y era de una de nuestras visitas anuales al Este. Estábamos en un barco, después de haber pasado el día fuera, y se nos veía felices y despreocupados.

Tenía tantos recuerdos que atesorar.

—¿Te estás escondiendo? —preguntó papá asomando la cabeza.

—No, solo me estaba despidiendo —dije con pesar.

—Nada de despedidas. Solo...

Sonreí y meneé la cabeza.

—¿Solo es un hasta luego?

—¿Lo he dicho antes?

—Unas cuantas veces, papá.

—Me parece que tengo que renovarme —dijo riendo. Se acercó a mí y me rodeó el hombro con el brazo—. Estaremos a un tiro de piedra. Además, seguro que necesitas un sitio donde hacer la colada.

—Vendré a casa para mucho más que hacer la colada.

—¿A disfrutar de mis frases ingeniosas?

—Desde luego.

—Lo sabía. Venga, vamos. Reserva el mar de lágrimas para luego. Tenemos una camioneta que cargar, y si no nos damos prisa, el abuelo se destrozará la espalda tratando de hacerlo todo él solo. Ian y yo hemos intentado ayudarle, pero ya lo conoces.

—Vale. Solo un minuto.

Asintió y me besó en la frente.

—De acuerdo.

Oí sus pasos alejarse por el pasillo y miré por última vez la habitación. Mis ojos se posaron en el viejo diario de mi madre. Lo había encontrado hacía unos días mientras revolvía su mesita buscando una crema.

Ella ya me había hablado de su lista de Algún Día muchas veces, y hasta me la había enseñado cuando era pequeña. Hacía muchos años de eso, y cuando volví a encontrarla, la cogí a hurtadillas y me la llevé a mi cuarto para leerla.

La abrí y estuve hojeando las páginas con los deseos y sueños que mi madre había tenido, y que había ido tachando con los años. Algunos seguían sin tachar —«Aún estoy viviendo mi vida», me había dicho en una ocasión—, pero no dejaba de maravillarme cuando veía la cantidad de cosas que ella y mi padre habían conseguido hacer desde sus tiempos en el hospital.

Mis ojos se posaron sobre una frase no tachada y pensé en mi nacimiento, en cómo me habían concebido, cómo habían decidido arriesgarlo todo para que yo pudiera tener un lugar en el mundo. Después de todo lo que había sufrido, mamá hubiera tenido que poner su seguridad por encima de todo lo demás. Lo merecía. Pero ella nunca se decantaba por el camino más fácil... y ahí estaba yo.

Con mano temblorosa, cogí un boli de la mesa casi vacía y taché uno de los últimos deseos de la lista Algún Día de mi madre.

~~SALVAR LA VIDA DE ALGUIEN.~~

Una pequeña sonrisa curvó la comisura de mis labios cuando devolví el diario al cajón. Me despedí de aquella habitación donde había estado tan protegida durante dieciocho años y di el primer paso hacia el futuro.

Mis padres me habían enseñado que la vida es lo que uno hace de ella..., solo tienes que ser lo bastante valiente para abrir las alas y volar.

De modo que allá voy.

Agradecimientos

Este libro nunca habría visto la luz de no ser por mis extraordinarias lectoras. Gracias a vuestro amor vociferante e inflexible por Lailah y Jude, estamos aquí, después de un viaje maravilloso. Solo espero haberos podido ofrecer el final que esperabais. Así que, en primer lugar, os doy las gracias a vosotras, mis maravillosas lectoras. Os quiero a todas.

En segundo lugar, doy las gracias a mi esposo y mi familia. No sé cómo he tenido la suerte de quedar incluida entre un grupo tan excepcional de personas, pero estaré por siempre agradecida.

Leslie: tú eres esa amiga. La irreemplazable. Gracias por ser quien eres. Ah, y por quedar embarazada llevando un diu... eso me ha ayudado mucho con el argumento de la novela.

Melissa y Carey: os quiero, siempre.

Lectoras beta: gracias por colaborar conmigo en los momentos más decisivos. Sé que soy muy exigente.

Junkies: chicos, sois geniales. Gracias por vuestro apoyo y vuestro amor.

Blogeras: gracias por valorar y apoyar a autoras como yo.

Kelsey: se me están acabando las palabras para expresar lo increíble que eres. Así que mira la portada y di que sí. Eso lo has hecho tú.

Elizabeth y Grant: gracias por dar vida a Lailah y Jude. Creo que no ha pasado un solo día sin que mire esta portada con admiración. Es asombrosa.

Sarah: la portada es muy guay. Ah, y como sé que no te gusta, muchos besos y abrazos.

Stacey: gracias de nuevo por hacer que el interior del libro sea tan bonito como el exterior. Eres asombroso.

Jill Sava: ¿cómo me apañaba antes de conocerte? Estoy segura de que no dejaba de mecerme en un rincón mientras las notificaciones de Facebook resonaban en mis oídos. ¡Gracias por mantenerme al día!

Jill Marsal: gracias por todo lo que haces. Cuando inicié este proyecto hace dos años, nunca hubiera imaginado que mis libros se traducirían a otros idiomas y que firmaría contratos con importantes editoriales. Te debo mucho.

Tara (y el resto de mi familia en InkSlinger): sois todos maravillosos. Es todo. Oh, y os quiero.

ECOSISTEMA DIGITAL

NUESTRO PUNTO DE ENCUENTRO

www.edicionesurano.com

2 **AMABOOK**
Disfruta de tu rincón de lectura
y accede a todas nuestras **novedades**
en modo compra.
www.amabook.com

3 **SUSCRIBOOKS**
El límite lo pones tú,
lectura sin freno,
en modo suscripción.
www.suscribooks.com

DISFRUTA DE 1 MES
DE LECTURA GRATIS

1 **REDES SOCIALES:**
Amplio abanico
de redes para que
participes activamente.

4 **APPS Y DESCARGAS**
Apps que te
permitirán leer e
interactuar con
otros lectores.